Carl Pineau

POUR QUELQUES MILLIONS !

LaJouanie

À Guy Pastemps.

Depuis les quarante dernières années, le préjudice des scandales politico-financiers internationaux se chiffre en centaines de milliards de dollars.

Dans la plupart des cas, on ne retrouve jamais l'argent. Imaginons qu'il serve un jour à une noble cause…

Un grain de poésie suffit à parfumer tout un siècle.

José Marti (1853-1895)

Si tu avais moins peur, tu ne ferais plus d'ombre sur tes pas.

Philippe Jaccottet (1925-2021)

Paris – 28 décembre 2011.

Les talons des escarpins cliquetèrent sur le plancher du salon de la péniche.

– Écoute-moi, Joren, c'est ta dernière chance ! Tu rappliques pour m'expliquer où est l'argent du compte UBS de Zurich. Ou je te jure que dès demain j'appelle Maître Adjari.

Marthe raccrocha, observa la tour Eiffel, passa les doigts dans ses cheveux argentés et ouvrit le premier bouton de son chemisier. Les joues pâles d'une colère froide, elle se servit un Yamazaki et l'engloutit en trois lampées.

Elle se versa un autre verre et essaya de se détendre. Dans sa chambre, en dessous, Conrad devait s'abrutir sur sa console. Tant pis s'il l'avait entendue. De toute façon, ça faisait belle lurette qu'il ne se faisait plus d'illusions sur la nature des sentiments entre ses parents. Elle se laissa tomber dans un fauteuil et se plongea dans la contemplation du diamant à son doigt, une création De Beers offerte par son premier mari, Édouard Jarousseau : politicien cynique, amant minable, mais si attentionné avec sa femme.

Elle ferma les yeux. La vie filait si vite…

À la mort de son époux, elle avait découvert les montants considérables détenus sur des comptes suisses. C'est à la

BNP de Genève qu'elle avait fait la connaissance de Joren Aelters, un analyste financier international et un conseiller personnalisé. Il lui avait proposé d'expédier les fonds vers des cieux plus sereins que la Suisse, qui s'apprêtait selon lui à lever le secret bancaire, cédant à la pression de l'Europe.

La semaine suivante, elle avait suivi le banquier à Singapour. Il lui avait présenté un juriste spécialiste en création de sociétés, enchaînant les rendez-vous à la HSBC et chez JP Morgan. On lui avait expliqué les rouages complexes de l'évasion fiscale internationale.

Méfiante, Marthe avait accepté d'y réfléchir, le temps d'en parler à l'avocat familial. Le soir, après un dîner dans un restaurant tenu par un chef étoilé français, Aelters l'avait emmenée sur les pas de Somerset Maugham et de Rudyard Kipling savourer des Singapore Sling, au bar du Raffles, sublime hôtel, chef-d'œuvre de style colonial. Le couple s'était ensuite lancé dans une tournée des discothèques sur Clarke Quay.

Étourdie par l'alcool et les sets infernaux des DJ, Marthe s'était abandonnée dans sa suite du Raffles. Joren l'avait fait jouir comme jamais.

Le lendemain, il l'avait guidée dans les quartiers populaires de Kallang, habités à l'origine par les Malais et les Peranakans. Marthe avait découvert les petits clubs de prostituées arrivées de toute l'Asie. Elle avait été émue par ces très jeunes filles, troublée par l'attirance qu'elle ressentait. C'est au cours de cette soirée que lui était venue l'idée de créer des programmes d'éducation et de soins dans les pays les plus pauvres du monde.

Rentrée à Paris, elle avait mis son projet en place avec l'aide de Maître Adjari. L'ONG *La Chaîne d'Amour* était née, l'aventure avait commencé… Pendant ce temps, sa liaison avec Joren s'était poursuivie, fondée sur une addiction physique. Puis Marthe s'était retrouvée enceinte, et en dépit de ses quarante-cinq ans, elle avait gardé l'enfant, avant de se résoudre à se marier…

Chassant ces souvenirs, Marthe se leva pour remplir son verre de single malt. Une heure plus tard, elle somnolait sur le fauteuil, le regard perdu vers une tour Eiffel étincelante.

Joren n'était pas venu. Il n'avait pas eu peur.

Conrad devait dormir, il n'était pas monté l'embrasser. Elle voulut attraper son verre sur la table basse, mais une étonnante léthargie lui interdit ce simple geste. Cela lui parut d'autant plus bizarre qu'elle n'avait pas l'impression d'avoir trop bu. Elle bougea la tête avec raideur et tenta de se relever. Des mains la saisirent par-derrière, elle tenta de se dégager, mais un bras lui maintenait le buste. Elle lâcha un cri, fit un nouvel effort pour s'échapper. L'agresseur lui bloqua le cou dans le creux du coude, le goulot de la bouteille força ses lèvres, écorcha son palais et s'enfonça jusqu'à la glotte. Elle tenta de respirer par le nez, ses narines venaient d'être verrouillées, l'obligeant à avaler l'alcool par gorgées si abondantes qu'une partie du liquide lui brûlait les poumons.

La minute suivante, elle gisait sur le tapis, dans les vapes, la jupe relevée sur ses cuisses. Elle perçut une ombre se mouvant autour d'elle, essaya d'appeler à l'aide. Aucun son ne sortit de ses lèvres ankylosées. On la traîna au sol, ses escarpins se déchaussèrent, une jarretière se dégrafa. Deux bras l'enlacèrent sous la poitrine et la hissèrent sur le rebord du billard, pliée en deux comme une vulgaire poupée de chiffon.

Lorsqu'on lui saisit les cuisses, elle songea à Joren : sans doute était-ce un autre jeu pervers, elle se sentait prête à le recevoir. Excitée. Mais on la basculait, sur le ventre d'abord, puis sur le dos, la tête sur le côté. Un filet de bave s'échappa de sa bouche, atterrit sur le velours vert. Elle vit une forme vêtue de noir grimper sur le billard, sortir de sa poche un fil électrique. La silhouette confectionna un garrot qu'il accrocha au lustre.

Marthe se laissa envahir par un sentiment d'épouvante :

– S'il vous plaît, pas ça…

Sous la cagoule, les iris s'arrêtèrent une seconde sur elle, glissèrent sur son corps avec un pétillement de convoitise. L'ombre se pencha, la redressa et lui passa le nœud autour du cou. Une urine de peur imprégna sa jupe, ruissela le long de ses jambes. Ses genoux plièrent, elle comprit que ses muscles flancheraient dès qu'elle ne serait plus soutenue. Marthe éprouva la répugnance d'un souffle chaud sur sa nuque. Des larmes roulèrent sur ses joues.

Soudain, à travers le brouillard des larmes, elle aperçut Conrad en train de marcher le long de la piscine sur l'autre péniche accolée.

Torse nu, en bas de pyjama, le jeune adolescent posa son regard sur elle. La main de son agresseur se contracta.

Marthe tenta un faible appel, mais les yeux de Conrad se détournèrent. Le visage inexpressif, il retourna vers sa cabine d'un pas mécanique de somnambule.

– Je n'ai qu'une question : quel est le code du compte de Croire ?

En un éclair, Marthe reconnut cette voix, identifia les effluves du parfum mélangés à l'odeur de sueur corrosive.

– Tu m'as entendu, répéta la voix, donne-moi ce code et je disparais de vos vies…

Le cerveau en feu, avec la certitude d'avancer inexorablement vers le néant, elle parvint à souffler :

– Jamais…

Elle sentit son bourreau se raidir.

La seconde suivante dura une éternité.

– Tu viens de condamner Conrad, murmura la voix à l'oreille de Marthe, tandis que le fil métallique lui broyait la trachée.

CINQ ANS PLUS TARD

1

Cuba – 2016.

Situé à une vingtaine de kilomètres de La Havane, Guanabo s'étalait sur une côte rocheuse encombrée de déchets rejetés par la mer. Ville-dortoir d'un millier d'habitants, dont certains survivaient à peine de la maigre solde d'un gouvernement à bout de souffle.

Miguel Nuria, le père de Dahlia, était un homme costaud au teint basané, les yeux bleus et les cheveux étonnamment auburn, résultat de l'adultère d'une Cubaine noire avec un officier de l'armée russe venu prêter main-forte aux frères communistes. Une liaison balayée au départ des Soviétiques, au moment de la perestroïka.

Sans déclencher d'hostilité visible, le physique singulier de Miguel provoquait la méfiance des voisins. Il faut dire qu'après le déménagement des Russes, presque tout le monde avait eu faim à Cuba. Un certain ressentiment s'était développé envers ce qui rappelait cet allié ayant abandonné le navire en pleine perdition.

Ou peut-être était-ce autre chose qu'on reprochait à Miguel Nuria ? Une défiance à l'égard de l'ancien apparatchik mis en cause après l'arraisonnement d'un cargo nord-coréen en provenance de Cuba, sur lequel les douaniers panaméens avaient découvert des missiles et deux avions de chasse soviétiques MiG-21, sous une cargaison de sucre. Reconnu coupable de corruption par un parti soucieux d'éviter le scandale d'une violation sur l'embargo contre la Corée du Nord, Miguel avait été privé de ses fonctions. Désormais plagiste dans un hôtel d'État, il en était réduit à proposer ses services aux touristes. Moyennant un pourboire, il pouvait dégotter un revendeur de cigares de contrebande, organiser un dîner avec langoustes grillées, une rencontre avec une *chica. Quanto años ?*[1] demandait-il afin de ne pas décevoir le client au moment de la livraison. Partout dans l'île, on croisait ce genre de *Jinetera*,[2] à l'affût de quelques CUC.[3]

Gloriana, la mère de Dahlia, s'était noyée douze ans après sa naissance. Âgée de dix-sept ans, elle se souvenait de plus en plus difficilement de son visage. Seuls un regard mélancolique et quelques souvenirs épars surgissaient parfois dans ses rêves. Au matin, tout s'évaporait sous les rayons brûlants du jour.

Dans le village, cette mort avait paru d'autant plus suspecte que Gloriana ne se baignait jamais. Judoka émérite, elle faisait partie de l'équipe nationale qualifiée pour les JO de Barcelone. Par malchance, elle s'était blessée au poignet une semaine avant le départ. Des années de sacrifices s'étaient évanouies pour une mauvaise chute, ainsi que l'espoir d'échapper, avec son boxeur Lazario Nuria, à cette prison à ciel ouvert. Abandonnée par le

---

[1] *Une fille. Quel âge ?*

[2] *Terme cubain signifiant « cavalière », désignant une prostituée illégale.*

[3] *Peso Cubain Convertible.*

sportif – réfugié politique en France –, Gloriana s'était jetée dans les bras de son demi-frère, Miguel.

De cette union de circonstance étaient nés Dahlia puis Armando, cinq ans plus tard.

À la mort de sa mère, Dahlia avait pris son rôle de maîtresse de maison très à cœur. Elle admirait son père, qui refusait de se remarier. Bien sûr, il découchait souvent et rentrait aux aurores, chargé de rhum, mais elle trouvait ce besoin de décompresser légitime.

Une nuit, Miguel l'avait réveillée. Dahlia se rappelait ses baisers trop appuyés.

– C'est normal entre père et fille, avait-il assuré, c'est parce que je t'aime…

Elle l'avait laissé faire. Il l'avait déshabillée. Puis elle avait senti ce poids trop lourd, cette peau trempée de sueur, cette haleine fétide, et cette terrible douleur. Puis les spasmes de Miguel et son râle étranglé.

– Ne dis rien à personne, sinon… avait-il ordonné en glissant le pouce sous sa gorge, avant de quitter sa chambre.

Recroquevillée sous le drap, Dahlia avait pleuré de longues heures parce qu'au fond d'elle, une voix hurlait que ce qu'elle venait de subir n'était pas normal.

Aussi avait-elle décidé de se rebeller. Mais le lendemain, Miguel s'était montré si gentil avec Armando que Dahlia n'avait rien raconté. Puis les visites étaient devenues une sordide habitude, un cauchemar à enfouir, une relation incestueuse à laquelle elle se soumettait en culpabilisant. Lorsque Miguel rentrait la nuit, Dahlia attendait, terrorisée, qu'il débarque dans sa chambre. Alors, elle plongeait son regard vers le ciel nocturne à travers la lucarne, égarait ses yeux humides dans la contemplation des étoiles, espérant que l'une d'entre elles se transforme en étoile filante pour l'emporter elle et son frère.

Parfois, elle rêvait qu'il existait quelque part un garçon qui viendrait la sauver. Cet espoir insensé lui permettait de supporter l'étreinte répugnante imposée par son géniteur.

Au matin, Miguel vaquait à ses occupations, il rapportait juste assez d'argent pour les nourrir, jouait parfois avec son fils tout en la surveillant du coin de l'œil.

Ayant hérité de la couleur des cheveux de son père, qu'elle portait coupés courts et en broussaille, et dotée d'un physique agréable peu mis en valeur, la jeune fille n'intéressait pas les garçons, qui lui préféraient ses copines. Elle ne participait pas aux fêtes de la maison de la culture où les jeunes se retrouvaient le samedi. Cette attitude, ajoutée au mystère entourant la mort de sa mère, engendrait une sorte d'ostracisme. On changeait de trottoir pour éviter de la croiser, les messes basses fusaient dans les queues des magasins approvisionnés par intermittence en viande, beurre ou poisson. Habituée, Dahlia concentrait sa raison de vivre sur Armando, qui, protégé par cet amour, s'épanouissait en ignorant la nature perverse de son père, malgré l'atmosphère oppressante de la maison.

– Tu grandis, un vrai petit homme, décréta Miguel à son fils, attablé face à lui.

Armando redressa fièrement les épaules et plia le bras pour exhiber ses maigres biceps.

– *Tengo doce anos, soy muy fuerte !* [4]

---

[4] *J'ai douze ans, je suis très fort !*

– Oui, *está muy bien*... Tu ressembles de plus en plus à ta mère, dit l'homme d'une voix empreinte d'une mélancolie ambiguë.

Affairée à la vaisselle, Dahlia sursauta, se retourna et fusilla son père du regard. Malgré la lumière tamisée, elle saisit l'éclair de concupiscence dans son œil. Cette étincelle, elle la connaissait, elle la voyait lorsqu'il la rejoignait la nuit. Miguel attrapa sa bouteille de Cristal, avala plusieurs gorgées de bière au goulot, de la mousse lui inonda la main. Il renifla bruyamment.

– Ça va pas ! cria-t-il en s'adressant à Armando. Cette baraque est dégueulasse. J'en ai plein le dos, je vais vous laisser tomber, toi et ta sœur, si elle ne tient pas mieux la maison.

Armando se mit à pleurer et, retenant son hoquet, il essuya ses larmes sur sa chemisette. Un instant désarçonnée, Dahlia décida que cette fois, elle s'opposerait à Miguel.

– Si t'es pas heureux, t'as qu'à t'occuper du ménage toi-même !

Surpris par cette réaction, l'homme balança la bouteille, qui explosa contre le mur. Il se précipita vers sa fille et brandit le poing, menaçant.

– Je vais t'apprendre à me respecter !

Elle ne cilla pas.

– Respecter ! le provoqua-t-elle, tu oses parler de respect !

Touché par la réplique chargée de sous-entendus, il chercha quelque chose à répondre mais resta silencieux.

L'un et l'autre savaient ce qui se jouait. Pendant une seconde, Miguel s'était vu en train d'abuser de son fils. Une assiette dans ses mains tremblantes, la jeune fille se sentit prête à l'affronter pour que son petit frère ne subisse jamais ce qu'elle endurait. Oui, son père pouvait continuer à disposer de son corps, mais elle le tuerait s'il s'approchait d'Armando.

Le rictus qui illumina finalement le visage de Miguel n'était pas un signe de reddition. Il s'efforça de ravaler sa hargne, et ricana.

– Eh bien, t'as pris du caractère… Ça va devenir drôle.

Il enfouit ses grosses mains dans ses poches et tourna les talons.

– J'ai du travail, un visiteur français de la plus haute importance à accueillir à l'aéroport. T'as intérêt à ce que la maison soit propre, au cas où on devrait le recevoir…

En passant, il ébouriffa les boucles noires de son fils, et sortit en claquant la porte.

Dahlia adressa un clin d'œil à Armando, le rejoignit et le serra dans ses bras. L'enfant renifla, releva les yeux sur elle, incertain. Il se força à sourire, laissant paraître ses dents blanches. Prise d'une immense tristesse, elle essaya de déterminer la meilleure façon de le protéger. Mais comment s'opposer à la force de Miguel ?

2

Paris – 26 novembre 2016.

Ça faisait un moment que Conrad surveillait Simon, le barman. Un gaillard à la barbe poivre et sel qui complotait avec Malek et Hanif, deux petits voyous recrutés à la maison d'arrêt de Fleury-Mérogis, au bâtiment D4, le pire, avec ses cafards, ses rats et ses puces de matelas.

Tôlard respecté purgeant dix ans pour le casse d'une banque, Simon les avait pris sous son aile, les protégeant du racket, des menaces de mort et de la sodomie. À ses ordres depuis leur sortie, les gamins venaient de lui remettre le butin du braquage de commerçants chinois à Châtelet.

De plus en plus mal à l'aise à proximité de ces types, Conrad n'écoutait plus Lazario Nuria dont les paroles sonnaient comme un refrain connu.

– *Bastardos* de castristes ! Un jour, on obligera ces *enculo* à me rendre ma place au comité olympique. Mon frère Miguel s'en occupe à La Havane. On va la faire, cette putain de contre *revolución*. On virera cette caste de brigands, ils répondront de leurs actes devant le peuple !

Lazario vida son verre de rhum, s'essuya la bouche sur la manche de son Bomber. Il contracta les muscles de son cou avec une grimace de bouledogue. Conrad secoua la tête.

Même s'il aimait comme un père ce boxeur cubain, médaillé des JO de Barcelone, aux cheveux coupés ras, le nez barré d'une cicatrice, il refusait de se lancer dans une nouvelle discussion stérile.

L'ancien sportif claqua sa main sur le comptoir.

– *Patronnnes !* cria-t-il avec son accent railleur, remets-nous ça, on va trinquer à la mort de cet enfoiré de Fidel Castro !

– Laisse tomber, dit Conrad, j'ai déjà trop bu… Je bosse au garage à sept heures.

– Bah, fais comme moi, *no vamos a dormir*, je te déposerai à ton taf, *mañana*.

– Non, je te jure, je suis crevé.

Après un signe d'accord à ses acolytes, Simon les rejoignit.

– Écoutez, les gars, il est une heure, je ferme. Je vais vous demander de payer.

Il leur glissa la note dans une soucoupe. Lazario afficha une mine faussement désolée.

– *Comprendo…*

Il planta ses yeux dans ceux de Simon.

– Remplis nos verres quand même, *vamos a beber rapida !*

Les deux hommes se dévisagèrent. L'atmosphère se chargea d'électricité. Bien que d'une silhouette affûtée, Conrad n'avait pas la carrure du boxeur et répugnait à se laisser entraîner dans un conflit inutile.

– Me cassez pas les couilles, les gars. J'ai passé l'âge du racket de chopine. Alors, vous casquez ou je me fâche, pérora le barman.

Dans le miroir, Conrad vit les demi-sels descendre de leur tabouret. Le plus grand, en veste de sport, un Indien sans aucun doute, hésita un instant. L'autre, plus court sur pattes, sortit de sa poche une matraque télescopique. Alerté par un mouvement de tête de Conrad, Lazario pivota vers eux. Son air mauvais se mua en rictus moqueur, il s'adressa au serveur.

– Dis à tes *niños* de retourner coucouche panier, sinon ça va tourner à la vinaigrette.

Son blouson s'entrouvrit, découvrant un pistolet 9 mm coincé dans son jean. Conrad détestait ce moment.

De deux choses l'une, soit le barman obtempérait, soit Lazario allait une nouvelle fois faire des siennes. Le jeune homme soupira en gonflant les joues, tandis que Lazario dégainait son flingue et le pointait en direction des jeunes.

Leur regard impuissant se dirigea vers Simon, qui recula d'un pas en levant les mains.

– T'excite pas, mon gars, je vous sers, tu peux remballer l'artillerie.

– Tu m'appelles pas « mon gars », *hijo de puta*, s'amusa Lazario. Et maintenant que je suis en colère, tu mettras la note dans ton *culo*… Quant à tes *niños*, là, si tu leur confies ta *protección*, tu ferais mieux de *fermere ta turne !*

Simon baissa les bras, attrapa deux verres, puis le goulot d'une bouteille de Havana.

– Écoute, je sais pas d'où vous arrivez, mais vous vous êtes trompés d'adresse. J'ai dix piges de placard au compteur. Alors je vous régale d'une tournée, mais ensuite, il faudra changer de crèmerie, c'est pas la soupe populaire ici…

Malek et Hanif étaient revenus dans leur coin comme deux chiens de garde obéissants. Conrad guettait la réaction de Lazario, qui venait de poser son arme et se grattait le crâne.

– *Es bueno*, s'adoucit-il. Je trinque avec mon pote, et *vamos*...

Le barman s'approcha avec les verres de rhum.

– Je vous ai servi des doubles.

– *Buen*, répondit Lazario, t'es un *buen chico*. On reviendra...

Conrad poussa un nouveau soupir. Il voulait rentrer. Avec un peu de chance, il serait assez en forme demain pour assurer à son nouveau boulot au garage.

Lazario leva son verre dans sa direction.

– À la tienne, *mi hermano*. Cul sec !

Conrad ferma les yeux.

– J'suis pas bien, Laz, j'ai la tête qui tourne...

Au même instant, un haut-le-cœur lui souleva l'estomac, il se plia en deux, un liquide jaunâtre gicla de sa bouche. Le boxeur s'écarta, évitant la gerbe, de justesse.

– *Mierda, que haces ?*

Conrad tomba à genoux et vomit à nouveau, une douleur atroce lui déchirait le ventre. La main amicale de Lazario appuya sur son épaule en même temps qu'il lui chuchotait.

– Reprends-toi, *mi hermano*, tu nous fais passer pour des *tarados*.

Conrad avait l'impression d'être une loque, une morve acide lui brûlait le nez. Profitant de cette diversion, le barman s'empara du flingue :

– Soixante-cinq euros ! Tu casques et tu ramasses ta fiotte qui dégueulasse mon carrelage.

Les voix de Lazario et du barman s'entremêlèrent.

– *Esté de pinga !*

– Arrête, lâche ça...

La déflagration fut si forte que Conrad eut la sensation qu'on lui lacérait les tympans. Il sentit ses boyaux se serrer, dessoûla en une seconde et releva la tête. Une main sur le ventre, Lazario titubait.

– *Diablos, estoy muerto*, siffla-t-il avant de s'écrouler.

– Occupez-vous de l'autre ! ordonna Simon.

Conrad tentait de se remettre sur pied lorsqu'il aperçut le court sur pattes un tabouret en main. Avant qu'il n'ait pu se défendre, Conrad reçut le coup à pleine volée sur l'épaule. La violence du choc le propulsa contre le bar, son arcade heurta l'angle du comptoir. Il s'affala, aussitôt roué de coups de pied.

– Prends ça ! Tu croyais pouvoir nous baiser !

Recroquevillé en position fœtale, Conrad tentait de se protéger avec les bras. Ça faisait un mal de chien. Ses poumons aspiraient l'air par saccades, les insultes de Malek résonnaient dans son crâne. Soudain, un fusible disjoncta, tout sembla se dérouler au ralenti, son corps réagissait aux coups par des soubresauts sans qu'il en ressente la douleur.

Des images de sa vie déferlèrent à la vitesse d'éclairs successifs : il revit sa mère pendue, puis les interrogatoires des flics, l'enterrement et les engueulades avec son père, sa rencontre avec Lazario dans un bar et leur complicité immédiate…

Des bagarres, il en avait déjà connu d'autres, mais elles s'étaient toujours soldées par une victoire. Jamais Lazario ne l'aurait laissé se faire dérouiller de cette façon. L'attention de Conrad se tourna vers son ami, sur le dos, le ventre baigné de sang. Mort ou à l'agonie. Conrad sentit ses muscles se durcir comme la pierre, l'homme qui l'avait pris sous sa protection après la mort de sa mère allait crever à cause de lui.

Comment tout cela avait pu dérailler si vite ? Il ne se le pardonnerait jamais. Les frappes redoublèrent de violence.

– J'vais te tuer ! hurla Malek.

Il va me massacrer, songea Conrad. Ce fut sa dernière pensée, avant de plonger dans un océan de ténèbres.

* * *

2 décembre – 10 heures.

– Qu'est-ce que tu penses faire ? demanda Joren, sceptique.

Assis en face de son père, Conrad, à peine sorti de prison, le visage tuméfié, demeurait mutique, observant le billard au-dessus duquel sa mère s'était pendue, il y avait un peu plus de cinq ans.

Malgré leurs doutes, c'est sur ce postulat que les enquêteurs de la brigade criminelle du 36, quai des Orfèvres avaient refermé le dossier.

Conrad, qui venait d'avoir quatorze ans, avait découvert le corps au réveil : le cou de Marthe cisaillé par un fil électrique, sa jupe de tailleur humide. Une bouteille de whisky japonais vide à ses pieds.

Il se demandait toujours si sa mère s'était réellement donné la mort ? Et si ce n'était pas le cas, qui avait pu commettre un acte aussi ignoble ? Et pourquoi ? Conrad l'ignorait, de même qu'il était incapable d'identifier cette sourde menace qu'il sentait sur lui, comme un regard froid sous une cagoule. Les larmes lui montèrent aux yeux, il fixa son père, ses cheveux permanentés, ses veines couperosées, mal dissimulées par du fond de teint, le ventre bedonnant, un verre de whisky à la main.

Joren porta un Esplendidos cubain à sa bouche, aspira longuement, cracha un rond de fumée et observa l'ultime barreau de chaise dans un coffret en bois, vestige de son dernier séjour sur l'île des Castro, posé sur la table du salon.

– T'as des projets ? répéta Joren.

– Je vais aviser.

Le père leva les yeux au ciel.

– Je t'avais prévenu, Lazario Nuria ne pouvait t'apporter que des embrouilles… Mais tu ne m'écoutes jamais. Un *loser*, voilà ce que c'était, un minable !

L'enterrement de Lazario avait eu lieu la veille. À part deux individus que Conrad avait soupçonnés d'être des flics en civil, il s'était retrouvé seul devant le cercueil. Ses pupilles se remplirent de colère, il résista à l'envie de gifler son père. Il était assez lucide pour savoir qu'il ne s'agissait pas de respect, ni surtout d'amour, ni même de ce vague relent de crainte dû aux raclées reçues pendant l'enfance. Non, juste une obscure volonté de rester malgré tout en bons termes pour une raison qu'il avait du mal à s'expliquer.

– L'avocat, qu'est-ce qu'il dit ? voulut savoir Joren.

– Pas plus de six mois… avec sursis, sans doute. Je ne serai pas jugé avant un an.

– Et ton travail de mécano ?

Conrad baissa les yeux sur ses baskets, laissant un silence répondre pour lui. Joren fit une grimace, vida son verre de whisky, se leva et se resservit. Il ajouta un glaçon qu'il piocha dans un bac à l'aide d'une pince, examina son fils en se rasseyant.

– Quatre mille euros, l'avocat m'a pris quatre mille euros. T'as une idée de la façon dont tu vas me rembourser, si t'as plus de boulot ?

Conrad tâta l'ecchymose noirâtre à son arcade. Il claqua du pouce contre sa narine, puis fit mine d'épousseter son jean.

– Je trouverai l'argent, si c'est la seule chose qui t'inquiète…

Joren se cala contre le dossier. Il recracha une bouffée de cigare.

– Ce qui m'intéresse, c'est que t'arrêtes de me pourrir l'existence ! Ça fait six mois que t'as quitté l'école de commerce que je payais plus de vingt mille euros par an. Soi-disant pour voler de tes propres ailes… À dix-huit-ans, Monsieur ne voulait rien devoir à personne ! Mais depuis, que dalle ! Juste cette embrouille avec la police. Si seulement tu m'écoutais…

Conrad rentra la tête dans son cou. L'engueulade durerait le temps que Joren finisse de larguer sa propre indignité de n'avoir rien réussi si ce n'était son mariage avec Marthe qui lui permettait aujourd'hui de profiter de ces péniches amarrées sous la tour Eiffel, de frimer avec sa Porsche Panamera, sa montre Vacheron Constantin : tout ce fric hérité, que Conrad exécrait.

Il s'apprêtait à lâcher un souffle de rage trop longtemps retenu, mais le portable de Joren vibra sur la plaque en verre de la table. Il le saisit d'un geste vif.

– Qu'est-ce qu'il y a ? Je sais que c'est toi ! T'es où ?

Conrad se leva, plongea ses mains dans les poches de son jean et s'éloigna d'un pas nonchalant vers l'entrée. Il décrocha son blouson du portemanteau, se réjouissant du coup de fil qui venait de lui éviter dix bonnes minutes d'un pathétique sermon.

– Ben oui, le quai est encombré, s'énerva Joren, Renault organise le lancement de la dernière Mégane sur le Shogun, j'ai appelé le patron du resto pour qu'il fasse dégager un passage. Gare-toi derrière moi, je t'ai laissé une place. Et magne-toi, Viking's Run court à quinze heures à Auteuil, je veux la voir avant le départ.

Conrad s'apprêtait à sortir lorsque Joren l'interpella.

– Attends !

Le portable coincé contre la joue, il se dirigea vers son fils, une carte de visite à la main.

– Voilà le numéro d'un ami qui s'occupe d'une *start-up* de change de devises. Il cherche un informaticien, je lui ai assuré que t'es un as. Appelle-le de ma part. S'il t'embauche, c'est la fin de tes soucis.

Surpris, Conrad prit la carte. Joren cria dans le téléphone.

– Quoi ? T'arrives pas à te garer… Laisse tomber, je t'envoie Conrad.

– Va aider cette idiote, ordonna-t-il, elle n'est pas foutue de faire un créneau. Et téléphone au gars… Il me doit un service.

Conrad sortit sans un mot.

– Surtout, ne dis pas merci ! entendit-il à travers la porte.

Le visage au soleil, adossée au 4x4 Mercedes gris métallisé, la copine de son père croisait les bras sur sa courte veste en cuir. Âgée d'une trentaine d'années, Marie-Lou, ou Manuela quelque chose – Conrad ne se souvenait plus très bien –, insistait pour qu'on l'appelle Manu. Un mètre quatre-vingt, blonde cendrée aux yeux vert clair, cette fille parlait avec un accent de l'Europe de l'Est.

Elle l'accueillit d'un ton amical, avec un large sourire.

– C'est encore toi mon sauveur…

– Ouais, bougonna Conrad.

– T'en fais une tête, t'as eu le droit à un discours moraliste ?

Sans répondre, il attrapa les clés qu'elle lui tendait.

– Dis-moi, lui demanda-t-elle, tu ne voudrais pas regarder sous le capot, elle démarre mal ces temps-ci.

Conrad haussa les épaules.

– T'as qu'à passer au garage. Je ne suis pas payé pour mettre les mains dans l'intimité de ton moteur.

Rire sincère, Manu apprécia la repartie. *Elle a de l'humour*, pensa Conrad, *en plus d'être canon*. Il préférait toutefois garder ses distances. Même si son père n'avait jamais montré d'attachement pour ses maîtresses, il suffirait qu'il apprenne que son fils couchait avec l'une d'entre elles pour qu'il pète les plombs.

Conrad se mit au volant. Manu fit le tour de la voiture, puis s'installa tandis qu'il reculait son siège. Dégageant négligemment les pans de la veste, elle lui offrit un panorama sur la naissance de ses seins sous son chemisier. Conrad s'efforça de ne rien laisser transparaître de l'attirance qu'il ressentit, se concentrant sur le réglage du rétroviseur. Il gara le véhicule en un tour de main.

– Voilà. Le prends pas mal, mais tu devrais filer… Tel que je le connais, il n'apprécierait pas qu'on traîne à tailler la bavette.

Le visage de Manu se ferma.

– Je n'ai pas peur de lui. Qu'est-ce que tu crois ?

– Moi ?

Les yeux de la jeune femme pétillèrent.

– Ouais, toi, le vaurien qui hait son papa, sans oser s'opposer à lui.

Il marqua un silence, puis ouvrit la portière.

– Eh bien, t'es fine psychologue pour une poule de luxe.

Elle fronça les sourcils.

– Assez pour tenir ton père par ce qu'il lui reste de virilité. Ne t'inquiète pas en ce qui me concerne, je ne crains pas qu'il se débarrasse de la seule fille qui parvienne encore à le faire bander…

Conrad la considéra avec effarement. Elle parut s'en amuser.

– T'es choqué ? rit-elle.

Elle secoua la tête d'un air affligé.

– Et ça se prend pour un dur…

– T'as vraiment aucune fierté, lâcha le jeune homme.

– Aucune. J'en ai pas les moyens.

Conrad demeura le regard dans le vague. Elle caressa l'hématome sur son arcade.

– On n'est pas obligé d'être ennemis…

Le message lui sembla clair. Il réfléchit un instant. Cette fille lui plaisait, il avait une furieuse envie de l'embrasser. Ils demeurèrent un instant à s'observer.

– À mon avis, dit Conrad en affichant un air professionnel, c'est un problème de gicleur. Si tu ne t'en sers pas, laisse-moi les clés, je m'en occuperai cet après-midi.

Elle plissa les yeux.

– Garde-les, j'ai un double. On a une réception après la course, on rentrera sûrement tard… Tu me diras ce que je te dois.

– T'embête pas pour ça.

Elle rit.

– OK, je trouverai bien un autre moyen de payer ma dette…

Ils descendirent en même temps. Conrad jeta un œil vers la péniche et repéra son père, qui les observait derrière la baie vitrée.

– Il nous guette ? demanda-t-elle.

– Oui.

Elle se mit à nouveau à rire.

– Tant mieux ! Ça lui apprendra.

– Il risque de te faire une scène.

– J'ai l'habitude, je gère ses sautes d'humeur, ne t'en fais pas.

Pris d'une soudaine envie de la provoquer, Conrad s'éloigna vers son Audi à la carrosserie ternie et cabossée, et lança par-dessus son épaule :

– Pas de détails, je ne préfère pas savoir comment tu y parviens.

* * *

– T'en as mis du temps, grogna Joren. Je t'ai dit que j'étais pressé…

Manu descendit les quelques marches, retira sa veste en cuir, l'accrocha à un cintre dans la penderie.

– Ton fils m'a gentiment proposé de réparer le 4x4, j'ai un problème de démarrage.

– D'ici, j'aurais plutôt cru que c'est toi qui lui offrais tes services.

Un rictus mauvais aux lèvres, il posa son verre sur le billard. Le cigare fumait dans le cendrier. Il avança, le visage rouge de colère.

– Tu peux pas te retenir, il faut que t'allumes les mecs pour me faire enrager…

Manu écarta l'insulte d'un geste de la main.

– T'avais qu'à venir toi-même, si tu supportes même plus que ton fils me parle… J'ai l'impression que t'as encore abusé de whisky, tu ne devrais pas picoler autant, ça te rend parano… Eh puis, tu ferais mieux de lui faire un peu confiance, au lieu d'être toujours après lui. On croirait que tu le détestes.

– Ne te mêle pas de ça ! Ça ne te regarde pas, c'est entre lui et moi. Dis-moi plutôt à quelle heure t'es partie cette nuit, je ne t'ai pas entendue quitter la chambre.

– Je me suis levée à six heures, j'avais une course à faire. Tu ronflais si fort que j'ai pas voulu te réveiller…

Il postillonna en aboyant :

– Te fous pas de moi ! Je me suis réveillé à cinq heures, t'étais déjà plus là.

Elle se dirigea vers un miroir doré et réajusta sa coiffure.

– J'avais besoin d'un verre d'eau, je crois qu'ensuite je suis allée aux toilettes.

– Ah ouais, alors comment ça se fait que je t'ai trouvée nulle part ?

– Je ne sais pas, mon amour, tu as peut-être rêvé…

Elle réfléchit brièvement.

– … je me souviens, j'ai pris une douche en bas.

– T'as toujours une excuse, espèce de garce !

Manu se retourna et se hérissa :

– Oh, et puis merde… On n'est pas marié ! Je suis sortie parce que j'avais envie de faire un tour, je n'ai aucune explication à te fournir.

Joren se rua sur elle, agrippa une longue mèche de ses cheveux et tira si fort qu'elle eut l'impression qu'il allait lui arracher. Il lui tordit la tête en arrière et la contraignit à s'agenouiller.

– Tu me prends pour un cave !

Elle feignit la panique.

– Je t'en supplie, te fâche pas, j'étais partie refaire le plein de cigarettes. Regarde dans mon sac, je t'ai acheté un paquet de Dunhill…

Sous cette apparente frayeur, Manu savait comment se comporter. Il fallait se soumettre, jouer la proie apeurée. Les crises de son amant finissaient toujours de la même façon.

– Ta gueule ! cria-t-il.

Envoyée du plat de la main, la gifle atteignit la mâchoire. Sans opposer de résistance, elle se laissa mener, le bras tordu dans le dos, jusqu'au billard, contre lequel il la projeta. Il lui colla sa bouche contre l'oreille.

– Je vais te montrer qui c'est le patron, sale petite pute.

Sa grosse main plaqua la joue de Manu sur le tapis vert. La jeune femme sentit les doigts s'infiltrer sous sa jupe et lui arracher son string. La boucle de sa ceinture lui érafla la peau.

– Je vais t'apprendre à me respecter ! aboya Joren tandis qu'il masturbait rapidement son membre à moitié flasque, pour tenter de la pénétrer.

Manu ferma les yeux. Depuis longtemps, elle savait se recroqueviller dans son jardin secret. Enlevée dans les Carpates par un gang mafieux à l'âge de vingt ans, elle avait subi le dressage classique réservée aux jeunes filles kidnappées : des semaines dans une cabane puante près de Kiev, violée vingt à trente fois par jour par des monstres avinés pour être ensuite envoyé dans un bouge en Turquie. S'en était suivi un an de trottoir dans les grandes villes d'Europe, avant d'échoir à Paris où elle était parvenue à s'échapper.

Elle avait eu de la chance. Tout cela paraissait loin et pourtant c'était en elle une cicatrice invisible qui lui permettait de se mettre hors d'atteinte de Joren, en éteignant ses sens. Réfugiée dans sa bulle, elle le regarda s'escrimer sur son corps comme si elle observait la scène depuis le plafond. Au bout d'une trentaine de secondes, il explosa dans son ventre, sans qu'elle ressente rien.

– Va prendre une douche, on part dans dix minutes. Et je ne veux plus jamais te voir tourner autour de mon fils…

Manu se réajusta et traversa le salon, jetant un regard chargé de mépris sur Joren, qui se servait un nouveau whisky.

* * *

Craignant de tomber sur les flics, Conrad avait préféré attendre avant de pointer son nez chez Lazario Nuria. Au pied de l'immeuble, il songea à Simon, le patron du bar, blanchi par le témoignage de ses deux affidés. Le jeune homme n'avait eu aucune chance de faire valoir sa version.

Il observa les fenêtres, réfléchit avant de conclure qu'il ne risquait rien à monter : le propriétaire ignorait encore la mort de Lazario et n'avait sans doute pas entamé la moindre démarche pour récupérer les lieux.

Conrad pénétra dans le hall et tomba sur le concierge, occupé à balayer le dallage de pierre, qui lui adressa un évasif signe de tête. Il grimpa les marches deux par deux jusqu'au troisième étage, pénétra dans l'appartement qui, apparemment, n'avait pas été visité. *À quoi bon, dans une enquête aussi simple*, se rassura-t-il, un brin amer, en verrouillant la porte. Il balaya la pièce, repéra les bouteilles de rhum, la vaisselle dans l'évier, le courrier accumulé sur la table, la plupart des lettres encore cachetées.

Il flottait dans l'air une odeur de tabac froid, de bouffe avariée et de linge sale. Conrad réalisa à quel point cet intérieur était la représentation de la vie de Lazario, une vie déroulée au jour le jour, sans autre perspective que de finir des soirées ivre mort, tirer des nanas et se procurer de l'argent par toutes sortes de moyens, le plus souvent illégaux.

Il se dirigea vers la cheminée, souleva le plateau de marbre et récupéra une liasse de billets entourée d'un élastique, un stock de trente sachets de cocaïne, un SIG Sauer et deux boîtes de cartouches. Il glissa l'arme à l'arrière de son jean.

Il fit un dernier tour d'horizon, ramassa un paquet de Marlboro qui traînait sur le bureau parmi des catalogues d'armes. Il ouvrit le tiroir, espérant mettre la main sur le briquet en or que Lazario avait promis de lui offrir. Il le tenait de son grand-père, révolutionnaire castriste.

L'objet était là. Il s'en empara avec émotion. Alors qu'il s'apprêtait à repousser le tiroir, son regard fut attiré par un chèque de la Coutts & Rothschild Trust, une banque basée à Guernesey. C'était curieux, à part son père, il ne connaissait personne y possédant un compte.

Personne, et surtout pas Lazario Nuria, avec son statut de réfugié politique cubain. Il saisit le chèque. Stupéfait, il lut le montant de vingt mille euros et identifia la signature de Joren. Tous les atomes de son corps se contractèrent, il ne comprenait rien. Son père n'avait jamais montré que mépris pour l'ex-boxeur. Comment expliquer ce chèque daté du jour de sa mort ? Quel lien pouvait unir ces deux hommes qui prétendaient se détester ? Conrad sentit un filet de sueur sur son front, il détailla les chiffres raides et anguleux, cette manière caractéristique qu'avait Joren de commencer les zéros par le bas, sans jamais refermer la boucle.

Convaincu de l'authenticité de l'écriture, il le glissa dans sa poche intérieure, secoué par l'ombre soudaine d'une trahison. Les muscles tendus, il ouvrit la porte et vérifia que le couloir était vide. Une fois dans la rue, il entendit la sirène lointaine d'une voiture de police. Persuadé que le concierge les avait prévenus, il se reprocha d'avoir manqué de prudence, remonta le col de son blouson et se mit à courir, déterminé à ne jamais remettre les pieds dans le coin.

* * *

3 décembre – 2h30.

Soutenu par Manu, Joren descendait vers les chambres.

– Bordel de merde, j'suis bourré comme un coing…

– Je t'avais prévenu de ne pas boire autant, s'agaça-t-elle.

– Je sais. Mais quelle journée pourrie…

Pendant la soirée, son état n'avait fait qu'empirer. Il faut dire que non seulement Viking's Run ne s'était pas placée, mais le jockey avait mal géré le dernier obstacle, entraînant la jument dans une chute au cours de laquelle elle s'était blessée.

Le diagnostic du vétérinaire était tombé comme un couperet.

– Ligament suspenseur du boulet déchiré, six à douze mois d'immobilisation… On verra ensuite si elle pourra recourir.

Cette nouvelle déconvenue avait plongé le propriétaire dans une crise de furie. Après avoir eu des mots avec le vétérinaire, il s'était précipité dans les box pour s'en prendre au cavalier, un jeune teigneux. Excités par les invectives, les deux hommes en étaient venus aux mains. Le cavalier avait esquivé le coup de poing de Joren, puis l'avait foudroyé d'un coup de tête au plexus, l'expédiant au milieu d'un tas de crottin. C'est Manu qui avait arrêté le jockey.

Tout ce beau monde s'était ensuite retrouvé à la soirée VIP sur les Champs-Élysées, autour de bouteilles de champagne et de petits-fours, les vainqueurs rayonnants tandis que les autres ruminaient, le regard voilé de noir.

Joren s'affala sur le lit.

– T'aurais dû me laisser lui régler son compte. C'est ta faute, si je suis passé pour un con !

– Arrête de te défouler sur moi, rétorqua-t-elle, en commençant à lui retirer son pantalon.

– Je t'ai vue discuter avec ce pédé de Nestor, continua Joren sur le même ton de reproche. Non seulement c'est lui qui m'a incité à investir dans cette jument pas foutue de finir une course, mais tu complotes avec lui derrière mon dos. Tu crois que je n'ai pas deviné vos plans minables ?

Manu rassembla les vêtements.

– Arrête de t'inventer des histoires, tu te fais du mal pour rien. Nestor est venu me dire combien il était désolé. Il sait que c'est lui qui t'a encouragé à acheter Viking's Run. Il voulait te proposer un arrangement… C'était idiot de refuser de lui serrer la main.

Elle ouvrit le lit, y installa Joren et rabattit le drap avant de recaler l'oreiller sous sa tête. Il se laissa manipuler comme un infirme.

– N'empêche, je t'ai interdit de parler aux gens sans mon autorisation.

– Je te rappelle que c'est Nestor qui nous a présentés, dit Manu en se redressant. Tu ne prétends quand même pas m'empêcher de discuter avec mes amis.

Il tenta de lui attraper le bras, elle s'écarta à temps.

– Excuse-moi, je suis fatiguée… Tu vas ronfler, je préfère dormir dans la chambre d'ami.

Il se contenta de grogner.

– C'est ça, dégage…

Il se tourna sur le côté et ferma les yeux.

En remontant vers le salon, Manu eut un haut-le-cœur. Elle avait trop bu ce soir, l'envie de noyer ce que Joren lui avait infligé avant de sortir. Elle songea à ce qu'elle acceptait depuis des mois, sans avoir avancé d'un pouce dans son objectif. Pourtant, elle ne ménageait pas ses efforts pour gagner la confiance de ce dépravé, se pliant à tous ses caprices. *Pathétique*, se dit-elle. Heureusement qu'elle avait marqué des points avec Conrad, c'était la seule avancée positive dont elle pourrait se prévaloir.

Dans la cuisine, elle se servit un reste du café qu'elle passa au micro-ondes. Elle ajouta deux sucres et posa ses lèvres sur la tasse. *Café bouillu, café foutu*, disent les Français, s'amusa-t-elle, avant de sortir sur la terrasse. L'air frais lui fit du bien, elle s'appuya à la rambarde et observa la tour Eiffel illuminée. Quelle chance d'habiter un si bel endroit. Comment ne pas se satisfaire de ce privilège ? Pourquoi fallait-il toujours que les gens ignorent leur bonheur et s'évertuent à s'inventer des frustrations. Abrités dans les appartements cossus des alentours, combien de gens tentaient-ils de camoufler leur détresse par un dérisoire coït de quelques secondes, l'illusion d'une position sociale, ou une vaine posture contestataire ?

Autant de tentatives pour éloigner l'idée même de disparaître sans avoir laissé la moindre trace de son passage sur cette terre.

Elle soupira. À quoi bon ressasser ces pensées puisqu'elle ne pourrait rien changer. Parfois, elle se trouvait stupide d'intellectualiser autant le monde plutôt que de le vivre en toute simplicité. *Je fuis, moi aussi*, conclut-elle. *À ma façon.*

Elle jeta un œil vers son 4x4. Il n'avait pas bougé. Conrad avait pourtant promis de s'en occuper. Elle sourit. Il devait avoir eu mieux à faire. Dès que possible, elle renforcerait le lien noué le matin. Elle but une gorgée de café en réfléchissant : Conrad avait retrouvé sa mère pendue dans cette péniche. Pouvait-on se remettre d'un tel choc ? Comment ne pas comprendre sa colère.

Jusqu'où irait-elle pour lui arracher ce qu'il savait… Oui, elle coucherait avec lui, si cela s'avérait nécessaire. Ce ne serait pas pire que le reste. Après tout, le désarroi du garçon réveillerait peut-être en elle une fibre éteinte. Elle sourit, posa la tasse sur la rambarde et se massa les sinus. En fait, qu'attendait-elle d'une relation sexuelle ? Un peu de tendresse, de respect, un moment de partage.

Son portable vibra. Elle regarda le numéro entrant, avant de répondre.

– Pourquoi m'appelles-tu à cette heure ? On vient d'arriver chez lui.

– Il faut qu'on parle…

– Qu'est-ce qu'il y a d'urgent ?

– Je t'expliquerai…

– Je ne peux pas maintenant, Joren dort, mais il s'est aperçu de mon absence cette nuit, j'ai passé un sale quart d'heure.

– Rendez-vous demain matin, où tu sais.

D'instinct, elle jeta un œil vers l'escalier et constata que la lumière venait de s'allumer.

Un frisson la saisit, elle chuchota.

– Il se réveille. On se retrouve à onze heures…

* * *

Nu sous sa robe de chambre aux motifs chamarrés, Joren dévisageait Manu. Avait-il surpris sa conversation ? Son regard ne laissa rien transparaître, sa voix se chargea au contraire d'une sollicitude inhabituelle.

– Tu n'as pas froid ?

– J'apprécie cette fraîcheur, elle me rappelle l'Ukraine. Mais tu as raison, je ferais mieux de rentrer… T'es debout depuis longtemps ?

Elle lui caressa la joue. Il ne manifesta aucune réaction, la suivit, referma la baie coulissante, sans la quitter des yeux.

– C'est bizarre, dit-il, j'aurais juré que tu parlais de moi au téléphone.

– Ha oui ! J'ai reçu un texto d'un client… Rien qui te concerne.

Il tendit le bras.

– Tu permets que je le lise ?

Elle glissa la main dans sa poche et éteignit le portable.

– Ç'aurait été avec plaisir, mais je l'ai effacé. De toute façon, ça ne t'intéresserait pas, c'est une proposition d'un de mes clients qui devrait me rapporter une belle commission.

Il hocha la tête.

– Oui, oui, tu perçois des commissions en retour de tes prestations. Mais je n'ai jamais bien compris en quoi consistaient ces prestations exactement.

– Je t'ai déjà expliqué, je sers d'intermédiaire à des gens friqués, ce sont des transactions confidentielles, et c'est aussi pour ma discrétion qu'on me paye.

– Je peux garder un secret.

Il s'approcha, et durcit son regard.

– J'ignore tout de toi, en fin de compte.

Elle réalisa qu'elle devait lui donner un os à ronger.

– Qu'est-ce que t'as envie de savoir ?

– Tu pourrais commencer par me parler de ton passé, me donner des détails sur ton travail.

Elle s'enroula dans un châle et soupira.

– Je n'ai pas eu une existence passionnante… Une enfance merdique, mes parents sont tombés dans la trappe de mes nuits passées à les maudire. Quant à mon boulot, si quelqu'un souhaite vendre un objet de valeur, je cherche un acquéreur parmi mes relations. Ça peut concerner un meuble ancien, une voiture de sport ou de collection, une œuvre d'art… Je me débrouille en russe et en arabe… Or tu n'es pas sans avoir remarqué que débarquent à Paris pas mal de milliardaires avides de dilapider leur argent.

Elle évita son regard, esquissa un sourire, puis s'exprima d'une voix plaintive.

– Toi non plus, tu ne m'as pas dit grand-chose. Ta femme s'est suicidée, à ce qu'on m'a raconté…

Il venait de blêmir. Manu savait qu'elle prenait un risque. Il fronça les sourcils.

– Qui t'a balancé ça ?

– Je m'en souviens plus très bien, peut-être Nestor, après nous avoir présentés. Ne lui en veux pas, c'est moi qui l'ai interrogé.

Il parut se décontracter.

– T'aurais pu l'apprendre n'importe comment… C'est exact, Marthe s'est foutue en l'air ici. La police a cherché à me coincer, ils n'ont jamais rien pu prouver, évidemment. Ils ont pourtant essayé, crois-moi. Et ma salope de belle-fille les a harcelés.

Surprise de le découvrir aussi loquace, Manu tenta le tout pour le tout.

– D'un autre côté, sa disparition t'a laissé millionnaire…

Joren se referma brusquement.

– Pour qui tu m'prends ! Tu crois ces connards qui bavent dans mon dos… Quand j'ai rencontré Marthe à Genève, elle était connue de toute la Jet Set. Tu parles si j'étais content qu'elle s'intéresse à moi... Elle avait huit ans de plus que moi, alors c'est vrai que je la trompais ! Mais de là à la flinguer, il y a une marge.

Ses yeux s'assombrirent, il se colla à Manu, qui se cramponna au rebord du plan de travail, la poitrine palpitante.

– Ne t'énerve pas, chéri, je disais ça comme ça. On est bien tous les deux, c'est ce qui compte. Ne gâchons pas ça avec ces vieilles histoires.

Joren grimaça, il redressa le menton de Manu et lui écrasa les joues entre ses doigts.

– T'es tellement belle ! Parfois, je me dis que j'ai trop de chance. Tu supportes tout, tu es attentive et si dévouée.

– C'est parce que je t'aime, même si t'es pas toujours très gentil.

– Bien sûr, tu m'aimes à en crever...

Il lui serra le cou, enfonçant l'ongle de son pouce sur sa carotide, puis l'embrassa à pleine bouche. Son haleine empestait le whisky, elle céda quand même à ce baiser, acceptant cette limace envahissante. Elle posa sa main sur le torse velu, la fit glisser sur la peau granuleuse. Elle écarta le pan de la robe de chambre, la ceinture tomba tandis qu'elle caressait son sexe. Il grogna de satisfaction. Elle anticipa la pression sur ses épaules et se mit à genoux. Retenant un haut le cœur, elle ouvrit la bouche et engloutit le membre offert.

* * *

9 heures.

Installé au volant de son Audi, devant chez lui, Conrad observa son reflet dans le rétroviseur : une lèvre fendue, l'arcade sourcilière noirâtre, *rien de bien grave*, pensa-t-il, même si les hématomes sur ses bras l'élançaient. Comparées à sa responsabilité dans la mort de Lazario, ces douleurs n'étaient rien. Rien non plus comparées à la culpabilité qui le rongeait, à la haine de lui-même qu'il ressentait à chaque fois qu'il songeait à sa mère, pendue. Il grinça des dents, un truc n'allait pas : le chèque de son père trouvé chez Lazario. Il y avait pensé toute la nuit. Il hésita à téléphoner à Joren pour exiger des explications. Peine perdue : il n'en fournirait pas, ou bien il mentirait. Et il ne disposait d'aucun moyen pour lui faire cracher le morceau. Il repensa à Marthe. Le soir de son suicide, elle s'était disputée avec son père à propos d'argent, menaçant de divorcer s'il ne rentrait pas. Il avait entendu toute la conversation, sans y accorder d'importance.

Comment aurait-il pu deviner que cette femme au caractère d'acier mettrait fin à ses jours ? Comment cette veuve de ministre, dirigeante d'une ONG, avait-elle pu commettre ce geste irréversible sans laisser un mot d'explication ? C'était incompréhensible. D'ailleurs, personne n'avait compris.

Et surtout pas sa demi-sœur qui avait accusé Joren d'assassinat. L'image d'Héloïse s'imposa à Conrad. Depuis la disparition de Marthe, leurs relations, qui avaient toujours été compliquées, s'étaient détériorées. Réticent à l'idée de la contacter, il se persuada cependant qu'il devait discuter du chèque avec elle. Il fouilla la poche de son blouson à la recherche de son portable. Après deux sonneries, une voix agacée répondit.

– Oui…

– Héloïse ?

– Oui !

– C'est Conrad, je ne te dérange pas ?

– Qu'est-ce que tu veux ?

Conrad hésita.

– Je voulais prendre des nouvelles.

Sa sœur n'était pas seule, elle avait du mettre sa main devant le haut-parleur, mais il perçut une autre voix sans comprendre les mots échangés.

– Je n'ai eu aucun signe de vie de toi depuis bientôt quatre mois, reprit-elle. Alors, va droit au but, je n'ai pas de temps à perdre.

Conrad faillit couper, mais il repensa au chèque et se ravisa.

– Faut que je te parle d'un truc bizarre… Mais pas au téléphone.

– Si c'est pour me demander un service, c'est trop tard, je ne peux plus rien pour toi.

– Non, ce n'est pas pour ça, rassure-toi. J'ai fait une découverte qui t'intéressera.

– Concernant ton père ?

– Oui.

Nouvel aparté d'Héloïse.

– Viens à dix-huit heures, Peter donne son cours de musado, il ne sera pas là.

Elle raccrocha avant que Conrad réponde. Énervé, il jeta son portable sur le siège passager. C'était toujours pareil, chaque fois qu'il discutait avec sa sœur, elle s'évertuait à le rabaisser, à détruire le peu d'estime qu'il éprouvait encore pour lui-même. Elle avait hérité de son père le sentiment d'appartenir à une classe supérieure, lui au contraire émanait de la lignée Aelters… Il ouvrit la boîte à gants et soupesa le sac de coke. Son pouce claqua sur sa narine, il décida de garder un sachet et de revendre les autres. Ensuite, il arrêterait de sniffer, c'est promis.

3

Cuba – Guanabo.

– Ces bières, je vais t'en tirer un bon prix à La Havane.

– D'accord, répondit Emilio, mais comment j'explique leur disparition ?

En face de Miguel, le Black malingre et osseux se sentait toujours en position d'infériorité. Certes, l'homme corpulent ne l'avait jamais menacé, mais son passé de responsable régional de la Douane générale de la République lui en imposait.

– Tu raconteras qu'on ne t'a pas livré… Les touristes n'auront qu'à se serrer la ceinture. Ou ils boiront du rhum. On les rince en *all-inclusive*, ils ne vont pas nous gonfler en plus.

Emilio s'efforça de masquer sa crainte.

– Et ma part ?

Miguel désigna le butin du menton.

– Je te l'apporte dès que j'ai fourgué ça, même barème que d'habitude…

Le vendeur secoua la tête.

– Tu gardes encore la meilleure part, je veux plus.

Le visage de Miguel s'empourpra.

– Eh ! s'énerva-t-il, n'oublie pas que c'est moi qui me débrouille pour le transport, c'est aussi moi qui graisse la patte de la police. Si tu connais quelqu'un capable de t'offrir plus, vas-y, te gêne pas !

Il balança un coup de pied dans une caisse et fit mine de partir. Emilio se ravisa.

– *Bueno ! Bueno !* Mais tu m'en débarrasses de suite. Autrement, il faudra que je partage avec les barmans.

Intérieurement, Nuria rigolait. Une nouvelle fois, son comparse se contenterait des miettes. Il grimaça un sourire.

– Bien sûr, je suis venu en voiture avec un ami. Il attend dans la rue derrière.

Emilio fronça les sourcils.

– Un ami ?

– Ouais, un Français qu'est arrivé ce matin pour me voir. Ne bouge pas, on s'occupe de ça maintenant.

– J'espère qu'il saura tenir sa langue…

Miguel s'esclaffa.

– Ce *chico* travaille pour des hommes très puissants, il a l'habitude des affaires.

Adossé au capot d'une voiture de la marque chinoise Geely Uliou, à plaques d'immatriculation rouges, Sam se demandait ce qu'il faisait là. Il n'appréciait guère cette ruelle dans laquelle flemmardaient quelques chiens pouilleux. Tout juste atterri dans l'île, avec son costume et son attaché-case, il était décidé à y rester le moins longtemps possible, persuadé qu'il lui serait facile d'accomplir sa mission grâce à son contact sur place.

Très vite, il s'était méfié de ce Nuria, apparatchik à l'haleine chargée de rhum, recouvert de pellicules, qui l'avait d'abord traîné chez un loueur de voitures en dehors de l'aéroport avant de l'amener chez un revendeur d'essence de contrebande. Sam trouvait cette manière de faire incompatible avec l'importance des affaires qu'il devait traiter avec le gouvernement.

Miguel rejoignit un Sam tendu et lui fit un signe de la main.

– Viens, mon ami, on a du boulot.

Sam remonta ses lunettes noires sur son nez.

– Et les hauts gradés militaires, quand est-ce qu'on les rencontre ? demanda-t-il avec impatience.

Le visage du Cubain s'éclaira.

– À La Havane ! Tu vas rencontrer le patron de la Gaesa,[5] c'est le gendre de Castro.

Sam était sceptique mais, dans le doute, obéit sans poser de questions. Ils chargèrent quatre caisses de bières dans le coffre et quatre autres derrière les sièges. Sam s'installa au volant. Cinq minutes plus tard, ils s'arrêtèrent devant une bicoque entourée d'un grillage percé de part en part.

– Attends-moi, je n'en ai pas pour longtemps, annonça Miguel.

Il pénétra chez lui, chercha Dahlia et Armando jusque dans leur chambre. Personne. *Mais où diable a bien pu passer cette garce ?* s'interrogea-t-il, lâchant un sourire satisfait en constatant que sa fille avait respecté ses ordres, astiqué les sols et rangé la vaisselle.

De la cuisine, il passa dans une courette couverte de tôle ondulée, caressa le chien qui y somnolait et fit un peu de place entre le poulailler et quelques vieux bidons, puis il retourna

---

[5] *Grupo de Administración Empresarial SA, qui regroupe les entreprises contrôlées par les militaires.*

dans la rue. Après un rapide coup d'œil alentour, il sortit deux caisses du coffre qu'il entreposa près des poules.

Malgré la nuit tombante, la chaleur était étouffante dans la voiture, Sam était trempé de sueur et détestait cela. Miguel revint, soufflant comme un bœuf. Il s'installa et fit tourner son doigt en l'air :

– *Vamos a La Habana !* Si on nous arrête au point de contrôle, tu glisses un billet de dix dollars dans les papiers de la bagnole, ça suffira pour qu'ils nous foutent la paix.

Sur ses gardes, le Français acquiesça d'un hochement de tête. Vingt minutes plus tard, le barrage franchi, la ville illuminée apparaissait. Les demeures coloniales aux façades décrépies du quartier de La Habana Vieja laissèrent le touriste sans voix. C'était aussi beau que déprimant.

Miguel ordonna une halte chez un de ses contacts, dans une rue de Centro Habana, à l'écart des artères principales.

Le marchandage s'éternisa, le Black aux cheveux grisonnants était un sacré négociateur.

– Eh bien ! dit le Cubain en recomptant les billets, il est coriace, le vieux. Nom d'un chien, j'ai cru qu'on n'allait pas se mettre d'accord.

– Avec les relations que vous avez, pourquoi vous abaissez-vous à ces trafics minables ? demanda Sam.

– Je traverse une passe difficile, ça devient problématique pour moi de rester dans cette île. Il va d'ailleurs falloir qu'on en parle. Mais chaque chose en son temps… Pour l'instant, direction la *casa particular* où on dormira cette nuit.

Le visage de Sam marqua sa surprise.

– On ne rencontre pas notre contact ce soir ?

– Chaque chose en son temps, répéta Miguel, ici, il faut passer par des intermédiaires… Ne t'inquiète pas, là où on va, on aura préparé le terrain pour nous. Et puis, en attendant, on va se taper du bon temps… T'imaginais quand même pas que j'allais te laisser repartir sans que tu goûtes aux Cubaines !

Miguel partit d'un rire gras et reprit :

– La dernière fois qu'il est venu, ton patron refusait de quitter La Havane, il a quasiment fallu le menotter pour le coller dans l'avion.

Le Français était sidéré par la tournure que prenait son séjour. S'apercevant du malaise de son hôte, Miguel adopta un autre ton.

– Moi aussi, dit-il, je me sentirai perdu quand je débarquerai à Paris. J'aimerais pouvoir compter sur un jeune *hermano* qui me montre comment ça marche… Je suis sûr que tu feras ça pour moi ? Mais à propos, tu ne m'as pas parlé de mon coquin de frérot. Comment va Lazario ? Est-ce qu'il veille bien sur nos *dineros* ?

Sam resta silencieux, il aurait préféré remettre le sujet à plus tard, de peur que la nouvelle envenime leurs rapports. Mais il ne pouvait plus reculer.

– Je suis désolé de devoir vous l'apprendre, mais votre frère a été tué…

Le visage de Miguel se ferma. Il regarda Sam la mine incrédule, la mâchoire crispée.

– Comment c'est arrivé ?

– Dans un bar… une dispute qui a mal tourné.

– C'est terrible… Mon frère avait le don de se foutre dans la *mierda*. Cette fois, le destin ne lui a pas souri. *« Donde quiera que estés, que tu alma halla la paz. »*[6]

Il fit un rapide signe de croix et reprit la conversation :

– La mort de mon frangin ne change rien. Quand vais-je quitter Cuba et récupérer mon pognon ?

– Écoutez, cette disparition modifie la donne. Dans votre propre intérêt, il va falloir que vous soyez patients. Nous devons régler un ou deux détails matériels, vous comprenez ? Il faut…

Miguel l'interrompit.

– *Nada !* La vie est devenue impossible pour moi. C'est à cause d'El Barbudo ! Il était ravi que je porte le chapeau dans le sac d'embrouilles qui a suivi la saisie du Chong Chon Gang à Panama… Lorsque cette *puta* de l'ONU est venue fourrer son nez dans la paperasse, j'ai tout pris sur moi. J'ai fait ce qu'on m'a ordonné. Mais maintenant que Fidel est mort, tout ça est passé aux chiottes de l'histoire, et on m'a oublié dans les égouts. Alors il va falloir respecter vos engagements, tous autant que vous êtes…

– Bien évidemment, c'est pour ça que je dois discuter avec vos responsables. Il faut qu'on se mette d'accord. Ensuite, nous nous occuperons de vous obtenir un passeport français et nous vous trouverons un lieu discret pour habiter. Nous avons l'habitude de ces transactions. Laissez-moi gérer ça en douceur. Contentez-vous de me faire rencontrer les décideurs, comme c'était prévu.

Miguel sembla rasséréné.

---

[6] *« Où que tu sois, que ton âme trouve la paix. »*

– Ça me va. Tu sais, j'ai mes appuis dans la garde rapprochée de Raoul.[7] Je vais organiser ces entretiens, tu pourras même négocier d'autres petits bonus. Mais j'espère pour toi que tu ne m'oublieras pas ! Allez, assez discuté, *vamos a la casa !*

Ils arrivèrent devant une bâtisse, relativement bien entretenue. À travers un judas, on les observa, puis la porte s'ouvrit. Une vieille femme aux cheveux gris filandreux les introduisit dans un gigantesque hall d'entrée. Elle détailla Sam, qui admirait les colonnes de marbre et les cimaises, vestiges d'avant la révolution.

– Ravi de vous connaître, se présenta Sam dans un espagnol rudimentaire.

La maîtresse des lieux toussa en posant son poing sur sa bouche, puis tira Miguel par la manche vers la cuisine. L'aparté dura quelques minutes.

– Ça avance bien, annonça le Cubain avec un enthousiasme surjoué, nous allons rencontrer le plus proche collaborateur du *Ministerio de Relaciones Exteriores*. Malheureusement, l'homme dont je t'avais parlé est en visite officielle à Ottawa. Notre amie va nous arranger la réunion pour demain après-midi. Il lui faut ton passeport. Simple mesure de sécurité… Pour la nuit ici, elle nous prend trente pesos par chambre. Elle nous préparera un *desayuno* copieux…

De plus en plus déconcerté, Sam songea qu'il fallait contacter son boss mais, dans l'immédiat, il obtempéra et régla leur note.

---

[7] *Raoul Castro, frère de Fidel, à la tête du pays.*

Les deux hommes s'installèrent dans leur chambre, puis se retrouvèrent au salon pour descendre quelques bières avant de sortir dîner.

– Qui est cette femme ? demanda Sam, une fois dans la rue.

– C'est la veuve d'un des premiers *compañeros de la Revolución*, il faisait partie de la garde rapprochée d'El Barbudo et a participé à l'expédition du Che au Congo. Il est mort là-bas. Elle est très respectée des militaires. C'est mon relais avec le commandement.

Ils dînèrent en terrasse sur la Place d'Armes. Après un café *cubano*, Miguel commanda deux mojitos. Un orchestre jouait des airs de salsa, mené par un trompettiste aux yeux rieurs. Après un morceau particulièrement entraînant, le musicien laissa ses comparses poursuivre leur récital et retira son chapeau pour récupérer l'obole des touristes charmés.

Sam observait Miguel dansant sur sa chaise.

– Ha ! Cuba ! Cuba ! *La mayoría de los países del mundo !* Tu me manqueras ! J'espère que chez vous, il y aura des femmes accueillantes. Ton patron répétait qu'il existe des endroits où on peut faire ça avec plusieurs en même temps… Ça doit être quelque chose !

Intrigué, Sam insista pour en savoir plus.

– Comment s'est déroulé son séjour au moment de l'affaire panaméenne ? À part ces foutus cigares, il ne nous a parlé de rien.

Miguel ricana.

– Ton patron, c'est un *sexo loco ! Una bestia perverso !* Je crois qu'il a même fini par dévergonder la *chica* de l'ONU. Je me suis demandé si elle ne s'était pas laissé acheter, elle aussi.

Enfin, c'était une *bonita chica*, j'adorerais la revoir en privé, la *bella* Laurène…

– Vraiment… dit Sam, je n'aurais jamais imaginé ça.

Le serveur arriva avec la note, le Français sortit une liasse de billets et régla. Miguel lui proposa un Cohiba, qu'il accepta avec plaisir.

Ils remontèrent l'avenue Paseo Martí, bordée d'immeubles aux couleurs pastel. En traversant une ruelle grouillante, ils croisèrent une grosse Noire, attifée d'un short jaune fluo et d'un haut rouge, qui frappait son mari à coups de parapluie.

– Espèce de porc ! Que je t'y reprenne avec cette *puta* !

L'homme, malingre, tentait de parer les attaques avec les avant-bras. Des balcons avoisinants, les habitants commentaient la dispute conjugale en riant. Hilare, Miguel attrapa son compagnon par l'épaule.

– C'est ça, La Havane ! T'y es, mon ami.

Sam avait le cerveau embrumé par l'alcool. Les odeurs d'égouts, les ordures obstruant les caniveaux, l'air imprégné d'humidité n'arrangeaient rien. Il était au bord du malaise.

– On approche du Malecón, avertit Miguel. Dès que tu verras une *chica* qui te plaît, tu me le dis. Si c'est une fille à problèmes, je te préviendrai.

Le long de cette promenade qui menait jusqu'au port, une faune disparate déambulait : femmes à peine vêtues, travestis en talons aiguilles, mendiants, vendeurs à la sauvette… Miguel souriait béatement, les yeux grands ouverts, avide de débauche. La mort de son frère paraissait digérée, effacée de sa mémoire.

4

Paris – 3 décembre – 17 h 45.

Conrad trouva une place devant chez sa sœur. Peter, sac de sport sur l'épaule, sortait de l'immeuble. Il traversa la rue, sans remarquer le jeune homme, encore derrière son volant. Autrefois, ils entretenaient des rapports cordiaux, sinon amicaux. Le frère d'Héloïse avait même fréquenté la salle où Peter enseignait, mais il n'avait pas apprécié la discipline excessive imposée par son beau-frère, sa façon de tenter de prendre l'ascendant. Une franche antipathie s'était lentement instaurée entre eux. Lors d'une dispute entre le frère et la sœur – elle lui reprochait de ne pas accepter son aide pour trouver un boulot correct –, Peter s'était autorisé des réflexions acides. Il s'était cité en exemple.

– Fils d'immigré tchécoslovaque, il m'a fallu jouer des coudes pour trouver ma place. J'avais mon diplôme de Normale Sup, mais sans soutien, personne ne m'aurait donné ma chance à Bercy. Toi, tu vis en loup solitaire. C'est comme au musado, si t'es pas loyal avec ton enseignant, tu n'évolueras jamais.

Conrad avait répondu, sarcastique :

– Me fais pas marrer avec ton sport de nains de jardin en pyjama… Dans la rue, face à des voyous, tes élèves ne tiendraient pas une minute avec les simagrées coréennes que tu leur apprends.

Peter avait peu goûté la repartie.

– D'abord, le musado n'est pas un sport mais un art. Ensuite, on ne s'entraîne pas pour se battre mais pour acquérir une maîtrise de soi. Si tu écoutais ta sœur, elle pourrait t'aider, et moi aussi, je pourrais peut-être t'aider.

– Me faire pistonner, non merci, ce n'est pas mon truc.

– C'est toujours mieux que de végéter comme un *loser* !

– Je préfère ça à un poste de fonctionnaire minable, aux ordres de politiciens pourris…

– Ferme ta gueule ou je t'en colle une !

Conrad avait balayé la pièce du regard.

– Qui ça, toi ? Faudrait que tu sois assez grand pour ça…

Confiant dans son allonge, il ne craignait pas le mètre soixante-cinq de Peter. L'envie de lui rabattre son caquet le démangeait, il avait retroussé ses manches et s'était mis en garde. Pourtant, il n'avait pas vu arriver le coup de pied éclair dans la rotule.

Il s'était maintenu debout avec difficulté.

– Bravo pour la maîtrise de soi ! Si c'est tout ce que t'as à donner, pas la peine de t'entraîner autant.

– Je vais te briser, avait hurlé Peter.

– Ça suffit, avait crié Héloïse en poussant Conrad jusqu'à la sortie. Va-t'en, disparais de ma vie !

Depuis cette altercation, il n'avait rencontré sa sœur que pour un rapide café à côté des Halles. Elle lui avait signifié que Peter n'acceptait plus qu'il vienne chez elle en sa présence. Et de fait, il n'était jamais revenu.

Conrad pénétra dans le hall avec cette aigreur au ventre. Il jeta un œil vers les boîtes aux lettres. Le nom de sa sœur, Jarousseau, était affiché en majuscule au-dessus de celui de son compagnon, Horak. Tout un symbole ! L'appartement était la propriété d'Héloïse, et pas question pour elle que quiconque l'oublie.

L'ascenseur moquetté emporta Conrad au deuxième étage.

Héloïse le fit attendre quelques minutes, avant de lui ouvrir.

– Te voilà déjà. Tu as de la chance, Peter vient de sortir.

– Oui, je l'ai aperçu.

Bien qu'ayant reçu de sa mère une classe indéniable, Héloïse ne possédait pas sa beauté. Diplômée de Sciences Po, elle était l'assistante parlementaire d'un député de la majorité, fils d'un ami de la famille. À l'abri financier depuis l'héritage de son père, elle ne se plaignait pas de son salaire mais plutôt de la futilité de son quotidien, qui consistait pour l'essentiel à tenir l'agenda du député, répondre à des doléances mesquines et courtiser des journalistes en espérant un peu de partialité dans les articles…

Le frère et la sœur se regardèrent en chiens de faïence. La jeune femme observa les blessures de Conrad, pendant qu'il détaillait son tailleur impeccable, sa chemise en soie beige clair et son collier de perles.

– Suis-moi, finit-elle par ordonner.

Elle longea le couloir, s'installa derrière un guéridon, dédaignant le canapé. Une façon de signifier que l'entrevue serait courte. Elle désigna une chaise d'un geste du menton.

– Assieds-toi.

Il posa ses coudes sur la petite table et tassa ses épaules. Son sourire forcé s'apparentait à une grimace.

– Ça a l'air d'aller, toi…

– Allez, accouche. Qu'est-ce que t'attends de moi ?

Toujours aussi aimable, la frangine, se dit Conrad. Il sortit le chèque de sa poche et le lui tendit. En découvrant le nom de l'émetteur, ses joues rosirent, elle lâcha le bout de papier, comme si son contact lui était insupportable.

– C'est un chèque de ton père ! Qu'est-ce que tu veux que j'en fasse. Je sais qu'il a de l'argent sur des comptes offshore, il me l'a volé en assassinant maman. Pourquoi viens-tu me provoquer avec ça ? Si j'avais su…

Elle détourna la tête, son regard brillait. Conrad lui raconta comment il avait découvert le chèque chez Lazario, omettant d'évoquer la cocaïne et le flingue.

– Il pourrait s'agir d'un achat de drogue, finit-elle par dire. J'ai lu l'article relatant tes derniers exploits. Ce boxeur n'était visiblement pas un saint. Toi non plus, d'ailleurs. Heureusement, à l'Assemblée, personne n'a fait le lien entre nous.

Conrad afficha un air ennuyé.

– Je suis désolé que cette histoire ait pu te mettre dans l'embarras. Les choses ne se sont pas passées comme…

Elle l'arrêta d'un geste de la main :

– Je me contrefiche de tes excuses. Parlons sérieusement. La drogue, c'est une piste, non ?

– Joren ne se came pas. Il méprise ceux qui en consomment. Avec ce qu'il picole, ça prête à rire…

Héloïse approuva, en rajoutant même une couche.

– Ton père a toujours été alcoolo.

Pour éviter un conflit, Conrad se garda de polémiquer.

– Une dette de jeu ? reprit sa sœur. Il passe encore ses nuits dans les casinos, scotché à une table de black jack ?

Conrad secoua la tête.

– Il préfère les courses… Et puis, Lazario ne jouait pas, il ne s'intéressait qu'aux filles et à la politique cubaine.

La jeune femme n'écoutait plus, elle réfléchissait, l'air grave. Elle caressait le lobe de son oreille gauche. Conrad savait que ce tic trahissait sa préoccupation.

– Et une histoire de prostituées, ça collerait bien avec ta famille.

Conrad n'ignorait rien de la vie de ses ancêtres, qui avaient tenu des maisons closes à Amsterdam. Ce n'était pas la première fois que sa sœur y faisait allusion, mais il s'en moquait, seul comptait ce chèque. Il voulait connaître le fin mot de l'histoire, et son aide était indispensable.

– Je ne pense pas. Il sort avec une nana, ils ne se quittent plus, ça a l'air de coller entre eux.

Elle haussa les épaules et tapota des ongles sur le plateau du guéridon.

– Il faut que je réfléchisse. Tu pourrais me laisser le chèque, j'ai peut-être une idée…

Conrad hésita, n'ayant qu'une confiance relative envers sa demi-sœur. Avec ses relations et son entregent, elle parviendrait sans aucun doute à de meilleurs résultats que lui.

– OK, mais tu me tiens informé de ce que tu découvres.

Héloïse sourit. C'était tellement rare. L'austérité du comportement, la retenue des émotions, Conrad retrouvait chez elle les expressions de leur mère, et il en éprouvait comme un déchirement.

Héloïse prit le chèque.

– Si on arrive à prouver que ton père a quelque chose à voir dans le meurtre de maman, ça ferait aussi ton affaire, non ?

Cette fois, Conrad ne laissa pas passer. Il pouvait endurer beaucoup de la part de sa sœur, comprendre sa rancune à son égard, parce qu'il était là, qu'il dormait et n'avait rien fait la nuit où leur mère s'était donné la mort, mais il refusait qu'elle l'accuse de chercher à récupérer de l'argent par tous les moyens.

– J'en ai rien à foutre de ce pognon. Tu sais bien que je ne crois pas que Joren ait pu faire ça. Je veux découvrir pourquoi il a signé un chèque de vingt mille euros à Lazario. C'est tout.

– Tu préfères croire que maman s'est suicidée parce que ça t'arrange. Comme ça, tu peux continuer à vivre à côté de son assassin.

Conrad se leva, énervé.

– Et toi, tu penses toujours être la seule à souffrir.

Héloïse s'indigna.

– Ne me joue pas la sérénade du martyr, ça ne te va pas.

– T'as raison ! Contentons-nous de jouer nos rôles habituels. Moi, dans celui du mauvais fils, et toi dans celui de la sœur éplorée et parfaite…

– Stop, ça ne sert à rien de se disputer. Accorde-moi une ou deux semaines, je te ferai signe.

– Ça me paraît long !

– Tu as un plan plus rapide peut-être ? Alors, laisse-moi faire, et maintenant dégage !

* * *

Dans sa voiture, Conrad tripotait une cigarette et ressassait son entretien avec Héloïse. Décidément, elle ne changeait pas. Toute son enfance, elle s'était comportée en souveraine, le reléguant au rôle de valet soumis à ses caprices. En grandissant, elle avait profité des sentiments de Conrad, soufflant en permanence le chaud et le froid.

Vers l'âge de dix-huit ans, elle avait commencé à lui manifester un dédain ostensible, à souligner leur différence d'éducation. C'est à cette même époque que les relations entre elle et Joren étaient devenues conflictuelles, mettant sa mère dans l'obligation de jouer l'arbitre. Pour une raison incompréhensible, l'insouciance d'Héloïse s'était délitée, elle s'était renfermée sur elle-même, pour finir par déménager sur une décision de sa mère de lui payer un appartement.

Puis Marthe s'était pendue.

Les images de son visage les yeux révulsés et la langue dégoulinante ne quitteraient jamais Conrad. Il avait beau les enfouir, tenter de les masquer par des rails de cocaïne, elles revenaient le hanter, accompagnées de ces questions : comment avait-elle pu le rejeter à ce point ? Comment avait-elle pu ignorer la culpabilité qu'il porterait toute sa vie ? Le téléphone vibra dans sa poche. Conrad consulta le texto d'Héloïse : *Décidément, on n'arrivera jamais à se parler plus d'un quart d'heure sans se disputer. Je suis désolée. Mais fais-moi confiance, et pas un mot à ton père.*

Conrad effaça le message et alluma sa cigarette avec le briquet de Lazario. Il réfléchit en recrachant la fumée. Encore une illustration de la complexité de sa sœur : une minute, elle l'envoyait au diable, l'instant suivant, elle revenait vers lui, usant de ses sentiments de grande sœur pour se réconcilier. Et le pire, c'est que cela avait toujours fonctionné.

Il démarra et accéléra dans la circulation fluide.

En passant devant l'Arc de Triomphe, il pensa au 4x4 de Manu. Il avait hâte de revoir cette fille, mais l'heure tardive l'en dissuada.

Après avoir fait plusieurs fois le tour du pâté de maisons, il dénicha une place dans sa rue, à quelques mètres de l'avenue de la Grande-Armée. Retrouver sa chambre, au sixième sans ascenseur, ne l'emballait que moyennement. Se rapprochant de l'entrée de son immeuble, il se rappela son rendez-vous du lendemain à Pôle Emploi. Par association d'idées, il sortit la carte de visite du copain de son père :

Chem Bencherif
Financialgain
Président-fondateur

Qu'est-ce que j'irais foutre dans cette start-up à la con ! C'est réparer les moteurs que j'aime, se dit-il, en cherchant ses clés.

Il s'arrêta pour fouiller ses poches. Un projectile le frôla et fit éclater un bout de mur à trente centimètres de lui. Il crut qu'on venait de lui lancer une pierre et jeta un œil aux alentours. De l'autre côté de la rue, une moto était à l'arrêt, moteur ronflant. Le pilote portait un casque intégral, mais Conrad reconnut le passager. Malek, le malfrat qui l'avait rossé, pointait un pistolet dans sa direction.

Le jeune homme se jeta en avant et s'aplatit au sol. La balle le manqua d'un cheveu. Cette fois, il avait perçu la détonation, à l'évidence assourdie par un silencieux. Il roula dans le caniveau et s'abrita derrière une voiture. Après quelques secondes, il entendit la moto démarrer. Il se leva d'un bond, prêt à s'élancer, mais l'engin disparaissait déjà au coin de la rue. Il sentit ses jambes flageoler et prit appui sur le capot d'une somptueuse Jaguar.

Tout s'était déroulé si vite, il n'avait même pas eu le temps de dégainer le flingue de Lazario. Son cœur cognait à toute volée. Il réalisa qu'on venait d'essayer de le tuer, et pire, que ces enfoirés connaissaient son adresse.

Par terre, il ramassa deux douilles, preuves tangibles de la tentative de meurtre. Une terrible angoisse gonfla en lui. Sa main se referma et son poing se mit à trembler.

* * *

– Tu l'as loupé ! cria Hanif.

– Je sais. On repasse ? hurla Malek, tentant de couvrir le bruit du moteur.

– Ça sert à rien, il va se méfier maintenant.

– Qu'est-ce qu'on fait ?

– On retourne au bar.

– Simon va être furieux, on va en prendre plein la gueule…

Effectivement, le barman entra dans une colère noire. Après les avoir entraînés dans la réserve, il les bombarda d'injures.

– J'aurais dû m'en occuper moi-même ! J'ai tué son copain, ce gars doit crever ! Il aurait fallu l'achever l'autre soir, si seulement les flics n'avaient pas débarqué. Il va chercher à se venger, c'est une question de temps.

Malek et Hanif n'avaient jamais observé le bout de leurs pompes avec autant d'attention. L'engueulade dura trois bonnes minutes, puis Simon se calma :

– Bon, il faut qu'on le bute. En plus, on a déjà encaissé dix mille euros pour ce boulot, alors on va le descendre, et toucher dix mille de plus, comme promis sur le message.

– Vingt mille euros ! C'est le double du tarif habituel ! Qui sait combien le commanditaire casquera pour nous éliminer si on rate notre coup ? osa Hanif.

– On pourrait y retourner, suggéra Malek, il va bien sortir de chez lui demain matin.

Simon grimaça :

– J'aime pas l'idée… Jamais au même endroit. À sa place, je moisirais pas dans le coin. Si ça se trouve, il s'est déjà barré, ou alors il a prévenu les flics qui vous choperont comme des bleus, si vous vous repointez. Non, il faut faire autrement.

Il regarda ses comparses d'un air déconfit et reprit :

– Je vais envoyer quelqu'un à l'ancienne adresse de son pote. Toi Malek, retourne faire le guet devant chez lui. Et discrètement. S'il ressort, contente-toi de le suivre et repère sa nouvelle planque… Hanif, tu restes avec moi. Si l'idée vient à ce morveux de débarquer, je veux t'avoir sous la main.

– Ça marche, je me planque et je déboule en cas de grabuge.

Le barman, pressentant qu'il se débinerait à la première occasion, secoua la tête.

– Je préfère que tu restes visible à une table. Je vais te filer un calibre. J'ai mon fusil à pompe sous le comptoir. Si ce connard se pointe, seul ou accompagné, on tire dans le tas.

Le trio regagna le bar. Simon leur offrit deux bières et s'en servit une. Il glissa le verre glacé sur son front en feu. L'établissement était quasi désert, ils discutèrent un moment du départ d'Ibrahimović, s'interrogeant sur le joueur idéal pour remplacer le géant suédois.

Malek interrompit le débat et posa la question qui le turlupinait :

– Comment on fait si on ne réussit pas à mettre la main dessus ? Vaudrait peut-être mieux rendre le pognon.

Simon le fusilla de regard.

– À qui tu veux refiler le pognon, connard ? On ignore l'identité du commanditaire. Il ne nous a pas laissé le choix, on ne peut plus reculer…

Il dévisagea Malek et Hanif :

– Dans une semaine au plus, ce Conrad sera refroidi.

* * *

4 décembre – 7 heures.

Conrad était couché, le SIG Sauer sous l'oreiller, la main serrée autour de la crosse. Incapable de s'endormir, il se leva et enfila un caleçon avant de se rendre à la salle d'eau, au bout du palier. Il se rasa, puis savoura une douche brûlante. De retour dans sa chambre, il prépara un paquetage. Impossible de rester là tant qu'il n'aurait pas réglé le problème avec les types du bar. *Si ça se trouve*, se dit-il, *ils voulaient juste me faire peur, il faut que j'en coince un pour lui tirer les vers du nez.*

Pour se planquer, Conrad avait besoin d'argent, l'urgence était de dénicher un job. Il enfila son unique costume, balança son sac sur son épaule et quitta l'immeuble, cette idée en tête. Sur le trottoir, il observa les alentours dans la lueur des lampadaires, sans rien repérer de suspect.

À mesure qu'il s'éloignait de chez lui, son angoisse se mua en colère : la mort de sa mère, l'obscénité de l'existence de son père, la lâcheté de ceux qui lui avaient tiré dessus… tout se mélangeait en un maelström d'idées noires.

Vingt minutes d'un pas alerte lui suffirent pour rallier l'agence de Pôle Emploi. De nombreux chômeurs attendaient l'ouverture des portes. À 8 h 30, ce fut la bousculade. Il parvint à atteindre le distributeur de tickets, décrocha le numéro 15 et s'installa dans la salle d'attente. Un cadran affichait déjà le 4-B. L'heureuse élue, une Noire avec son marmot emmailloté dans un tissu antillais, se leva.

Enfoncé dans son siège inconfortable, Conrad fit ses comptes. Il avait à peu près mille euros. Il pouvait aussi vendre la coke, mais le fric fondrait à vue d'œil s'il ne trouvait pas un point de chute pour dormir. L'idéal eût été de squatter chez un ami, mais depuis qu'il avait rencontré Lazario Nuria, Conrad les avait perdus un par un. Restaient les quelques relations du Cubain, mais aucune d'entre elles ne se mouillerait pour lui. Il écarta aussi la possibilité de retourner chez son père ou de frapper à la porte de sa sœur.

C'est une ravissante métisse qui l'accueillit en souriant. Il admira ses cheveux ondulés, ses yeux noirs et ses lèvres pleines. *Cette fille a dans les trente ans*, évalua Conrad en s'asseyant.

– Comment vais-je bien pouvoir vous aider ? demanda la jeune femme.

Très vite, le constat s'imposa : le cas du jeune homme était désespérant. Titulaire d'un bac général, il avait abandonné ses études supérieures et venait de perdre son premier job. En outre, il postulait pour un boulot de mécanicien alors qu'il ne possédait aucune qualification ni le moindre CAP.

– Ce n'est pas grave, plaisanta Conrad, je finirai bien par trouver. Vous saviez que quinze des plus grands milliardaires au monde n'ont aucun diplôme ? Ça me laisse une chance, non ?

– Sans aucun doute, sourit-elle. Mais en attendant, vous devriez songer à choisir une bonne entreprise et y rester au moins deux ou trois ans pour stabiliser votre profil de carrière.

– Entendu. Je vais commencer par la petite porte, j'ai un contact dans une *start-up*. Je ne suis pas expert en programmation, mais je me débrouillerai pour assurer. Qu'est-ce que vous en pensez ?

Il exhiba la carte de visite remise par Joren.

– C'est l'avenir ! assura la jeune femme. Je ne peux que vous encourager à tenter votre chance. Laissez-moi simplement vérifier un truc…

Il la regarda tapoter sur son clavier d'ordinateur, lire l'écran et hésiter, puis tapoter à nouveau, le front se couvrant de stries.

– C'est étonnant, dit-elle, je ne trouve pas trace de la moindre société Financialgain. Rien sur Infogreffe, ni sur societe.com, ni sur le BODACC.[8]

– Bizarre en effet, elle est peut-être en cours de création ?

– C'est possible… Quoi qu'il en soit, donnez-moi des nouvelles, ça me fera plaisir…

La conseillère rosit de son audace, sa voix trahissait son attirance pour Conrad. Il remarqua son trouble. La regardant dans les yeux, il lui demanda son prénom.

– Merci, Sonia. J'espère qu'on aura l'occasion de se revoir.

– Moi aussi, répondit-elle en acceptant sa longue poignée de main.

À peine Conrad avait-il franchi la porte que la jeune femme regretta d'avoir été si entreprenante. Mais, malgré sa jeunesse, son arcade amochée et sa lèvre fendue, elle avait trouvé le garçon bigrement séduisant !

Elle utilisa le court répit avant l'entrée de son prochain rendez-vous pour consulter ses mails. Des pubs et quelques propositions graveleuses provenant du site de rencontres sur lequel elle venait de s'inscrire.

Son boulot s'achevait à dix-sept heures. Une dure journée pendant laquelle elle avait vu défiler tous les profils de chômeurs, des profiteurs professionnels aux gars motivés dont les formations ne collaient pas avec les postes à pourvoir. *Enfin*, soupira-t-elle, *personne ne s'est montré agressif et je n'ai pas eu à repousser les avances de dragueurs lourdingues.*

---

[8] *Bulletin officiel des annonces civiles et commerciales.*

Elle éteignit son ordinateur, ferma son tiroir à clé et enfila son imper rouge. Elle salua ses collègues, qui lui répondirent sans enthousiasme.

Dehors, elle sortit son paquet de cigarettes.

– Tu veux du feu ?

Conrad alluma son briquet et lui offrit son meilleur sourire.

– Tu te souviens de moi ?

– Oui… Conrad, c'est ça ? minauda-t-elle. Qu'est-ce que vous faites là ?

– Je t'attendais. Ça te dirait d'aller boire un verre ? Je t'invite pour te remercier de l'énergie que t'as mise à t'occuper de mon cas.

Sonia le gratifia d'un regard ingénu.

– Normalement, on n'est pas autorisé à fréquenter des demandeurs…

– Qui te dénoncera à l'administration ? dit Conrad avec une mimique drôle. Pas moi, en tout cas.

Elle hésitait, se demandant si le jeune homme serait comme les autres, s'il s'évaporerait dès qu'il aurait obtenu satisfaction. *Mais celui-ci a de l'humour, et il est tellement mignon,* se dit-elle, tandis que ses yeux s'égaraient sur le corps de Conrad, qui, la sentant prête à céder, insista :

– Écoute, j'ai mal dormi cette nuit. J'ai besoin d'une dose de caféine. T'as été hyper sympa… Et puis, ça ne t'engage à rien.

Au bar du coin de la rue, il commanda un café, Sonia une pression.

Très vite, elle lui déballa sa vie : un père martiniquais reparti vivre dans son île, une mère enseignante en banlieue lyonnaise, des années de galère afin de décrocher un master en gestion, tout ça pour bosser à Pôle Emploi. Et toucher un peu plus d'un SMIC qui lui permettait tout juste de louer un deux pièces à Meudon-la-Forêt.

Conrad but son café et posa sa tasse. Sonia la saisit, passa l'index dans le fond pour récupérer le sucre qu'elle suça au bout de son doigt, les pupilles pétillantes. Amusé, il la convia à dîner dans un restaurant vietnamien.

Plongée dans le menu, Sonia se reprochait d'avoir été, comme toujours, trop bavarde. Elle avait dû le soûler.

– Tu me laisses choisir ? demanda son hôte.

– Je te fais entièrement confiance, j'ignore tout de la bouffe asiatique.

Il leva la main pour attirer l'attention du serveur.

– Alors, je suggère des crabes farcis, du poulets *chop suey* et des litchis pour le dessert. On va boire un crozes-hermitage pour honorer ta région.

La commande passée, elle l'interrogea.

– Et toi ? Tu ne m'as rien raconté.

– Je croyais que tu savais tout en épluchant mon maigre CV.

– Je ne te parle pas de ça. T'as bien une famille, des amis. Une copine…

Elle s'était exprimée d'un ton insouciant, mais Conrad comprit qu'elle attachait de l'importance à sa réponse.

– De ce côté-là, je suis libre. Quant à mes parents… Pas grand-chose à en dire, ma mère est morte et je vois peu mon père.

– Où habites-tu ?

– Je loue une minuscule chambre de bonne dans le 16e.

Il se massa la nuque, posa ses coudes sur la table et poursuivit :

– Je la partage avec un ami qui a des ennuis. Dès que j'aurai décroché un job, je chercherai un appart plus grand.

– Et quel genre d'ennuis a ton ami ?

Le serveur arriva opportunément avec la bouteille. Conrad goûta le vin et en approuva la qualité d'un signe de tête. Ils trinquèrent à leur rencontre. Elle répéta sa question, le jeune homme continua son histoire :

– Mon ami a été agressé dans un bar. Il ne s'est pas laissé faire et a envoyé un type à l'hosto. Malheureusement, le gars avait des témoins, c'est mon copain qui a écopé. Il a passé trois mois en prison. Depuis, il galère… Donc je le dépanne.

– T'es fidèle en amitié.

Elle remarqua à nouveau l'ecchymose sur le visage de Conrad et eut un soupçon qu'elle effaça aussitôt, refusant de compromettre cette rencontre. Ils dînèrent dans une ambiance détendue. En fin de repas, il insista pour commander deux alcools de riz. Un peu grisée, Sonia n'osa pas protester. Elle ne s'opposa pas très fermement non plus lorsqu'il proposa de la raccompagner en voiture : *À cette heure-ci, le RER est dangereux, je m'en voudrais si tu te faisais agresser.*

Une brise froide s'était levée. Il prit la jeune femme par le bras, l'Audi était à quelques dizaines de mètres. Elle lui indiqua le chemin, mieux que l'aurait fait un GPS.

Sur le parking de l'immeuble, elle lui offrit l'hospitalité.

– T'as qu'à rester dormir… sur le canapé.

Tandis qu'elle dépliait le Clic-Clac, Conrad s'approcha, posa les mains sur sa taille et l'embrassa dans le cou. Elle se retourna et murmura :

– Viens…

Elle le guida vers la chambre et éteignit la lumière. Il imita Sonia qui se déshabillait, profita de l'obscurité pour récupérer une enveloppe dans sa veste, alla dans la salle de bains et sniffa un rail de coke. Il se rinça la narine et s'observa dans le miroir. Un instant, il resta à se regarder, ou plutôt à se juger, se sentant minable de duper son hôte, pour se mettre en sécurité.

Il la rejoignit sous les draps.

– Eh bien, soupira-t-elle, je commençais à croire que tu t'étais endormi.

* * *

La veille, Manu avait dû déployer des trésors d'imagination pour donner un semblant de vigueur à Joren. En jouissant, il avait lâché un râle douloureux, bougonné comme d'habitude une insulte et était retourné se coucher.

Contre toute attente, il s'était levé de bonne heure et habillé rapidement. Il tenait à emmener Manu chez Bentley où il troqua sa Panamera contre un Bentayga.

Voilà, s'était dit Manu, *il vient de laver l'humiliation de la bagarre d'hier avec le jockey et sa minable performance de cette nuit. Il va se sentir mieux, pour un temps.*

Au volant de son nouveau jouet, Joren affichait sa satisfaction :

– Il est génial ce 4x4 ! Ça fait un bail que j'aurais dû m'en payer un. Regarde-moi ces sans-dents, on devrait leur interdire Paris avec leurs poubelles. Tas de minus ! Je pourrais vous écraser.

– Oui, c'est vraiment le top du luxe… répondit-elle.

– Il n'y a pas un mec sur dix mille qui peut s'offrir un bijou de ce prix-là. Ça en jette ! Tout le monde nous observe. Vous n'avez qu'à bosser, pauvres nases !

Elle sourit, un peu navrée.

– C'est où ton rendez-vous ? l'interrogea-t-il.

– Près de Montparnasse, laisse-moi à la première bouche de métro.

Joren embraya d'un geste rageur.

– T'as la chance de circuler dans une bête pareille, et tu veux te farcir le métro ! De toute façon, il faut que j'aille à mon bureau sur les Champs. J'attends des éléments-clés sur mes intérêts en Amérique latine, je te dépose…

– Non, t'es gentil. Je dois rencontrer un acheteur pour une toile de Steiner. Il n'appréciera pas si j'arrive accompagnée.

– Tu m'emmerdes avec tes cachotteries !

– Joren, s'agaça-t-elle, arrête de me faire des scènes, je dois quand même gagner de quoi vivre, jusqu'à preuve du contraire.

– Le pognon ! T'es bien une gonzesse, t'as vraiment que ça en tête.

Manu le trouvait pathétique, ridicule.

– T'as raison, mon chéri, admit-elle, je suis vénale. Et de ce côté, je ne suis pas certaine d'avoir misé sur le bon numéro. En fin de compte, tu ne me gâtes pas beaucoup.

La brutalité de la réaction la surprit.

Joren pila au beau milieu de la circulation, déclenchant un concert de klaxons.

– Dégage ! hurla-t-il, va faire la pute ailleurs…

La jeune femme renonça à répondre. Il se pencha sur elle et ouvrit la portière :

– Dégage, je t'ai dit ! Retourne faire le tapin dans un bordel.

Elle posa sur lui des yeux détachés, descendit de la Bentley, boutonna son trench-coat jusqu'au col, puis se fondit dans la foule.

* * *

Christian Meyer frisait la quarantaine. Responsable de l'Office Central de Lutte contre le Crime Organisé, cela faisait six ans qu'il avait recruté Manuela Kurskova. Il l'avait rencontrée lors d'un dîner à Marnes-la-Coquette. Leur hôte, un certain Nestor Durieu, les avait placés côte à côte. Bien qu'il évitât de se mêler aux virées nocturnes qui suivaient parfois ce genre de dîner, Christian acceptait ces invitations qui lui permettaient de se tenir informé des rumeurs du Tout-Paris. Incroyable de constater à quel point le vin et le besoin de se rendre intéressant dénouaient la langue des invités.

Intrigué par l'accent de cette étrangère, il ne réussit pas immédiatement à déceler s'il s'agissait d'une *escort* ou d'une célibataire. Au cours du dîner, sa jugeote, son intuition fulgurante et sa connaissance du microcosme parisien l'avait conquis. Elle lui avait glissé à l'oreille ce qu'elle pensait de chacun des convives : *Cet ancien ministre du Budget est un cochon qui lorgne le décolleté de sa voisine, une jeune présentatrice météo prête à tout. En face de nous, le grincheux avec une perruque qui critique les écrivains en vogue est l'auteur frustré du dernier Goncourt, qui rêve de mettre le beau garçon, en bout de table, dans son lit. Quant à notre hôte, Nestor, il espère que tous ces gens vont se mettre à forniquer, cette nuit ou les jours prochains, histoire qu'ils lui soient redevables.*

Meyer ignorait si cette franchise constituait une drague subliminale ou un piège plus subtil, mais il fut séduit par l'humour de leur conversation.

Une idée germa : recruter cette fille.

Au moment de se séparer, il lui avait remis sa carte, insistant sur son souhait de la revoir pour des raisons professionnelles.

Elle l'avait appelé, une semaine plus tard…

Installé au fond d'un troquet, le flic songea aux enquêtes officieuses qu'elle avait permis de résoudre. Aujourd'hui, il la considérait comme un de ses meilleurs éléments.

Toujours aussi classe, ce Christian, pensa Manu en s'approchant de la table. Depuis qu'elle le connaissait, il ne paraissait pas vieillir. *Je m'entraîne une heure par jour à la salle de sport*, lui avait-il confié. Sans les quelques rides qui marquaient le bord de ses yeux, on ne lui donnait pas plus de trente ans.

Elle s'excusa de son léger retard et commanda un café et un croissant au serveur, qui répéta la commande en hurlant, avant de se diriger vers le comptoir.

– Pas de problème, je comprends que t'aies du mal à te libérer. En fait, je viens juste d'arriver, j'étais bloqué dans les embouteillages. Avec ces voies réservées aux bus, ça devient impossible de circuler. J'ai failli mettre le gyrophare.

Il se tut, le temps qu'elle finisse de s'installer, puis il reprit.

– De toute façon, c'est moi qui suis désolé de t'avoir téléphoné si tard hier, mais il y a du nouveau concernant notre affaire.

Il la dévisagea de ses yeux gris métallique. Elle détestait ça, elle avait toujours l'impression qu'il la perçait à jour. En l'occurrence, elle répugnait à évoquer les conséquences de ce coup de fil impromptu. Elle haussa les épaules.

– Ça ira. Mais je préférerais qu'on s'en tienne à notre règle habituelle, je te contacte tous les deux jours.

Elle s'autorisa un sourire avant d'ajouter :

– Sauf en cas de danger de mort.

– Je connais les procédures. C'est moi qui les ai mises en place. Mais il y avait urgence, crois-moi.

Manu lui fit signe de se taire pour éviter que le serveur qui approchait ne les entende. Ils restèrent silencieux tandis qu'il déposait la commande sur la table et demandait à être réglé. Christian lui tendit un billet.

– Alors… cette urgence ?

– J'y arrive, répondit Christian. Tu te souviens de la femme qui s'était portée garante de ton Joren la nuit du suicide présumé de Marthe Jarousseau ?

Manu n'apprécia que modérément l'usage du pronom possessif accolé au nom de Joren, mais elle ne releva pas.

– Oui, Laurène je ne sais qui, une scientifique dont il avait soi-disant fait la connaissance à Cuba pendant des vacances, alors qu'elle remplissait une mission pour l'ONU… Plutôt improbable d'ailleurs, comme rencontre…

– Laurène Serviez, quarante-cinq ans, membre de l'Institut International de Recherche sur la Paix de Stockholm. Elle travaillait sur des affaires sensibles de trafics d'armes. On vient de découvrir son corps dans un marais, près de Fontainebleau. Une gamine a disparu depuis une semaine, les pompiers draguaient l'endroit et sont tombés sur son cadavre. La mort remonte à deux mois, une balle dans le dos.

Manu réfléchit un instant.

– L'arme ? interrogea-t-elle.

– Un petit calibre. On n'a rien de plus précis pour le moment. Une seule certitude : elle a été tuée sur place et lestée avant d'être balancée à la flotte. Selon moi, elle avait rendez-vous avec quelqu'un qu'elle connaissait.

Manu sentit ses pulsations s'accélérer, elle comprenait où il voulait en venir.

Joren devenait le principal suspect.

– OK, concéda-t-elle, mais s'il avait prévu de la descendre, il l'aurait fait depuis longtemps. Pourquoi la liquider cinq ans après ?

– Pour éviter d'éveiller les soupçons. Il a fait le dos rond après la mort de sa femme, et maintenant il supprime la seule personne en mesure de le dénoncer. Comme ça, il peut dormir sur ses deux oreilles.

Manu but une gorgée de café.

– Hum, un peu tiré par les cheveux, tu ne trouves pas ? Flinguer cette Laurène, c'est prendre le risque de relancer une affaire qu'il croit enterrée.

– Ou alors, elle le faisait chanter et elle s'est montrée trop gourmande.

Manu était sceptique.

– Peut-être… Vu ce qu'il perd avec ses chevaux, il est possible qu'il ait décidé de faire des économies. Si je me souviens bien, la présence de cette femme à Cuba, en même temps que Joren, était liée à un détournement de missiles vers la Corée du Nord. Tu crois que tout ça pourrait avoir un lien ?

– Ce qui est sûr, c'est qu'après la remise de son rapport, l'ONU a mis fin à l'enquête.

– Joren pourrait avoir tiré bénéfice de tout ça, d'une façon ou d'une autre ?

Christian tarda à répondre :

– On continue à éplucher ses relevés de banque en France, mais il a aussi un compte offshore déclaré dont les facturations de conseils sont quasi impossibles à pister. L'argent arrive des quatre coins du globe, d'Amérique latine, d'Arabie saoudite, le tout passant par Panama. Il retire au moins vingt mille euros par mois en espèces. Il dépense le blé plus vite que son ombre. C'est le Lucky Luke des biftons, ton gars. À se demander ce qu'il fait de l'argent.

– Il ne m'en fait pas cadeau, en tout cas, s'amusa Manu. Il paye lorsqu'on est ensemble, mais pour le reste, c'est un rapiat. Genre mégalo qui ne pense qu'à lui. Et il se comporte de la même façon avec son fils. Il règne entre eux une animosité que je ne parviens pas à percer à jour… Ça me fait penser au scénario d'Œdipe, leur relation transpire une violence étouffée.

– Justement, il y a déjà eu trop de décès reliés de près ou de loin à cette famille. Le parcours de ce garçon me paraît aussi préoccupant que celui de son père.

– Conrad est un jeune paumé. Il se sent coupable de la mort de Marthe. À mes yeux, ça tendrait plutôt à démontrer qu'il ne l'est pas…

Ils méditèrent une minute. Manu finit son café et dévora le croissant, époussetant délicatement les miettes qui parsemaient le haut de son chemisier. Christian émit un claquement de langue contrarié.

– Je sais que tu tiens beaucoup à cette enquête. Mais à ce stade, je préfère que tu t'éloignes de Joren Aelters. Il y a trop de cadavres dans son sillage. Et j'ai un mauvais pressentiment. D'autant que tu n'as rien découvert de très utile…

– Tu crois que c'est facile ? Il est complètement parano, il ferme son bureau dès qu'il n'y est plus. Je marche sur des œufs.

– Raison de plus pour arrêter. On le coincera autrement.

Manu s'était préparée à cette éventualité, elle secoua la tête.

– Hors de question. Je me suis trop investie. Souviens-toi de ta promesse. Cette affaire, tu me la dois !

Il fit craquer ses phalanges.

– Ça va, je me rappelle très bien. Seulement, je ne veux pas risquer de perdre ma meilleure enquêtrice.

Elle esquissa une moue amusée.

– Alors, Chef, on se laisse attendrir ?

– Je tiens juste à protéger mes agents infiltrés. S'il t'arrivait quoi que ce soit, c'est moi qui trinquerais.

– Toute façon, dit-elle, on vient de se disputer. Il m'a envoyée sur les roses. S'il ne donne pas signe de vie, tu pourras respirer. Parce que si je le relance, je perdrai toute crédibilité.

– À quel sujet, cette engueulade ?

– Il insistait pour m'accompagner à notre rendez-vous. Je pense qu'il désirait surtout vérifier la provenance de mes revenus.

– Tu crois qu'il a des soupçons ?

Il regarda Manu, puis suggéra, provocant :

– Ou alors, il est amoureux. Il a besoin de te tester avant de s'engager plus.

– Ça m'étonnerait… Ce n'est pas le genre romantique.

– À son âge, je comprends qu'il doute qu'une fille comme toi puisse s'attacher à lui.

– Vous êtes mignon, Chef. Un vrai charmeur…

– C'est ça, moque-toi de ton supérieur. En tout cas, à partir d'aujourd'hui, je veux que tu me contactes chaque jour. C'est un ordre !

Manu partit la première. Vigilante, elle traversa le hall de la gare et emprunta les deux escaliers roulants vers le métro au sous-sol. Au moment d'acheter un ticket, elle sentit son portable vibrer.

J'AI REÇU UNE GRANDE NOUVELLE. JE T'EMMÈNE À LA TOUR D'ARGENT. JE T'ATTENDS ! JOREN.

* * *

Meudon-la-Forêt – 5 décembre – 10 heures.

Conrad émergea avec difficulté, les images sombres peuplant ses rêves s'évaporèrent. Après une douche, il enfila ses vêtements de la veille. Un café l'attendait dans la cuisine, avec des toasts et un mot déposé sur une assiette.

Tu dormais, j'ai pas voulu t'embêter. Je finis mon travail à dix-sept heures. On peut se voir, si tu en as envie. Moi oui. Alors, à ce soir peut-être.

Sonia.

P. S. Claque bien la porte et n'oublie pas de prendre rendez-vous chez Financialgain.

Conrad déchira le bout de papier. Cette nuit, il avait trouvé Sonia un peu trop vorace. Il envisagea toutefois de s'installer chez elle, le temps de se mettre hors d'atteinte de ceux qui avaient tenté de le tuer. Il voulait aussi s'occuper de la Mercedes de Manu.

Lorsqu'il arriva, Conrad remarqua le Bentayga stationné à côté du 4x4 de la jeune femme.

Ben le salaud ! se dit-il, *bi-turbo de 608 chevaux, 300 km/h en pointe, je parie qu'il ne me laissera même pas l'essayer*. Il fit le tour de l'engin, posa le pied sur le pare-chocs, testa la suspension de tout son poids. Le véhicule ne broncha pas d'un pouce. Impressionné, il se dirigea vers la passerelle de la péniche et sonna.

Manu vint lui ouvrir.

– Te voilà, toi ! Tu n'as pas les clés ?

Il secoua la tête.

– Joren a fait changer les serrures. Il a prétendu qu'il recevait des coups de téléphone anonymes. Il était soi-disant menacé. Va savoir si c'est la vérité ou juste une excuse bidon… Enfin, il ne m'a pas proposé les nouvelles.

Il détailla le corps de la maîtresse de son père, moulé dans une robe en dentelle à la coupe *vintage*.

– Entre, dit-elle, il avait un rendez-vous ce matin pas loin d'ici, il ne devrait pas tarder. Rassure-toi, moi non plus, je n'ai pas de trousseau.

Il frôla Manu qui s'effaçait pour le laisser passer.

– Le jour où Joren te les donnera, tu seras plus très loin du jackpot.

Elle eut un sourire énigmatique.

– On ne sait jamais… Et puis, qui te dit que je fréquente ton père pour le fric ? T'as une bien mauvaise image de moi. Je croyais qu'on s'était mis d'accord, tous les deux.

– D'accord pour que je répare ta bagnole, c'est d'ailleurs pour ça que je suis venu. Pour le reste, je ne suis pas encore fixé sur ton compte…

– Comme ça, on en est au même point. On s'observe, plaisanta-t-elle. En attendant, tu veux un café ? J'allais m'en faire un.

– C'est pas de refus, j'ai eu une courte nuit.

Il dévisagea Manu, remarqua ses traits tirés.

– Mais toi aussi, t'as dû te coucher tard…

Elle sourit et se dirigea vers la cuisine. Il la suivit. Elle servit deux expressos, puis ouvrit un placard et sortit une boîte de sucres.

– Tu en prends ?

Il hocha la tête.

– Deux morceaux.

– Comme moi. Tu l'aimes sucré.

– Fort et sucré, dit-il en saisissant la tasse en porcelaine qu'elle lui tendait.

Il tourna sa cuillère, but d'un seul trait et pressa sa narine d'un geste du pouce.

– Tu sniffes ? l'interrogea Manu.

– Pourquoi ? T'es cliente ?

– Ça m'arrive, mentit-elle, mais jamais en présence de ton père. Il a horreur de la came, c'était une de ses premières mises en garde lorsqu'on a commencé à se fréquenter.

– Ouais, il préfère se déchirer au whisky japonais ou au rhum cubain. En tout cas, ne lui dis pas, il te virerait illico, et sans indem'.

– Eh bien, s'amusa Manu, si tu souhaites te débarrasser de moi, te voilà en possession de l'arme fatale !

– De quoi veux-tu qu'on parle, reprit Conrad, si on doit faire connaissance ?

Elle but une gorgée de café.

– T'as raison, je me suis couchée tard, ton père m'a invitée au restaurant. Il a eu d'excellentes nouvelles de Viking's Run, elle pourra recourir.

– Sans blague, je ne savais même pas que sa jument était blessée.

Au moment où il disait ça, il remarqua le diamant au doigt de Manu, et reconnut le solitaire de sa mère.

– C'est pour ça qu'il t'a offert cette bague !

Elle acquiesça d'un clignement des paupières.

– Il était de super humeur. Mais surtout, il tenait à se faire pardonner. On s'était pris la tête le matin. Il a prétendu avoir réfléchi à notre relation. Il m'a dit que l'idée qu'on se marie lui avait traversé l'esprit, avant de conclure que c'était encore un peu tôt.

Conrad s'était retenu d'exploser : *Après tout, elle ignore l'origine de cette bague.*

– Tu parles d'une déclaration, dit-il. Qu'est-ce que t'as répondu ?

– Je l'ai remercié. Je lui ai avoué que moi aussi je tenais à lui.

Conrad claqua à nouveau son pouce contre sa narine d'un geste agacé.

– OK, dit-il, mais à part ça, qu'est-ce que tu penses d'un mariage avec lui ?

– Je ne sais pas. J'ai appris qu'il avait été soupçonné de l'assassinat de ta mère…

– T'as peur qu'il t'arrive la même chose ?

– Peut-être… C'est surtout que je voudrais savoir avec qui je m'engage, si je décide de franchir le pas. C'est toi qui as découvert le corps, paraît-il. Tu n'as absolument rien entendu de ce qui s'est passé sur cette péniche ?

– Entendu quoi ? Mon minable de père la tuant pendant que je dormais ? Ou peut-être est-ce que j'aurais fait le boulot moi-même… C'est le sens de ta question ?

– Ce n'est pas ce que je voulais dire.

– Laisse tomber. La vérité c'est que je ne me suis même pas réveillé. Les flics m'ont d'abord accusé, comme si j'étais assez malin pour buter ma mère le soir, et les prévenir le lendemain pour me disculper. Mais vu qu'elle s'était fendue d'une donation au dernier vivant pour son mari, assortie d'une magnifique clause d'usufruit sur la succession, leurs soupçons se sont très vite tournés vers lui. Ça aura au moins servi à me mettre hors de cause. Manque de pot pour eux, mon paternel leur a sorti de sa poche un alibi en or. Alors voilà, c'est tout ce que je peux te raconter. À toi de réfléchir si t'es prête à aller jusqu'au bout avec un éventuel tueur de femmes. Tout se mérite dans la vie.

Manu se mordit la lèvre.

– Pardonne-moi, dit-elle, je ne voulais pas raviver ce souvenir. Tu sais, je ne suis pas forcément comme tu le penses.

– Ce que je pense n'a aucune importance. Mais puisque t'insistes, je ne vois aucune raison pour laquelle une fille aussi belle et intelligente que toi aurait envie de se marier avec une crapule comme mon père. À part le pognon. Et là, je crains que tu sois déçue… Mais tu as ma bénédiction, je préfère crever la dalle que d'attendre après son satané fric. Pour tout te dire, l'argent de notre famille me débecte, je ne veux rien avoir à faire avec ça.

– Merci de ta franchise. Je ne ferai jamais rien contre toi, si ça peut te rassurer. Et si tu arrives à me croire, bien sûr.

Conrad lâcha un vague sourire et exhiba les clés de contact du 4x4.

– L'avenir nous le dira… Je m'occupe de ta Mercedes. Il faudra que je l'essaie, ça t'embête si je m'en sers aujourd'hui ?

– Garde-le, si tu veux épater une copine. Tu me le rapporteras demain.

Conrad songea qu'elle était perspicace. En plus d'être superbe.

– C'est sympa, dit-il, je te laisse les clés de l'Audi, au cas où.

Elle s'apprêtait à répondre, ils entendirent le bruit de la porte d'entrée.

Manu s'essuya les mains et rejoignit le salon, suivi de Conrad. Joren était accompagné d'un Japonais au gabarit hors norme. Conrad présuma qu'il assurait la sécurité du restaurant sur la péniche voisine.

– J'ai aperçu ta caisse. Qu'est-ce que tu fous là ? Je t'ai jamais autant vu qu'en ce moment… grogna Joren.

Il jeta un coup d'œil explicite sur Manu. Conrad se contenta de sortir un paquet de cigarettes et d'en allumer une. La jeune femme intervint :

– Il est gentiment venu réparer mon 4x4. Tu sais, je t'en ai parlé.

– Mmouais… T'as contacté mon copain ? demanda-t-il au garçon.

– Je pensais le faire dans l'après-midi.

– Ne traîne pas ! Ils n'attendent pas après Monsieur.

Conrad se dirigeant vers la porte, observa le Japonais. Sa veste était auréolée de transpiration. Sous un de ses bras, on devinait la présence d'un holster, garni. L'homme le fixa, avec un sourire d'acier. Conrad soutint le regard et répondit à son père d'un ton dont l'irritation l'emportait sur la prudence.

– J'y penserai ! Quand je l'aurai décidé !

* * *

Paris 15e – 17 heures.

Assise devant la télévision, Héloïse était plus focalisée sur le chèque que sur l'émission diffusée, attendant impatiemment le retour de Peter. Le regard perdu sur l'écran, elle songea au traumatisme qui avait entraîné leur rencontre. Un bizutage à la fac durant lequel elle avait été emmenée sur une estrade avec deux autres étudiantes. Là, on les avait contraintes à se dévêtir, un gars ivre les avait bâillonnées avec un ruban adhésif, il leur avait attaché les mains et les chevilles. Sous les acclamations ordurières de la salle, un artiste de circonstance s'était mis à peindre toutes sortes d'obscénités sur leur peau.

Innocent jeu d'initiation pour le public masculin hilare. Un souvenir répugnant pour Héloïse, sauvée par l'intervention autoritaire de Peter. Une semaine plus tard, elle s'était inscrite dans son cours de musado…

Elle entendit la clé dans la serrure, bondit sur la télécommande pour éteindre le téléviseur. Elle jeta un coup d'œil dans le miroir et réajusta la broche de son chignon.

– Héloïse ? interrogea la voix venue du couloir.

– Dans le salon…

Ses cheveux noirs, clairsemés sur le devant du crâne, ses yeux foncés si semblables à ceux de son père et jusqu'à sa façon sèche de s'exprimer, tout en Peter rappelait ses origines tchécoslovaques. Un sourire satisfait aux lèvres, il glissa sa sacoche sur une chaise.

– Alors, ta journée ? demanda-t-il.

– Richard est en mission parlementaire au Maroc toute la semaine. On se la coule douce pour une fois.

Peter ne put s'empêcher d'être sarcastique.

– Le Maroc, pas idiot pour des vacances aux frais des contribuables…

– Ne plaisante pas, il prend son poste très au sérieux. Il ne se comporte pas comme ses collègues à l'affût de la première commission Théodule pour arrondir leurs indemnités.

– Oui, nous avons déjà eu cette discussion, je sais que tu le soutiendras *mordicus*. Mais ne t'emballe pas, je ne suis pas journaliste chez *Mediapart*.

Elle leva les yeux au ciel. Elle détestait que son amant ironise sur l'élite. Toutefois, elle ne voulait pas se disputer avec lui. Pas aujourd'hui, en tout cas. Seul le résultat de ses recherches importait. Elle s'efforça d'avoir l'air détachée.

– Tu as trouvé quelque chose ?

Il désigna sa sacoche.

– Regarde, c'est là-dedans.

Les pupilles d'Héloïse s'illuminèrent, elle se rua sur le fermoir de cuivre de la sacoche, elle en sortit une enveloppe kraft qu'elle décacheta avec le pouce. Elle contenait des copies de relevés bancaires dont certaines transactions étaient soulignées.

Peter l'observait en silence pendant qu'elle lisait et comparait les montants. Au bout de deux minutes, elle s'exclama :

– Tous les mois depuis des années ! Ce salaud lui faisait des chèques. À la longue, ça doit représenter une fortune…

Peter approuva d'un signe de tête.

– Oui, débits et crédits correspondent. J'ai fait une rapide estimation, il y en a pour plus de cent mille euros.

– C'est dingue ! Et la police n'est jamais tombée là-dessus.

– Il faut croire que non. Une fois Joren hors de cause, le dossier a été refermé. Personne ne s'est soucié de la façon dont il dépensait l'argent de ta mère. De toute façon, il n'y avait aucun lien entre lui et ce Lazario Nuria. Si les enquêteurs se sont penchés sur des versements compromettants, ils ont dû concentrer leurs recherches sur la femme qui lui a servi d'alibi.

– Joren n'est pas si bête, répondit Héloïse, je suis certaine qu'ils n'ont rien trouvé. Quelle chance que Conrad ait découvert ce chèque !

– Et surtout qu'il ait décidé de te l'apporter. Ce qui m'étonne, c'est son montant. D'habitude les remises ne dépassent pas deux mille euros. Pourquoi a-t-il soudain pris le risque de payer dix fois plus ?

Héloïse réfléchissait. Elle s'assit et se frotta le visage.

– Récapitulons… On peut prouver que Joren a soudoyé un réfugié politique cubain déjà appréhendé à plusieurs reprises pour des faits de violences.

– Oui, mais de là à démontrer que cet homme a assassiné ta mère, il y a une marge. Cependant, ces versements pourraient intéresser le fisc, c'est en quelque sorte un salaire déguisé. Pour autant, je ne peux pas m'en servir, on ne comprendrait pas pourquoi j'ai fouillé dans la vie de ton beau-père, sans en avoir reçu l'instruction. Surtout qu'il m'a fallu jouer des coudes pour obtenir des détails d'un compte offshore. Si quelqu'un fait le lien avec toi, ça craint !

Perdue dans ses pensées, la jeune femme ne prêtait aucune attention aux propos de son compagnon. On pouvait presque entendre les connexions de ses neurones interagir entre elles.

– Tu as raison, il faut que les enquêteurs trouvent eux-mêmes ces éléments. Ainsi on restera à l'écart de la déferlante que ça provoquera.

Il s'approcha d'elle, et la dévisagea.

– Je suis d'accord. Mais nous devons nous montrer très prudents…

– Ne t'inquiète pas, j'ai mon idée.

Peter attendait qu'elle poursuive mais elle se tut. Perplexe, il la relança.

– Et Conrad, tu as l'intention de l'informer ? Lui non plus, il ne faut pas qu'il devine comment tu as récupéré ces données bancaires. Vu nos rapports, il pourrait me dénoncer. Je n'ai aucune envie de…

– Tu ne penses qu'à toi ! Mon frère est débile, tu n'as rien à craindre de lui. Je ne lui dirai rien, de toute façon. Il serait capable d'en parler à son père. On perdrait notre avantage. Non, je vais le laisser mariner, le temps nécessaire.

Peter fit le tour de la table, se glissa derrière elle et l'enlaça. Insensible à cette marque d'affection, elle brandit le chèque et d'une voix haineuse lâcha :

– Je t'avais prévenu que je ne te lâcherais jamais…

* * *

Sonia vivait dans l'attente d'un message ou d'un appel de Conrad. De tous les amants qu'elle avait connus, il s'était montré le plus performant. Un instant, elle s'imagina le présenter à sa mère. Bien sûr, il était beaucoup plus jeune qu'elle, mais tellement adorable, et Sonia rêvait de moucher cette génitrice castratrice qui répétait qu'elle ne trouverait jamais chaussure à son pied.

Son téléphone l'arracha à sa méditation.

– Salut, c'est Conrad.

– Conrad ! Je pensais justement à toi. Tout va bien ?

– Oui, seulement je ne pourrai pas venir te chercher… Un dépannage sur la bagnole d'une amie.

– C'est gentil de me prévenir, je t'attendrai pour dîner.

– Pas la peine, j'en ai pour un bout de temps. Mon amie en a besoin dès demain.

– T'as quand même l'intention de passer la nuit à l'appart ?

Dans la voix de Sonia perçait une pointe d'inquiétude : *Mon amie !* Le mot ne lui plaisait qu'à moitié.

– Je risque d'arriver tard, mais si ça ne te dérange pas...

La jeune femme entortilla une mèche de cheveux autour de son index.

– Pas du tout ! Je t'attendrai.

– T'es super ! Je te téléphone si ce moteur se montre récalcitrant. Je t'embrasse.

– Moi aussi. Je...

Il avait raccroché.

Sonia ressentit un pincement au cœur. Elle aurait dû être plus ferme. L'interroger sur cette fille. Avait-il au moins pris rendez-vous dans cette obscure *start-up* ? Ce garçon l'attirait vraiment mais il l'inquiétait aussi. Elle s'en voulait de sa faiblesse au téléphone. En même temps, elle avait été saisie d'un tel soulagement lorsqu'elle avait entendu sa voix. Enfin un gars qui redonnait signe de vie après une nuit d'amour. *Et quelle nuit !* pensa-t-elle, en se mordillant la lèvre.

Elle regarda l'heure, et appuya sur le bouton qui signalait sa disponibilité au prochain chômeur.

L'homme qui pénétra dans son bureau avait les yeux fatigués. Pas rasé, un sourire assuré sur les lèvres, il était vêtu d'un jean et d'une veste de sport Lacoste.

Sonia l'invita à s'asseoir d'un geste.

– Puis-je voir votre ticket ? lui demanda-t-elle par habitude.

L'homme jeta autour de lui un œil amusé, comme si se trouver ici lui permettait de vivre une expérience improbable, puis il répondit en tirant la chaise.

– Je n'en ai pas…

Sonia se força à rester courtoise.

– Dans ce cas, je vais vous prier de retourner à l'accueil vous en procurer un.

L'homme plongea la main dans sa poche et en sortit un billet de cent euros. Il le déplia, l'exhiba un instant avant de le poser au milieu du bureau.

– Ce ne sera pas nécessaire. Je suis ici pour discuter de votre relation avec mon fils.

* * *

20 heures.

Conrad gara la Mercedes de Manu à proximité du bar. Lunettes noires, col de blouson remonté, il disposait d'une vue imprenable. Il soupesa le SIG Sauer puis le posa sur le siège passager, camouflée sous un magazine automobile. Il alluma une cigarette et joua avec le briquet de Lazario, l'ouvrant et le refermant mécaniquement.

Sans plan précis, il songea à faire irruption dans le bar en tirant des coups de feu en l'air. Il menacerait le barman, puis partirait en promettant de revenir s'il tentait à nouveau quoi que ce soit contre lui. L'ex-boxeur lui avait raconté avoir procédé de cette façon à de multiples occasions, les victimes de son racket s'étaient toujours écrasées.

Seulement, je ne suis pas Lazario… admit Conrad après une minute, en chassant cette très mauvaise idée.

Hanif remontait la rue, jetant machinalement un coup d'œil dans les voitures stationnées. En une fraction de seconde, il identifia le conducteur du 4x4 et se mit à courir. Conrad saisit son arme, descendit de voiture, se débarrassa de sa clope d'une pichenette et se lança à sa poursuite. À sa surprise, le truand bifurqua à l'opposé du bar. *Il est cuit*, se dit le jeune homme, qui se croyait imbattable à la course. Pourtant, après cent mètres à peine, il était distancé et sentait une pointe de douleur au niveau du flanc gauche. Par chance, le fuyard choisit une impasse. Arrivé face à un mur de parpaings, il se retourna, sortit de sa poche un couteau à cran d'arrêt et déclencha l'ouverture de la lame.

Conrad pointa le SIG Sauer, en reprenant son souffle.

– La lame, ça risque d'être court…

Hanif tendit la main qui serrait le couteau. Le visage blême, ses pupilles balayèrent l'espace pour repérer une issue. Le ton de Conrad devint sarcastique.

– Tu faisais plus le fier, l'autre soir, sur ta moto.

Hanif recula jusqu'à sentir son talon bloqué par le mur.

– Laisse-moi tranquille, cria-t-il, j'suis au courant de rien.

Conrad arma le pistolet et avança.

– Va falloir trouver mieux. Je n'ai pas grand-chose de personnel contre toi, t'as pas tué Lazario, et si je me souviens bien, c'est ton pote qui m'a dérouillé et m'a tiré dessus. Alors t'as une chance de t'en sortir… Ne la gâche pas.

Conrad avait l'impression de jouer un rôle à contre-emploi, tout ça ne lui ressemblait pas. Hanif devint plus loquace :

– C'est Simon qui nous a donné l'ordre. Je conduisais la moto, c'est tout. Malek voulait repasser mais je l'en ai empêché. D'ailleurs, je venais leur dire que je laissais tomber. Ce pognon pour te dessouder, non merci, je refuse de tremper dans un meurtre.

– Houla, houla, pas si vite… de quoi tu parles ? C'est quoi cette histoire de pognon ?

– Simon a reçu du fric pour te descendre.

Conrad ne comprenait rien, ce type mentait forcément. En même temps, il le regardait avec les yeux exorbités d'un animal pris au piège, pourquoi aurait-il inventé cette histoire ?

– Qu'est-ce que tu racontes ? À part toi et tes potes, qui aurait intérêt à me voir mort ? C'est n'importe quoi ! Tu ferais mieux de t'expliquer parce que tu commences à me les briser !

– C'est comme je te dis, un type a filé un paquet de blé à Simon pour qu'il te bute. Ne m'en demande pas plus, c'est tout ce que je sais…

Conrad avança encore d'un pas.

– Un type ! Quel type ?

– Je te jure que j'en sais pas plus. Il a reçu l'argent dans une enveloppe. Même Simon ignore qui c'est. Va falloir t'y faire, quelqu'un est prêt à mettre le paquet pour avoir ta peau.

Hanif cracha un magma brunâtre par terre et ajouta :

– Tu peux me tuer, si je mens !

Conrad sentit une sourde rage monter en lui. Un rail de coke, voilà ce qui aurait pu le calmer. Qui voulait le voir mort ? Il ne se connaissait pas d'ennemi.

Mais il y avait ce chèque trouvé chez Lazario, le suicide de Marthe, son testament. Joren et son alibi ! Conrad se sentit pris dans une toile d'araignée macabre.

À cette distance, j'ai une chance de le planter, se dit Hanif qui, remarquant l'inattention de Conrad, lança son couteau d'un geste ultrarapide.

– Enfoiré, cria Conrad, se jetant en arrière tout en appuyant, par réflexe, sur la gâchette.

5

La Havane.

Sam avait mal à la tête. La simple odeur du rhum encore diffuse dans l'exhalaison de sa transpiration lui donnait la nausée. Vaguement conscient de s'être laissé piéger, il jeta un œil sur sa montre. Dix heures du matin, il attrapa une bouteille d'eau et en but un demi-litre.

Par bribes, les souvenirs de la nuit resurgirent. Avec Miguel Nuria, il avait longé le remblai en béton rongé du Malecón. Abruti par la musique, les rires, les embruns de l'océan, il avait suivi le géant roux jusqu'à un attroupement de filles qui se déhanchaient dans des robes à volants ou des jeans ultra moulants.

Sam les avait scrutées de sa vision floutée par l'alcool.

– Elle te plaît, celle-là ? avait demandé Miguel en désignant une jeune Black à peine vêtue.

Ouais, elle lui plaisait. Miguel avait palabré avec la fille. Elle avait pris un air dégoûté en observant Sam du coin de l'œil. Une grimace contrariée sur le visage, Miguel était revenu vers lui.

– Oublie-la, elle fait la maligne, elle réclame cent cinquante pesos pour coucher avec toi. Depuis la réouverture des lignes aériennes avec Miami, il y a un tas d'*Americanos* pleins aux as qui débarquent. Ils se croient au temps de Batista ! Ils font monter les prix, ces *chicas* pensent qu'elles peuvent obtenir la lune. On va t'en trouver une plus raisonnable.

– Tans pis, avait décrété Sam, je ne suis pas ici pour ça. On a notre rendez-vous demain, il faut que je garde la tête froide.

– Vous êtes tous les mêmes, il faudrait que les *chicas* tombent amoureuses au premier regard. Qu'est-ce que tu crois, il faut payer ! Même pour nous, c'est la règle !

– Je préfère rentrer, avait insisté Sam.

– Attends-moi là, je vais te dénicher la perle rare.

Sam s'était assis, les pieds dans le caniveau. Miguel avait hélé deux Noires qui se promenaient de l'autre côté de la rue. Elles l'avaient rejoint, sans se presser. Après deux minutes de négociation, il s'était penché pour parler à Sam.

– Bon, voilà, elle, c'est Anita. Bien sûr, elle doit avoir plus de trente *años*, mais regarde-moi ce ventre plat et ces fesses rondes. Elle va rester avec toi. L'autre, c'est Clara, comme elle est moins jolie, je la garde pour moi. Pour quarante pesos chacune, elles passeront la nuit avec nous.

Sam s'était affalé sur le siège avant d'un taxi, tandis que le trio hilare s'installait sur la banquette arrière. Aussitôt arrivés chez la vieille, Miguel et Clara s'étaient enfermés dans une chambre, abandonnant Sam aux mains expertes d'Anita.

Assis dans son lit, il se souvint de leurs ébats, forcé de reconnaître les talents et la virtuosité acrobatique de la Cubaine. Sans traîner davantage, il se leva et gagna la salle de bains. L'eau chaude le débarrassa de son mal de crâne. Il passa sa main sur le miroir nimbé de vapeur, observa son visage couvert de cicatrices d'acné, et se sermonna : *assez déconné, je dois régler cette affaire.*

Il se prépara mentalement à rencontrer le fameux collaborateur du ministre des Relations extérieures. Il devrait se débrouiller pour lui parler seul à seul. Il coiffa ses cheveux en arrière et s'habilla.

Miguel sirotait un café dans le salon, il avait l'air ennuyé.

– On a un petit souci. Il ne peut pas nous recevoir aujourd'hui. Une réunion de dernière minute…

Il guetta Sam du coin de l'œil, puis haussa les épaules.

– Mais ce n'est qu'un contretemps, on va arranger ça. Au moins, t'auras passé une belle nuit ! Je suis sûr que cette Anita t'en a appris sur le sexe. Allez, mange un morceau. Regarde cette table bien garnie, tu dois avoir faim. Je demande à la vieille de te préparer une omelette ?

Sam restait impassiblement muet.

– Assieds-toi, mon *amigo* ! insista Miguel.

– Je veux savoir quand je vais le rencontrer, sinon je rentre en France.

– T'es sérieux ?

– Si tu ne parviens pas à m'obtenir un rendez-vous, il n'y a aucune raison pour que je reste à Cuba. J'en référerai à mon boss, c'est lui qui décidera de la suite à donner à ce fiasco.

Miguel gratta sa joue mal rasée.

– Tu ne peux pas faire ça, répondit-il, on a passé un accord. Il faut me laisser du temps… Ici, il ne faut jamais brusquer les choses. Les chefs militaires sont du genre chatouilleux. Si on les fait trop chier, ils nous collent en taule pour n'importe quels prétextes : sécurité nationale, activité anticommuniste… Tu ne connais pas les prisons de Cuba. Moi si. Et je peux t'assurer que ce n'est pas l'hôtel, surtout pour un Français égaré.

Sam s'assit en face de lui et croisa les bras.

– Je me demande ce qu'on peut encore attendre de toi. T'es grillé ! Je crois qu'on devrait te laisser tomber.

Le visage de Miguel changea de couleur, il se leva d'un bond, fit le tour de la table et empoigna Sam par le col. Sans effort, il le souleva de sa chaise, traversa la pièce avant de le coller contre le mur, avec un regard dément.

– Tu sais pas ce que tu dis ! On a un accord ! Si vous comptez profiter de la mort de mon frère pour me doubler, je te jure que je te ferai la peau !

Alertée par les cris, la propriétaire fit irruption et se prit la tête à deux mains.

– Aïe ! Pas de ça dans ma maison ! Arrête ! Arrête !

Sam ne bougeait pas ; ses yeux ne semblaient plus voir Miguel, qui le maintenait à dix centimètres du sol. La vieille s'agrippa à lui pour le contraindre à libérer le Français.

– Lâche-le ! Lâche-le ! Ils vont t'enfermer !

Miguel se calma d'un coup, le déposa délicatement, passa sa grosse paluche sur la joue du jeune homme, l'observant pour s'assurer qu'il n'était pas blessé.

– Désolé, dit-il. Mais ne me menace plus, *amigo*. Plus jamais.

Les pupilles larmoyantes d'une colère rentrée, Sam se dirigea vers sa chambre sans prononcer un mot. Miguel le suivit des yeux.

– Tu t'es mis dans la *merdia*, souffla la vieille. Ce gars-là, c'est une teigne. Je l'ai vu au premier regard. Emmène-le. T'as compris. Emmène-le tout de suite !

Dix minutes plus tard, Miguel et Sam regagnaient la voiture de location sur un parking près du parc Maceo. Le soleil martelait la tôle. Sam ouvrit une portière. La fournaise humide qui s'échappa de l'habitacle le fit reculer de deux pas.

Assise sur un banc, une jeune métisse un peu triste l'observait.

– Eh, beau mec, tu m'emmènes au paradis capitaliste avec ta voiture ?

Il lui fit un doigt d'honneur et grimpa. Miguel rembarra la fille, puis monta à son tour.

– Rentrons à Guanabo, dit-il.

Ils traversèrent la vieille ville au ralenti et sans échanger un mot.

– Là, indiqua Miguel pour tenter de meubler le silence, c'est la *Catedral* de la Vierge Marie de l'Immaculée Conception… Autrefois, les restes de Christophe Colomb reposaient à l'intérieur, mais ils ont été rapatriés en Espagne. Tu vois la dame qui demande de l'argent aux touristes ? C'est la misère ici. Chacun se débrouille comme il peut. Pour survivre. Tu comprends ? Juste pour ne pas crever de faim ! Moi par exemple, j'ai deux bouches à nourrir depuis la mort de ma femme. Faudra rapidement me trouver une solution pour quitter l'île. Je les ferai venir plus tard. Je vais chercher un autre contact pour toi. La vieille, elle nous a menés en bateau. Mais ne t'inquiète pas, je vais arranger ça. Pour l'instant, tu vas loger chez moi, *mi casa es su casa*. Je te présenterai ma fille, Dahlia. C'est une fille bien, Dahlia. Respectable. Jeune. Elle est très mignonne, je suis sûr que vous vous entendrez, tous les deux…

Sam ne répondit pas : Miguel était pitoyable. Comment son patron avait-il pu traiter avec un type prêt à monnayer sa propre fille !

Ils empruntèrent un tunnel puis le Français accéléra, les mains crispées sur le volant. Miguel sortit de sa poche un mouchoir à la propreté douteuse et s'épongea le front.

– Sam, mon *amigo*, tu m'entends ? Tu fais toujours la gueule ? Je t'ai dit que j'allais nous trouver un autre contact dans l'armée, il faut juste me donner un peu de temps… Écoute, je vais te refiler un tuyau sur ton patron et la Laurène de l'ONU. Selon moi, cette fille lui a transmis des informations sur des filières d'argent dans le milieu de vos gouvernements. Un jour, je leur ai servi de taxi pour aller visiter Trinidad, ils croyaient que je comprenais *nada*, mais elle lui parlait des millions de sa *mujer*… Sa femme, elle possédait des millions, et lui, il ne le savait même pas, tu te rends compte ? Laurène et lui, ils avaient l'air de très bien s'entendre. C'est là que je me suis dit qu'elle trempait dans nos tractations… Ça pourrait te servir, ça, non ?

Miguel, après s'être mouché bruyamment, poursuivit :

– Écoute-moi, tu me parais quelqu'un de sérieux. Un type avec de l'avenir… Alors tu sais quoi, je me dis que si je te révèle un truc que je sais important – sans pour autant comprendre ce que ça signifie vraiment –, tu sauras en faire bon usage. Et tu me renverras l'ascenseur… Je suis certain que je peux avoir confiance en toi. Sinon, ce serait carrément immoral… Enfin, bon, assez tourné autour du pot, je me lance… Croire ! Ça te dit quelque chose ?

Sam faillit perdre le contrôle du véhicule.

– Oublie ça ! hurla-t-il et concentre-toi sur ton job.

Miguel baissa les yeux et plongea dans un silence taciturne. Ils roulèrent une dizaine de kilomètres. L'ambiance était pesante, l'un et l'autre transpiraient abondamment.

Soudain, Miguel s'écria :

– Prends le chemin à gauche, je vais te présenter un des types les plus influants de Cuba. C'est un ancien chef militaire.

Sam le dévisagea, incrédule.

– Si, si, mon ami, insista Miguel, prends la route, là, j'suis idiot de pas avoir pensé à lui avant. Il me doit un *gran servicio.* Fais-moi confiance.

Il serra le bras de Sam, qui comprit qu'il n'avait pas le choix.

– D'accord, mais si ça ne marche pas, je rentre à Paris. Je reviendrai dès que tu auras trouvé une solution.

À peine les premiers arbres franchis, les moustiques affluèrent en masse. Sam ferma sa fenêtre. Miguel éclata d'un rire sec, en l'imitant.

– N'aie pas peur, ils ne sont pas dangereux, ceux-là. Les pires, c'est les *jejenes* : tu ne sens pas la piqûre, mais après, c'est l'enfer ! Continue tout droit. Mon ami possède une villa en bord de mer, au bout de cette route. Castro lui a offert une des demeures de Lucky Luciano pour le récompenser d'avoir entraîné ses hommes au Mexique avant le débarquement de 1956. *Es la historia de todas las revoluciones* : les palais ne restent jamais longtemps vides !

– Il ne doit pas souvent avoir de la visite. Regarde-moi ça, c'est trop boueux. Les roues patinent.

– Il a beaucoup plu ces derniers jours. Continue, on est plus très loin. Ça vaudra le déplacement, je t'assure.

Miguel s'était tu. Le jeune homme était en proie à un malaise diffus. Encore nauséeux du rhum ingurgité durant la nuit, une sourde crainte lui nouait l'estomac.

La voiture poursuivit tant bien que mal son chemin cahoteux, jusqu'à ce qu'un tronc d'arbre barre la voie.

– C'est malin ! se plaignit Sam, on est bloqué.

Il jeta un coup d'œil alentour :

– Tu parles d'un coin paumé, il n'y a aucune baraque ici. T'as dû te tromper de route. Je ne sais même pas comment faire demi-tour. Imagine qu'on soit obligé de se taper ce chemin en marche arrière.

– Il habite là-bas, derrière les arbres, indiqua Miguel. On va se dégourdir les jambes. C'est tout près, tu n'entends pas la mer ?

Sam ouvrit la portière, tendit l'oreille sur le silence absolu. Sa crainte s'était muée en angoisse, mais il tenta de la raisonner, ne voulant rien montrer au géant cubain. Il descendit dans la boue, ignora le nuage de moustiques et progressa sur une dizaine de mètres. La main en visière, il scruta l'horizon au-delà des arbres serrés les uns contre les autres. Pas la moindre villa en vue. Seuls quelques crabes indiquaient la proximité de l'océan.

– C'est le trou du cul du monde ici, lança Sam, ça pue la pourriture.

Par une espèce de réflexe défensif, il explora les alentours du regard à la recherche d'une pierre. Il se déplaça vers un amas de fragments de fer rouillé qui avait dû un jour former un lit. Une barre acérée émergeait.

– Que les choses soient bien claires, dit-il. Je n'apprécie pas ces pertes de temps…

Il sentait Miguel s'activer dans son dos. Il saisit la barre et commença à tirer pour l'extraire, tout en parlant d'un ton rassurant :

– Mais j'ai décidé de te laisser une chance. Je plaiderai ta cause auprès de mon patron. Tu le connais, je suis certain qu'il t'accordera…

Il n'eut pas le temps de finir sa phrase. Miguel l'attrapa par l'épaule et le retourna. Sam ne reconnut pas ce visage déformé par la haine. Pris de terreur, il écarquilla les yeux et leva le bras pour se protéger. Miguel lui asséna quatre coups de tournevis au thorax. Aucun cri ne sortit de la bouche du malheureux, qui s'affaissa dans la boue.

6

Paris – 5 décembre – 22 heures.

Conrad grimaçait de douleur, il ouvrit son blouson dont le cuir avait été transpercé, extirpa un mouchoir de sa poche et pansa la plaie. La lame avait ripé sur une de ses côtes, épargnant le cœur. À quelques millimètres près, il y passait.

Il se revit tirant sur Hanif… *Mais qu'est-ce qu'il lui a pris de lancer ce couteau ?* répétait-il. Un geste insensé, incompréhensible qui enfonçait Conrad dans un puits insondable de ténèbres. La main tremblante, il démarra, à la recherche d'un coin paisible où il pourrait sniffer une ligne de coke. Il passa au ralenti devant le bar et aperçut Simon, derrière son comptoir. *Ce type a été payé pour me tuer*, se dit-il. *Mais par qui ? Pourquoi ?*

La peur l'envahit, son flux sanguin cognait contre ses tempes… Il venait de tuer un homme, pour se défendre certes, mais il ne parvenait pas à réprimer sa sensation de culpabilité. Il frappa le volant de toutes ses forces.

Fatigué et énervé, il arriva vers minuit en bas de chez Sonia.

En se garant, il scruta les environs et, pris d'un doute, ou plutôt en proie à un mauvais pressentiment, décida de déplacer sa voiture dans une ruelle adjacente.

Sonia avait laissé la porte entrouverte. Conrad la referma sans bruit et se glissa jusqu'à la salle de bains.

Torse nu, affairé à nettoyer le sang coagulé, il n'entendit pas arriver la jeune femme.

– Oh, mon Dieu ! Qu'est-ce qu'il t'est arrivé ?

– J'ai été agressé en bas de chez toi.

– Ah bon ! Par qui ?

Il pivota pour rincer la serviette sous l'eau tiède.

– Un voyou m'a braqué pour me piquer la Mercedes. J'ai refusé de lui filer les clés. Il a tenté de m'embrocher, j'ai réussi à dévier le coup. On s'est battu, il s'est finalement tiré.

– C'est dingue, cette histoire… Laisse-moi jeter un œil. Je vais m'en occuper, tu t'y prends mal.

Elle sortit une trousse d'urgence du placard, imbiba une compresse d'antiseptique et la lui appliqua sur le torse. Conrad contracta la mâchoire, puis se força à sourire.

– T'es une vraie petite infirmière…

Elle hocha la tête.

– J'ai mon brevet de secouriste, qu'est-ce que tu crois ! J'ai même encadré des camps de scouts, si tu veux tout savoir.

Elle entreprit de le bander afin de comprimer la blessure.

– Et ces bleus sur tes bras ? s'étonna-t-elle, ils ne datent pas de ce soir.

– J'ai eu un accident de voiture, la semaine dernière.

– Dis-moi si je serre trop fort, demanda Sonia avec gentillesse.

Il grimaça.

– Ça ira, ne t'en fais pas.

– Décidément, t'as une vie mouvementée. Si tu me racontais tout, peut-être que je pourrais t'aider ? Parler avec quelqu'un de confiance te soulagerait.

Il la dévisagea. Elle referma la bouteille d'antiseptique et rangea sa trousse. Il lui caressa la joue.

– On se connaît depuis si peu de temps.

Il lorgna vers l'échancrure du déshabillé et ressentit une envie irrépressible de la prendre. Elle le regardait, les lèvres entrouvertes. Il l'embrassa, dégagea les bretelles de sa chemise de nuit qui glissa le long des bras, dévoilant les seins galbés, son ventre plat, et enfin le duvet soyeux de son sexe.

Ils gagnèrent la chambre. Sonia s'abandonna à Conrad, avec une fougue exubérante.

Allongée en travers du lit, Sonia dormait, respirant avec un bruit caverneux. Conrad, lui, était incapable de trouver le sommeil, les images d'Hanif étendu au sol tourbillonnant en lui. Il avait espéré qu'en faisant l'amour, il se débarrasserait de sa culpabilité, et dut évidemment conclure qu'il n'en était rien. Bien au contraire.

Sonia le rendait perplexe. Ce soir, quelque chose dans son attitude avait changé, elle s'était montrée empressée, désireuse de tout savoir de sa famille et en particulier de sa mère. Conrad tentait de calmer ses soupçons, mais les questions qu'elle avait posées lui confirmaient qu'elle s'était renseignée sur lui. Ou qu'une personne s'en était chargée ?

Les larmes lui montèrent aux yeux. Il avait tué un homme. En plus du remords, d'autres peurs s'insinuaient dans son cerveau : la peur de passer des années en prison, la peur de mourir assassiné…

Il se sentit seul au monde, seul contre le monde. Le vertige provoqué par cette solitude lui sembla insurmontable.

Il repensa à sa mère, il aurait eu tellement besoin d'elle. Pourquoi l'avait-elle abandonné ? Était-il si détestable ? Un mioche qui dort pendant que sa mère met fin à ses jours !

Sonia se retourna en poussant un gémissement. Ses cheveux épars tombaient sur son visage. Elle se rapprocha de Conrad. Il eut envie de la réveiller pour la forcer à cracher le morceau : qui l'avait rancardée sur lui ? Et surtout avec quel objectif ? Pendant un moment, il chercha les mots qu'il utiliserait pour l'interroger, des paroles persuasives pour l'amener à lui avouer la vérité. Il renonça finalement parce que de toute façon, ou il se trompait ou Sonia n'était qu'un pion dans un jeu dont elle ignorait tout. L'ombre de son père émergea dans son esprit.

Il se frotta les yeux pour chasser sa tristesse et se focalisa sur son avenir immédiat. La police allait le rechercher, Simon et son comparse aussi. Le moment était venu de changer d'air, de tenter de commencer une nouvelle existence. Ailleurs. Le plus loin possible. Cette décision prise, il écarta délicatement le drap, se leva et s'habilla avec précaution. Il embrassa Sonia sur le front, puis il quitta l'appartement, refermant doucement la porte. Aussi doucement qu'il était entré dans sa vie.

* * *

6 décembre – 10 heures.

Dans son bureau vitré, Meyer lisait le compte-rendu de l'enquête sur la mort de Marthe Jarousseau. Il le connaissait par cœur, mais il aimait éplucher les dossiers à la recherche d'un détail, d'une information qui lui aurait échappé. Il consulta la lettre testamentaire rédigée par la suicidée quelques semaines avant son décès. Incontestablement, un élément troublant de l'affaire. Pourquoi cette femme qui n'entreprenait d'habitude rien sans en référer à son avocat, Maître Adjari, s'était-elle affranchie de son avis ?

C'est en tout cas ce que ce dernier avait affirmé à la lecture du document. Mais comment apporter le moindre crédit à ce conseiller juridique douteux, d'origine libanaise, qui gérait les intérêts d'Édouard Jarousseau depuis des lustres ?

Et puis, pourquoi soudain tout laisser à Joren ? Était-il crédible que cette femme intelligente et lucide ait décidé de se suicider après avoir exclu Conrad de sa succession ? Le policier poussa un soupir d'impuissance et d'exaspération, passa la main sur son visage, puis consulta ses mails. Il supprima les pubs et s'apprêtait à faire de même avec les spams lorsqu'il fut attiré par l'objet de l'un d'entre eux : Marthe Jarousseau.

Il décrocha son téléphone.

– Denis ?

– Oui…

– C'est Christian, tu pourrais rappliquer ? Quelqu'un m'a envoyé un courriel sur une enquête. Je veux ton accord pour ouvrir la pièce jointe. Je n'ai pas envie de déclencher un Armageddon informatique.

– Ne touche à rien, j'arrive.

Avec sa tête trop large pour ses épaules, Denis était un jeune *hacker* autodidacte qui avait passé son adolescence à déjouer les systèmes de sécurité les plus sophistiqués pour un groupe d'activistes d'Anonymous. Repéré, il avait été condamné à une peine avec sursis avant d'être recruté par Meyer.

Dix minutes plus tard, le geek imprimait la pièce jointe : le scan d'un chèque de vingt mille euros émis par Joren Aelters. Un message accompagnait le document : *Pour résoudre l'assassinat de Marthe Jarousseau, intéressez-vous à ce chèque.*

Impossible de retrouver la trace de l'expéditeur. Le mail avait été expédié d'un cybercafé, avec une adresse créée pour l'occasion.

Contenant sa déception, Christian interrogea Denis :

– Ça te dirait de bosser là-dessus ? De faire une recherche ciblée sur les connexions de ce compte offshore. Ça resterait entre toi et moi.

– Pas de soucis, sourit-il, je m'y attelle de chez moi, j'ai un brouilleur indétectable.

Christian remercia Denis et s'enferma dans son bureau pour réfléchir. Vers midi, il se sentait d'une humeur exécrable et décida d'aller pousser de la fonte à la salle de sport. Il se leva et s'apprêtait à sortir lorsque la sonnerie de son téléphone retentit. Un numéro non identifié s'affichait sur l'écran. Il décrocha.

– Christian Meyer.

– Salut Christian, c'est Riglet.

– Oui… lâcha Meyer, pensif.

L'homme sembla hésiter.

– Tu te souviens ? Patrick Riglet, l'école de police…

Christian se souvenait très bien de son interlocuteur. Un collègue ambitieux qui avait atterri à la Brigade criminelle. Ils s'étaient tiré la bourre dans les épreuves sportives avant qu'il le largue dans le classement final grâce à ses résultats en droit.

– Bien sûr. Que deviens-tu ? Ça fait une paye…

– Cinq ans. La dernière fois où t'as honoré de ta présence la soirée des anciens.

Le patron de l'OCLCO[9] décela un reproche sarcastique, il crut cependant plus diplomate de se justifier.

– Ben oui, tu sais ce que c'est, le boulot, ma femme, les marmots…

Il se souvint que lors de cette rencontre, Riglet lui avait confié l'histoire de son interminable divorce. Il décida de s'affranchir du préambule de politesse.

– Je suppose que tu ne m'as pas téléphoné pour organiser la prochaine sauterie. Alors, dis-moi ce que je peux faire pour toi ?

– En l'occurrence, c'est moi qui peux sans doute te rendre service. Enfin, si ça t'intéresse… Parce que je ne voudrais surtout pas te déranger.

S'il y avait une chose que Meyer détestait, c'était qu'on le prenne de haut.

– OK, de quoi s'agit-il ? Accouche, j'ai passé l'âge des devinettes !

Son interlocuteur s'éclaircit la voix.

– T'as écouté les infos à la radio ?

– Pas ce matin. Ça va, j'ai eu ma dose d'emmerdes.

– T'es donc pas au courant qu'un jeune a été tué hier soir dans une ruelle du 18e.

– Non. Et en quoi ça me concerne ? Je ne vais pas m'occuper de tous les crétins qui se font descendre parce qu'ils

---

[9] *L'Office Central de Lutte contre le Crime Organisé.*

se baladent la nuit dans les mauvais quartiers. Ces trucs-là, c'est votre job, pas vrai ?

– Effectivement. Mais si je précise que ce jeune n'est autre qu'un des types impliqués dans la mort d'un certain Lazario Nuria, ça te parle ?

Meyer serra la mâchoire, fit le tour du bureau en conservant le combiné collé à l'oreille et s'assit dans son fauteuil. Les idées se bousculaient dans sa tête. Tout d'abord, comment Riglet était-il informé de son enquête ? Ensuite, pourquoi prenait-il la peine de le prévenir ?

– Allô, Christian, ça va, mon vieux ? T'es toujours là ?

– Oui…

– Alors, je continue ou je te fais perdre ton temps ?

– T'as bien fait de m'appeler. Excuse-moi, je suis un peu sur les nerfs en ce moment.

– À cause de ce dossier ?

– Entre autres. Il y a aussi la lutte contre les financements de DAESH… Le regain de tension avec les Russes… Et puis les procédures, la paperasse… Enfin, tu connais ça.

– À mon échelle. Je fais le même job depuis plus de dix ans, alors pour moi, le souci, c'est plutôt la monotonie…

Meyer réalisa pourquoi l'autre l'avait contacté. Donnant donnant, *je te fournis des tuyaux mais tu me renvoies l'ascenseur par un coup de pouce professionnel.* Il avait l'habitude de ce genre d'appel du pied. Depuis qu'il avait été nommé à la tête de l'OCLCO, il se découvrait des tas d'amis, et c'était d'ailleurs la raison pour laquelle il ne participait plus aux rencontres entre anciens : trop d'encartés politiques prêts à tout pour gravir les échelons, trop d'hypocrisie derrière les plaisanteries courtisanes.

Il préféra donc éclaircir ce point.

– Tes infos pourraient sans aucun doute nous aider à démasquer un assassin que nous traquons depuis longtemps. Mais en ce qui concerne ta carrière, je n'ai pas les relations adéquates.

La réponse cingla.

– Qu'est-ce qui te fait croire que ma démarche n'est pas gratuite ? On peut s'entraider juste parce que c'est la règle entre vieux partenaires, tu ne penses pas ?

C'était du bluff. Ils le savaient tous les deux. Meyer décida pourtant de se montrer beau joueur.

– T'as raison, dit-il, c'est une déformation chez moi. J'ai souvent l'impression qu'on va solliciter mon appui pour entrer à l'OCLCO. Excuse-moi de t'avoir prêté cette intention.

– Pas de soucis. On peut tous faire des erreurs.

– Revenons à ce meurtre. Redis-moi où le cadavre a été découvert… répondit Meyer, en saisissant son stylo.

– Dans une ruelle du 18e. Donne-moi ton mail, je t'envoie les éléments.

Christian fronça les sourcils.

– Tu ne l'as pas ?

– Si, mais je préfère vérifier, un réflexe d'enquêteur.

– OK. T'as une idée de l'identité du tueur ?

– Pas encore. Certains indices font penser à une exécution. Le jeune a pris une balle dans le ventre. On ne lui a rien volé. Mes équipes sont au travail, j'en saurai plus dans quelques heures.

– Une exécution… Il trempait dans des trafics ?

– Il avait un casier. Mais je suspecte plutôt une vengeance, si tu vois où je veux en venir…

Christian comprenait très bien : Riglet soupçonnait le fils de Joren.

Une alarme se mit en branle dans sa tête, il se contenta de cette réponse évasive.

– Peut-être… Tiens-moi au courant.

– Toi aussi, conclut Riglet, la voix chargé de sous-entendus.

– Au fait, comment as-tu su que j'étais là-dessus ? demanda Meyer.

– Disons que mon petit doigt me l'a dit…

Le flic de la Crim rigola à nouveau avant de raccrocher. Christian bascula son fauteuil vers l'arrière. Cette enquête lui échappait, il avait l'impression de naviguer à vue dans le brouillard. Et il détestait ça.

7

Cuba – Aux abords de La Havane.

Miguel décocha un coup de pied au cadavre de Sam.

– T'allais me baiser, fils de pute ! Qu'est-ce que t'en avais à foutre de moi ? Pour toi, j'étais de la *mierda*. Qui me dit que ce n'est pas vous qui avez flingué Lazario pour nous voler notre pognon ?

Les pieds dans la boue, il entreprit de déshabiller le corps et lui ôta jusqu'à son slip. Une fois dénudé, il le retourna sur le ventre, refusant de voir plus longtemps ce torse maculé de sang, ces petits yeux voilés et ce sexe flasque qui émergeait d'une touffe de poils.

Il fouilla le cadavre et récupéra un portefeuille garni de pesos convertibles et de dollars. Il le fourra dans sa poche avant d'enfouir les habits sous un amas de feuilles. Il se rinça les mains dans une flaque d'eau saumâtre et s'essuya le front. Ces saloperies de moustiques s'infiltraient partout, il ressentait leurs piqûres jusque dans son cou.

Il retourna vers le cadavre. La terre était tellement gorgée d'eau qu'à chaque pas, il manquait d'y laisser une chaussure.

Les crabes s'approchaient, attirées par la chair sanguinolente. Il observa la danse macabre de ces alliés inespérés se préparant au festin, et estima que dans trois à quatre jours, le Français ne serait plus qu'un tas d'os.

Miguel s'alluma une cigarette. La fumée lui fouetta les bronches, provoquant une quinte de toux. Il s'interrogea sur ce qu'il devait faire, évalua à un mois au plus le temps dont il disposait, avant que la police découvre les restes du corps. Il savait pertinemment que dès la péremption du visa de Sam, la douane informerait la police, qui déclencherait les recherches. Remonter jusqu'à lui serait un jeu d'enfant. D'Emilio au revendeur de bière de La Havane sans oublier Anita et Clara, trop de gens l'avaient vu en sa compagnie. Même la vieille de la Casa le balancerait pour se disculper.

Il était donc urgent de déguerpir de l'île. Miguel décida de rejoindre Matanzas à une centaine de kilomètres à l'est. De là, il trouverait un moyen de fuir vers Miami. Il y connaissait des exilés qui le tireraient d'affaire. Il avança jusqu'à la voiture, ouvrit le coffre et récupéra l'attaché-case du Français ainsi qu'une bouteille de rhum. Il avala une rasade, puis, renonçant à prendre ce véhicule avec lequel il ne pourrait passer aucun barrage en raison de la couleur des plaques,[10] il se mit en route.

Sur la voie principale, il regarda le soleil, la main en visière. Il devait être plus de midi et même en marchant à un bon rythme, il lui faudrait des heures pour atteindre Guanabo. Il avala encore une bonne dose de rhum pour se donner du courage et commença à avancer. Sur le chemin, une sourde rancœur monta en lui contre les militaires cubains et surtout

---

[10] *À Cuba, les étrangers ont une couleur de plaque minéralogique spécifique.*

contre l'homme d'affaires français qui l'avait convaincu de porter le chapeau après la saisie du Chong Chon Gang à Panama. Ce salopard s'était foutu de lui.

8

Paris – 6 décembre – 12 h 30.

Christian venait d'apprendre à Manu l'assassinat d'un certain Hanif. Le principal suspect n'était autre que Conrad.

– Tu dois prendre le large. Je ne veux plus que tu t'exposes.

– J'ai bien compris. Mais je veux attendre encore un peu. On pourra peut-être arrêter Joren si on peut prouver qu'il a payé ce Nuria pour tuer Marthe. Quant à Conrad, je vais tenter de le retrouver avant la Crim. Je ferai en sorte qu'il s'explique, et je le persuaderai de se rendre.

Christian fronça les sourcils. L'esprit frondeur de Manu l'agaçait. En même temps, il devait reconnaître que c'était aussi pour ce trait de caractère qu'il l'avait recrutée. Si on désirait infiltrer les milieux mafieux, mieux valait des agents dotés d'un tempérament d'acier. Or de ce côté, elle n'avait rien à envier aux meilleurs flics du service. En raison de ce qu'elle avait enduré, rien ne paraissait en mesure de l'effrayer. Pourtant, derrière cette indifférence glaciale, Christian percevait parfois la convulsion d'une ancienne blessure, comme une façade qui se fissurait avant un cataclysme. Bien sûr, il aurait pu lui donner un ordre, mais têtue comme elle était, pas sûr qu'elle aurait accepté d'obéir.

Par expérience, il préférait obtenir son adhésion et se contenta donc d'une mise au point.

– Si tu le trouves, préviens-moi immédiatement. Pas question que tu l'appréhendes seule. Dès que son nom circulera dans la presse, il peut devenir imprévisible. S'il s'avère qu'il a tué ce jeune, on ne pourra pas faire grand-chose pour le sortir de la merde.

– OK... Mais je le connais. Crois-moi, il n'a pas l'âme d'un tueur. Tu sais que j'ai une bonne intuition en ce qui concerne les hommes.

C'est vrai, elle possédait un flair infaillible, elle l'avait démontré. Il hésitait néanmoins à la laisser agir à sa guise.

– Accorde-moi une semaine, négocia-t-elle avant qu'il réponde. Si on a des éléments probants, on boucle Joren. Sinon, j'abandonnerai. De toute façon, rit-elle, je commence à m'ennuyer, la fréquentation de ce type n'a vraiment rien de jouissif.

Comment trouve-t-elle encore le moyen de plaisanter ? se demanda Christian avant de s'incliner.

– Tu as une semaine. Et tu me contactes si tu mets la main sur Conrad.

– Promis juré, Chef ! Bon, maintenant à ton tour de m'écouter... J'ai réfléchi, si les morts de Marthe et de Laurène Serviez sont liées, il nous faut découvrir ce qui les rapprochait au point de constituer une cible pour le même tueur.

– Je suis d'accord avec toi. D'une façon ou d'une autre, les pièces du puzzle meurtrier doivent s'assembler autour d'un mobile identique. Mais il y a autre chose que je n'arrive pas à me sortir de la tête : Laurène aurait rencontré Joren à Cuba,

Lazario Nuria était un exilé cubain. Deux morts rattachées à cette île, c'est beaucoup trop. Pour moi, il a dû se passer quelque chose de déterminant durant le séjour de Joren… Quelque chose que nous ignorons.

– Joren est le fil conducteur des meurtres. C'est un homme aveuglé par les perversités de notre époque et qui côtoie un milieu façonné dans ce moule. S'il est coupable, je veux le coincer. S'il ne l'est pas, il est peut-être en danger. C'est pourquoi je dois rester près de lui. Quitte à vivre encore un peu parmi les hyènes qui l'entourent.

– J'ai compris. Autre chose qui pourrait être intéressant, tu te souviens qu'on a confié à l'OCLCO l'enquête sur les personnalités françaises impliquées dans le scandale des Panama Papers…

– Bien sûr, mais quel pourrait-être le rapport entre nos meurtres et la plus grande fuite de données journalistiques concernant des sociétés basées dans des paradis fiscaux ?

– Peut-être plus que tu ne pourrais l'imaginer… J'ai reçu des documents confidentiels issus de la *Financial Conduct Authority* de Londres… Figure-toi que le cabinet de Maître Adjari fait partie des quatorze mille intermédiaires qui ont eu recours à la firme Mossack Fonseca, la principale boîte mise en cause dans cette affaire… Plus amusant encore, sur les mille cinq cents entreprises offshore soupçonnées de fraude fiscale, devine quels établissements bancaires sont le plus souvent cités pour avoir fait appel aux services de Fonseca ?

– Coutts et Rothschild…

– On ne peut rien te cacher ! Cette banque arrive dans le peloton de tête, juste derrière HSBC… Sacré hasard, non ?

– C'est certain. Mais comment vas-tu exploiter ça ?

– J'ai rendez-vous avec cet Adjari… Il a d'abord esquivé, mais j'ai su me montrer persuasif. L'évocation de ses voyages aux îles Vierges Britanniques, aux Caïmans et aux Bermudes a eu raison de ses réticences. Si je parviens à le convaincre de coopérer, il me divulguera les noms des trusts opaques entourant la succession de Marthe Jarousseau.

– Qu'est-ce qui te fait penser qu'il y en aura que nous ne connaissons pas déjà ?

– Ce testament de dernière minute… Je ne peux pas imaginer que Marthe Jarousseau ait pris cette décision sans en parler à son avocat. Ni surtout qu'elle ait sciemment privé Conrad de toutes ressources. L'existence de ces trusts me semble la seule explication plausible.

Manu expira un grand coup.

– Si c'est le cas, Conrad s'est peut-être fait flouer par son père… Mais je crains qu'Adjari se dérobe, il s'abritera derrière le secret professionnel…

– On verra. C'est un risque qu'il faut courir.

Manu laissa passer une dizaine de secondes.

– Il y a quand même autre chose qui titille mes neurones depuis tout à l'heure… Ça ne te paraît pas bizarre, ce chèque qui te parvient anonymement sur ta boîte mail ? Et ton vieil ami de la Crim qui se rappelle à toi au même moment ?

Le flic sourit. *Toujours aussi maligne,* se dit-il. Bien sûr que ça l'intriguait.

– C'est peut-être une coïncidence… Ne t'occupe pas de Riglet. Fais attention à toi. Je me charge du reste.

* * *

13 heures.

Le soleil pointait ses rayons au zénith lorsque Conrad atteignit le centre de la capitale. Il se gara à cheval sur le trottoir près d'un bar-tabac. Il commanda un café au comptoir à un serveur aux épaules voûtées, aux cheveux gras et à l'air renfrogné. Dans un angle de la salle, l'inévitable poste de télé, allumé sur une non moins inévitable chaîne d'infos. Une journaliste au décolleté vertigineux commentait les derniers sondages des prochaines échéances électorales. Les visages des candidats défilèrent, assortis de leur cote d'intentions de vote, d'une façon qui rappela à Conrad des pronostics pour turfistes.

À quoi servent ces clowns, s'interrogea Conrad, *à part à dilapider la cagnotte construite après-guerre. Une révolution s'impose pour se débarrasser de cette bande de pourris,* se dit-il, songeant à la fortune amassée par Édouard Jarousseau en détournant l'argent des citoyens.

Sur l'écran apparut un portrait d'Hanif, tout sourire, pris dans ce qui ressemblait à une cour d'école. Un bandeau défilant annonçait son assassinat. Une photo de Conrad s'afficha ensuite. Une décharge électrique remonta le long de sa colonne vertébrale, il observa le barman et les quelques clients, personne ne parut avoir fait le rapprochement. Il sortit un billet de cinq euros de sa poche qu'il jeta dans la soucoupe sur le ticket et fit signe au barman qu'il pouvait encaisser.

– Gardez la monnaie, dit-il en s'efforçant de conserver son calme.

– Merci... Dites donc, vous ressemblez drôlement au gars de la télé... fit l'homme en tournant la tête vers le poste. Celui qu'on recherche, là ! C'est vous ?

Les consommateurs se turent soudainement. Conrad sentit les regards dans son dos. Pendant quelques secondes, il n'y eut aucun mouvement, le serveur gardait ses yeux braqués sur son vis-à-vis, attendant une explication. Le jeune homme resta coi, immobile.

Deux types s'étaient levés et se dirigeaient vers la porte en verre. Pendant un millième de seconde, Conrad regretta d'avoir laissé son arme dans la boîte à gants puis il songea que c'était sans doute mieux ainsi.

Le barman le saisit au poignet.

– Tu vas rester avec nous, le temps qu'on vérifie cette histoire.

Conrad sentit l'étau de cette poigne se refermer comme des menottes. Dehors, le soleil luisait de tout son feu. Il entendit une sirène et aperçut une voiture de police, gyrophare allumé, qui zigzaguait pour se frayer un chemin dans les embouteillages. Le véhicule s'engagea dans la voie des bus, accéléra et dépassa le bar sans s'arrêter. Distrait par le bruit du deux-tons, le serveur détourna la tête, desserrant un instant son étreinte. Le jeune homme parvint à se dégager :

– Merde ! Petit enfoiré !

Il essaya de le rattraper par les épaules, en vain. Pendant un instant, tout paru suspendu dans l'établissement, les regards suivirent Conrad qui se précipita vers le fond de la salle, sans qu'aucun client se lève pour tenter de l'arrêter. Un des types qui gardaient la porte s'élança, mais le fuyard avait déjà quelques mètres d'avance. Il pénétra dans les toilettes et verrouilla la serrure. Il avisa une lucarne haute, assez large pour qu'il puisse s'y faufiler.

– Ouvre cette porte, entendit-il une voix lui ordonner.

Sans répondre, il grimpa sur la cuvette des WC et tenta d'ouvrir l'oculus qui s'avéra vissé à son support en bois. Sa blessure irradiait une douleur fulgurante. Un coup de pied ébranla la porte.

– Rends-toi, n'aggrave pas ton cas, cria la même voix.

Conrad inspira et projeta son coude dans la vitre qui explosa. Il réitéra pour se dégager un passage. D'autres bruits de coups et des ordres indistincts lui parvinrent, filtrés par le stress qui bourdonnait dans ses oreilles. Il se hissa à la force des bras, et prit une impulsion sur le réservoir des toilettes. Il entendit la porte claquer, des bras puissants enlacèrent ses jambes, une vague de rage et de désespoir l'envahit. Une main empoigna sa ceinture. Il tenta de s'accrocher au crochet d'une descente de gouttière en zinc, mais la prise coupante le contraignit à lâcher. Il se sentit tirer vers l'intérieur.

Dans un sursaut aussi instinctif que désespéré, il frappa à l'aveugle. Son talon heurta l'homme au menton qui poussa un cri et lâcha prise. Conrad plongea vers l'avant en tentant de se retourner dans sa chute. Il atterrit sur le capot d'une voiture. Il glissa au sol et se releva, grimaçant de douleur.

La trogne furieuse de l'homme apparut par la petite fenêtre.

– Arrête-toi ! Arrête-toi tout de suite !

Conrad ignora l'injonction, chancela sur quelques mètres puis courut jusqu'à l'angle de la rue. Il se pencha et aperçut la Mercedes. Il tira les clés de sa poche, déclencha l'ouverture automatique du véhicule avant de se glisser en rampant sur le siège conducteur. Ayant repris son souffle, il releva prudemment la tête. À une trentaine de mètres, un type devant le bar regardait dans sa direction, éberlué. Levant les mains, il lui fit signe de stopper. Conrad tourna la clé dans le démarreur, braqua le volant à fond pour s'engager dans le couloir réservé aux bus qu'avait emprunté la voiture de police quelques minutes plus tôt, sous un concert de klaxons. Le type s'était campé au milieu de la route.

Conrad appuya à fond sur l'accélérateur, l'homme fut contraint de se jeter sur le côté pour éviter de justesse d'être percuté par le 4x4.

Conrad accéléra encore. Dans le rétroviseur, il apercevait le barman et les deux clients qui s'engueulaient sur le trottoir. Il poussa un soupir de soulagement, les idées se bousculaient dans sa tête. Il lui fallait vraiment quitter le pays. Une nouvelle fois, il se demanda vers quel horizon se tourner. Il songea à la Chine, mais il détestait ces récents seigneurs du globe qui refourguaient partout leurs produits fabriqués par une population exploitée. De toute façon, il ne connaissait pas le moindre mot de mandarin, et son anglais était rudimentaire. En revanche, il maîtrisait à peu près l'espagnol, ce qui lui avait permis, croyait-il, de discuter, puis de sympathiser avec Lazario. Il se rappela que l'ancien boxeur s'était vanté de l'existence d'un demi-frère, Miguel, occupant un beau poste dans l'administration cubaine : *Si un jour t'as des soucis, va le voir de ma part, il t'aidera*, avait-il fanfaronné lors d'une soirée arrosée.

Durant un moment, Conrad s'imagina à La Havane, déambulant sous les palmiers le long d'une plage, aux côtés du frère de Lazario… Il opta donc pour Cuba.

Restait à financer cet exil. Il songea à revendre la drogue de Lazario et se remémora sa conversation avec Manu. Il arriverait sûrement à en refourguer quelques grammes en lui rapportant la Mercedes. L'idée lui mit du baume au cœur. Il sortit son portable, le posa sur ses genoux et appela Manu.

9

Cuba – Guanabo.

L'obscurité avait envahi les rues, l'air demeurait lourd, la chaleur humide était suffocante. Après avoir nourri le chien dans la cour, Dahlia vérifia le cadenas sur la grille, puis rentra et verrouilla la porte d'entrée. Elle s'affaira ensuite en cuisine pour préparer le repas. La mine sérieuse, Armando s'impatientait, fourchette et couteau en main.

– Tu crois qu'il va rentrer ce soir, papa ?

– Qu'est-ce que j'en sais ! le rabroua-t-elle, agacée.

Elle passa les doigts dans les cheveux qu'elle avait taillés aux ciseaux en fin d'après-midi, se composant une coupe courte, mal dégrossie, à la garçonne.

Elle servit sa maigre pitance à son frère. En silence, ils avalèrent la purée de malangas. La jeune fille était soucieuse, le frigo et les placards étaient vides, leur père n'avait laissé ni pesos ni tickets de rationnement.

Armando essuya le fond de son assiette avec un morceau de pain dur, la faim lui taraudait l'estomac. Sa sœur lui avait pourtant gardé la meilleure part.

– Tu t'es levée tôt ce matin, dit-il, il faisait encore nuit.

– Je suis allée ramasser des bouteilles dans le terrain vague autour de la salle des fêtes. Samedi, j'irai les vendre à La Havane, ça nous fera un peu d'argent.

Elle servit deux verres d'eau.

– Bois ! ordonna-t-elle. T'as rien bu depuis ton retour d'école.

– J'ai pas soif.

Elle fronça les sourcils.

– Obéis ! Il a fait très chaud aujourd'hui.

L'enfant soupira puis s'exécuta.

– T'es pas allée à l'école ? demanda-t-il.

– J'y suis allée après avoir rapporté les bouteilles ici. T'étais déjà parti.

– Pourquoi tu t'embêtes avec ça ? Papa rentrera bientôt avec des pesos.

Sans répondre, elle se leva, débarrassa les assiettes, puis revint s'asseoir. Le garçon la dévisagea longuement.

– Je trouve que t'es injuste avec lui, reprit-il. Il s'occupe de nous, quand même. On peut accepter qu'il crie lorsqu'il est crevé.

Dahlia sentit des larmes lui monter aux yeux, mais elle se retint de révéler la vraie nature de leur géniteur.

Au loin, on entendit quelques aboiements. Dahlia tendit l'oreille. La nuit dernière, elle était restée des heures à l'affût, sursautant au moindre bruit. Pour le deuxième soir consécutif, elle s'apprêtait à se coucher avec Armando. C'était la seule solution qu'elle avait trouvée pour le protéger.

– Mets-toi en pyjama pendant que je fais la vaisselle, dit-elle.

– Déjà ! Il n'est même pas sept heures.

– Discute pas. On va réviser tes leçons. On dormira de bonne heure, je suis fatiguée.

Il fila dans la chambre, puis en ressortit habillé d'un pyjama trop court, un livre et un cahier sous le bras. Il s'installa à table en mâchonnant son crayon.

– J'suis prêt.

– Commence seul ! Faudra bien que t'apprennes à travailler sans moi.

Elle n'entendit pas la réponse, couverte par les aboiements du chien. La porte s'ouvrit d'un coup. Leur père apparut dans l'embrasure, le blanc des yeux marbrés de rouge. Son visage se tordit de mépris, il basculait d'avant en arrière, tel un culbuto. Dahlia s'empara d'un couteau qu'elle dissimula dans son dos. Son père referma la porte, posa un attaché-case par terre et mit la clé dans sa poche. Il apostropha Armando :

– Comment ça ! Elle te fait encore bosser. Un homme n'a pas besoin d'étudier, il doit être fort pour qu'on le respecte. Prends exemple sur moi !

Il écarta les bras. Son envergure était impressionnante. Les joues couvertes de terre sèche, la morve au nez, la chemise débraillée, une bouteille de rhum dans son énorme main, il offrait un tableau alarmant. Son fils jeta un œil vers sa sœur, la peur dans les yeux.

Miguel s'accroupit, les bras ouverts.

– Viens mon grand, viens embrasser ton papa.

Sa voix se voulait rassurante, mais sa diction témoignait de l'abus d'alcool. Son corps exhalait une odeur de crasse et de sueur acide chargée de rhum. Armando se cramponna à la table et adressa un regard implorant à Dahlia. Le couteau dans son dos, elle rejoignit son frère, glissa un bras protecteur autour de son cou.

– T'as trop bu. On t'attend depuis deux jours, mais franchement, tu ne devrais pas rentrer quand t'es dans cet état.

Elle repéra des traces de sang sur les pans de sa chemise. Les battements de son cœur s'accélèrent. Le mastodonte se redressa.

– C'est comme ça que tu me parles, je vais te montrer qui est le maître ici.

Il lâcha la bouteille qui éclata par terre et se précipita vers la table qu'il envoya valdinguer sur le côté. Dahlia recula, en attirant son frère contre elle, ils chutèrent sur le carrelage.

Miguel releva son fils et le prit sous son bras comme une brassée de cannes à sucre. La jeune fille tenta de se relever, mais son père lui balança un coup de pied en pleine figure. Sonnée, elle le vit emporter le garçonnet qui se débattait en hurlant. Persuadée que le monstre allait abuser de son frère, elle parvint à se redresser et courut pour lui venir en aide. Le géant la stoppa dans son élan, d'une violente gifle. Un rictus sadique aux lèvres, il lança son fils sur le lit et se retourna vers sa fille.

Ils se jaugèrent, à un mètre l'un de l'autre. Dehors, le chien aboyait avec rage, les bâtards des alentours lui répondaient en rivalisant d'ardeur. On devait entendre cette meute déchaînée dans tout le quartier. Nuria avança, Dahlia se rua vers le couteau. Tremblante, à quatre pattes, elle le récupéra parmi les débris de verres. Vive comme un serpent, elle se releva et courut se réfugier sous l'évier.

Il la regarda faire, ses yeux brillant d'une étincelle amusée.

– Allons, allons, dit-il, pourquoi tu cours comme ça, tu n'as rien à craindre, viens embrasser ton papa, toi aussi… On va se faire un petit câlin, tu vas adorer…

En avançant, il attrapa une chaise qu'il explosa contre le mur. À coups de talon, il se forgea une sorte de gourdin avec un des barreaux.

– Allez, sors de là ! Ça nous facilitera les choses à tous les deux.

Recroquevillée, le coude contre son flanc, la tête rentrée dans les épaules, Dahlia brandit son couteau.

– Va-t-en ! Laisse-nous tranquille !

Miguel ricana et lui assena un coup sec qui atteignit le genou, puis il récidiva sur le ventre, la poitrine, riant comme s'il tourmentait un animal en cage. Il passait le gourdin d'une main à l'autre et portait des attaques surprises. La pauvre fille subissait en pleurant, tentant vainement de parer les frappes. Son père réussit à lui saisir le poignet et la força à lâcher son arme. Il la souleva et colla son visage au sien.

– Je vais te réduire en bouillie, postillonna-t-il.

En réponse, il sentit un pied s'écraser violemment sur son sexe. Il lâcha sa proie et se plia en deux en jurant. Dahlia récupéra le gourdin, et de toutes ses forces, frappa le crâne de son père. Il tomba en avant tandis qu'elle se ruait vers la chambre.

Elle bloqua la porte à l'aide d'une commode. Sur le lit, Armando était tétanisé. Elle l'aida à se relever, l'encouragea à respirer à pleins poumons, et le regarda dans les yeux.

– Il faut fuir, dit-elle, il est devenu fou. S'il nous attrape, il va nous tuer.

Elle poussa son frère jusqu'à la fenêtre, ouvrit la grille de ses mains tremblantes, et lui ordonna :

– Cours ! Cours chez la voisine…

La nuit était impénétrable, elle perdit son frère de vue, et s'accrocha à son tour au rebord de la fenêtre. Avant même qu'elle commence à se hisser, des coups retentirent contre la porte, accompagnés de hurlements dantesques.

10

Paris – Porte de Montreuil – 6 décembre – 16 heures.

Le rendez-vous entre Conrad et Manu avait été fixé sur le parking d'un centre commercial. Elle devait venir avec l'Audi et ils procéderaient à l'échange. Bien que surpris par la facilité avec laquelle il l'avait convaincue de l'urgence de cette rencontre, Conrad ne s'étonna pas du choix de ce lieu. Ils se fondraient facilement dans la foule des consommateurs poussant leurs chariots remplis ras-la-gueule. Il claqua la portière et remonta l'allée de voitures. La mort d'Hanif passait en boucle sur les radios, agrémentée de statistiques sur la délinquance et d'interventions de politiciens de tous bords. Le grand cirque s'était mis en branle, Conrad était recherché, l'ordre lui était donné de se présenter à la police qui souhaitait l'interroger. Il ressentit une bouffée de tristesse qu'il réprima en enfonçant un ongle à la jointure de son index.

Il aperçut Manu devant l'entrée de la galerie. Elle portait un jean moulant assorti d'un pull sobre. Ses yeux sans maquillage et ses cheveux en désordre trahissaient une négligence qui ne lui ressemblait guère. Il ne put s'empêcher de la trouver belle.

Elle l'accueillit d'une voix agacée.

– T'es en retard !

– J'ai galéré sur le périf.

Manu le dévisagea d'un regard inquisiteur. Il tenta de donner le change :

– Il y a un problème ? T'as peur que j'aie rayé ton 4x4 ?

Sa blague ne fit naître aucune esquisse de sourire.

– À toi de me le dire, s'il y a un souci…

Il sortit la clé de son blouson et ne put contenir une grimace de douleur. Elle tendit la main. Son doigt effleura l'entaille dans le cuir.

– T'as eu un accident ?

– Rien de grave, assura-t-il, un type a essayé de me voler ta caisse. C'est le problème avec les bagnoles de luxe, elles attirent la convoitise.

Manu afficha un air peu convaincu.

– Ton agression, elle ne se serait pas passée dans le 18e ?

Comme une bête aux abois, Conrad balaya les alentours du regard.

– Qu'est-ce que ça peut te faire, t'es pas flic !

– Eh bien si, justement !

Il resta bouche bée. La voix de Manu se fit conciliante.

– Écoute, si je t'avais voulu des emmerdes, t'en aurais eu depuis longtemps…

Conrad semblait groggy.

– Si je t'offrais un verre, il y a une cafétéria à l'intérieur, on pourra parler tranquillement.

– De quoi tu veux qu'on parle ?

– De ta mère, par exemple. Sais-tu que je la connaissais ? Pour tout te dire, nous étions amies. Allez, viens, ne te fais pas prier…

Il la suivit en silence. Après être passés à la caisse avec deux bières, ils s'assirent à une table isolée, près de la fenêtre. Manu lança la discussion :

– Ça fait plusieurs fois que j'essaie de te faire comprendre que nous pourrions avoir confiance l'un en l'autre. On aurait peut-être pu éviter ce gâchis.

Conrad attrapa son demi.

– Tout le monde veut que je lui fasse confiance. Mais pourquoi j'aurais confiance en toi en particulier ?

– Tu vois beaucoup de monde à qui te fier dans ton entourage ?

– Non, mais je me suis toujours débrouillé seul, je dois m'en sortir par moi-même.

– T'as raison, buvons à ta grande réussite !

Elle saisit sa chope et la leva comme pour porter un toast.

– C'est vrai que t'es flic ? demanda-t-il.

– Je travaille dans un département de lutte contre les organisations criminelles.

Il la regarda comme si elle venait de le gifler.

– Les organisations criminelles ? Quel rapport avec moi ?

– Aucun. C'est à mon tour… Ce jeune dont on parle aux infos, c'est toi qui l'as tué ?

– C'est un accident… Lui et un de ses copains ont tenté de m'abattre en pleine rue. J'ai réussi à le choper près du bar où Lazario a été tué. Je l'ai interrogé, il m'a raconté une histoire à dormir debout à propos d'un contrat sur ma tête. Il m'a balancé son couteau, le coup de feu est parti tout seul.

– T'aurais dû appeler la police.

Il glissa une cigarette entre ses lèvres, l'alluma et jeta le paquet devant lui.

– Il était mort…

Il tira une taffe.

– Mai toi, si t'es flic, qu'est-ce que tu fous avec Joren ?

À une table proche, un couple de vieux observait Conrad d'un air scandalisé.

– Tu devrais éteindre ta clope, suggéra Manu.

Conrad regarda dans leur direction et écrasa la cigarette avec précaution sur le papier aluminium du paquet. Elle attendit qu'il ait fini pour lui annoncer d'une voix neutre :

– J'enquête sur le décès de ta mère.

– Au bout de tant d'années ! Elle s'est suicidée, un point c'est tout. Elle s'est pendue en oubliant son rejeton.

– Ce sont les conclusions des enquêteurs. Mais je connaissais ta mère, je l'ai vue la veille du drame et elle ne m'a pas donné l'impression d'une femme au bout du rouleau. Nous avons eu une discussion sur l'avenir de son ONG… Elle m'a aussi dit combien elle t'aimait. Pour moi, rien ne tient dans les décisions que ta mère aurait prises. Ni son suicide. Ni son choix de te laisser sans un sou.

Conrad parut touché par ces propos.

– On croirait entendre ma sœur. Héloïse est persuadée que Joren a fait descendre maman pour le fric… Que veux-tu que je te dise ? J'ai déjà tout répété mille fois aux flics. Je me rappelle de rien, je dormais.

Il s'interrompit et redressa la tête.

– Comment se fait-il qu'elle ne m'ait jamais parlé de toi, si tu la connaissais aussi bien ?

– Je ne sais pas. Mais elle m'a sauvé la vie… Indirectement. Alors j'ai le sentiment de lui devoir la vérité sur sa mort. Raconte-moi quand même ce dont tu te souviens de cette soirée.

Conrad avait maintenant les larmes aux yeux.

– Je jouais dans ma chambre, maman s'est engueulée avec Joren au téléphone. C'était encore à propos de leur satané pognon. Ça arrivait tout le temps… Ça m'a énervé, je me suis défoulé sur *Battlefield*. Après ça, j'ai pioncé jusqu'au lendemain. T'es au courant du reste.

– Et quand tu as trouvé le corps, rien ne t'a étonné ?

Conrad réfléchit. Les images défilèrent dans sa tête.

– Maman s'était urinée dessus. Son chemisier était couvert de taches d'alcool. Ça m'a surpris, elle buvait souvent seule mais jamais au point d'en renverser.

– Tu l'as dit aux enquêteurs ?

– Vaguement. Ça ne leur a fait ni chaud ni froid. Tout ce qu'ils voulaient c'était me coller sa mort sur le dos. Ensuite, ils s'en sont pris à Joren…

– Et comment a-t-il réagi ?

– Au début, il a eu l'air bouleversé. Après, il a engueulé les flics… Et finalement retourné sa colère contre moi. Comme tout le monde, il n'acceptait pas que je n'aie rien entendu…

– Il t'a paru sincère ?

– Comment savoir ? Tu le connais, il est tellement tordu.

Elle acquiesça.

– Je vois ce que tu veux dire…

– C'est pareil pour l'histoire du chèque, lâcha Conrad, comme s'il se parlait à lui-même.

– Quel chèque ?

Il raconta comment il était tombé dessus, et aussi pourquoi il l'avait confié à Héloïse.

– Tu vas m'arrêter ? s'inquiéta-t-il soudain.

– Le mieux serait en effet que tu viennes avec moi. La fuite n'a jamais rien arrangé. Si tu étais en état de légitime défense, tu devrais t'en sortir. Où est le couteau ?

Conrad réfléchit. Il l'avait ramassé et s'en était débarrassé dans une bouche de caniveau lorsqu'il avait garé le 4x4 près de chez Sonia.

– C'est malin ! s'agaça Manu, tu as l'adresse au moins ?

Conrad dut avouer que non, il entreprit de dessiner un croquis sur une serviette en papier mais elle l'arrêta d'un geste de la main.

– Pas la peine, tu nous y conduiras. Il y a une autre question… As-tu pensé à l'éventualité que la personne qui a payé ces gars pour te descendre puisse être celle qui a fait ce chèque ? Et aussi celle qui aurait commandité le meurtre de ta mère ?

Conrad s'exprima avec tristesse.

– Bien sûr… Mais quel intérêt aurait Joren à me voir mort ?

– Je ne sais pas, convint la jeune femme, peut-être a-t-il peur que la mémoire te revienne ? Quelque chose que tu aurais entendu, mais dont tu n'as encore jamais parlé. Ou alors, il a décidé de faire table rase autour de lui. La femme qui avait témoigné en sa faveur a été assassinée, tu étais au courant ?

Conrad entrelaça ses doigts afin d'éviter les tremblements qui le gagnaient. Des images refluèrent avec une netteté terrifiante, un cauchemar dans lequel il se baladait près de la piscine sur la péniche, observant sa mère debout sur le billard, un fil métallique autour du cou, un inconnu cagoulé derrière elle. Un cauchemar récurrent qu'il chassa comme une séquelle de sa culpabilité.

– Je l'ignorais… finit-il par dire, et qu'est-ce que ça change ?

– Si elle a menti à l'époque pour couvrir ton père, on peut se demander s'il n'avait pas d'excellentes raisons de souhaiter sa disparition.

– Maman est morte il y a plus de cinq ans, ça me paraît bien tard pour ça…

Il réalisa que malgré ses bonnes intentions, Manu ne serait pas en mesure de l'aider, vu la situation. Il attrapa son paquet de cigarettes.

– Il se pourrait que je décide de partir… Le temps d'y voir plus clair…

La jeune femme secoua la tête.

– Si tu m'accompagnes, je ferai mon possible pour toi.

Il finit sa bière d'une lampée, les paysages de Cuba traversèrent son esprit.

– T'es sympa… Donne-moi plutôt mes clés de voiture.

– Si je refuse ?

– Je partirai à pied.

– Et si j'essaie de t'arrêter ?

Conrad la regarda tristement :

– Tu viens de le dire, Manu, tu essaieras…

11

Cuba – Guanabo.

Miguel venait d'enfoncer la porte à coups d'épaule.

Vide !

– La petite garce s'est barrée ! hurla-t-il.

Il crevait d'envie de la poursuivre mais jeta un œil à la pendule qui marquait 22h10. Il devait regagner Matanzas, au plus vite.

Après avoir fourré quelques affaires dans un sac de voyage, il se rendit dans la cour, muni de son gourdin. Le chien n'eut aucune chance, le coup s'abattit et le tua net. Miguel sortit de sa poche un long couteau qu'il déplia avant d'ouvrir la porte du poulailler. Acculées contre le grillage, les poules cherchaient à échapper aux mains assassines qui les égorgeaient. Les avant-bras baignant de sang, Miguel maniait la lame avec dextérité. Il se délecta à l'idée du désespoir qu'éprouverait Dahlia lorsqu'elle découvrirait le carnage. Une fois sa besogne achevée, il se lava les mains, puis quitta la masure, son sac en bandoulière. Il aspira une grande bouffée d'air moite et se mit en route.

Après une demi-heure de marche, parvenu sur les hauteurs de la ville, il fit une pause pour reprendre son souffle. En contrebas, Guanabo diffusait la lueur d'une guirlande de maisons faiblement éclairées s'éparpillant vers l'océan. Il huma les lourds effluves salins. Du pouce, il effleura le moignon d'os qui émergeait d'une poule décapitée, accrochée à sa ceinture.

Un sourire sinistre se dessina sur son visage, sa main caressa le plumage soyeux, aussi doux qu'une peau d'enfant.

Une pensée lui traversa l'esprit. Comme s'il scellait un pacte avec lui-même, il cracha par terre, jura qu'un jour il reviendrait, peu importe les crimes qu'il devrait commettre pour ça. Et ce jour-là, il prendrait tout son temps pour punir Dahlia.

12

Paris – 7 décembre – 18 heures.

Manu n'avait jamais vu Christian aussi furieux. Depuis une demi-heure, il déversait sa colère comme un torrent son eau écumeuse.

– J'ignore comment Patrick a su que t'avais laissé filer Conrad, à croire qu'il te fait suivre. En tout cas, j'ai dû user de toute ma diplomatie pour l'empêcher de t'inculper. Je me suis mis carpette devant cet imbécile. Ce qui me déçoit le plus, c'est que tu n'aies pas respecté ta parole. Et maintenant, on a perdu la trace de ce jeune con.

Lassée d'entendre le même refrain, Manu n'écoutait plus. Elle songeait à sa vie, à sa rencontre avec Marthe.

Après l'avoir sauvée des proxénètes ukrainiens qui l'exploitaient, la présidente de l'ONG *La Chaîne d'Amour* l'avait engagée. Manu s'occupait de la logistique des programmes des parrainages qui permettaient aux enfants de boire une eau potable, de manger à leur faim, de bénéficier d'un suivi médical et d'un accès à l'éducation. C'est elle aussi qui gérait les contacts avec les journalistes. Elle leur racontait l'histoire des gamins sans jamais sombrer dans le pathos, conservant une distance étonnante.

De fil en aiguille, elle s'était frayé une petite place dans la société parisienne. Une relation intime s'était nouée entre les deux femmes. Marthe et Manu ! Elles s'amusaient de la consonance de leur prénom. Quand Christian s'était décidé à recruter Manu, il lui avait demandé si quelqu'un pouvait lui servir de garant. Évidemment, elle s'était adressée à Marthe qui, bien que réticente, avait accepté de rencontrer Meyer. *Vous serez responsable de sa sécurité*, avait-elle dit au policier avant de laisser s'envoler sa protégée.

Christian l'avait répété à Manu.

Le patron de l'OCLCO tapa une énième fois du poing sur son bureau, faisant vibrer la photo de famille, le mug rempli de crayons et une dizaine de dossiers.

– Mais nom d'un chien ! Vas-tu enfin me dire pourquoi tu l'as laissé filer ?

La jeune femme se redressa sur sa chaise.

– Je te signale que tu ne me l'as pas encore demandé. Tu gueules, tu gueules, c'est tout ce que tu sais faire.

Il marqua un recul, mal à l'aise.

– Bon ben… Vas-y maintenant. Explique-toi…

Elle prit une longue inspiration.

– Conrad a reconnu être l'auteur du coup de feu. Mais pour lui, c'était de la légitime défense. Avant de claquer, le voyou a avoué avoir été payé pour le descendre…

– Et alors ? l'interrompit-il, raison de plus pour l'interpeller ! Ce que tu n'as pas fait.

– Exact. J'ai estimé que si on le remettait entre les mains de la Crim, il n'avait aucune chance de se disculper. C'est lui qui a trouvé le chèque dont tu as reçu la copie, il l'a confié à sa sœur pour qu'elle fasse sa propre enquête. Alors si quelqu'un a commandité des tueurs, autant qu'il se cache jusqu'à ce que l'on découvre de qui il s'agit…

Elle plongea ses yeux verts dans ceux de Christian, puis reprit d'une voix lasse.

– Et puis, que veux-tu que je te dise, j'ai été incapable de l'arrêter. C'est le fils de Marthe, tu sais ce qu'il a enduré… Je crois qu'il a le droit à un peu de compassion. Mais ne t'inquiète pas, je te le ramènerai dès que les véritables circonstances du drame auront été établies. À ce sujet, nous devons récupérer le couteau. Conrad m'a indiqué où le trouver. Il m'a aussi donné les douilles de l'arme avec laquelle on lui a tiré dessus.

Christian se calma un peu.

– Tu connais sa planque ?

– Non.

– Dans ce cas, qu'est-ce qui te prouve qu'il se rendra ?

– Rien.

– Je suppose que je dois me contenter de ça. Ton intuition, ta fameuse intuition.

– Jusqu'à maintenant, elle nous a plutôt réussi.

– Jusque-là, je pouvais me fier à toi. Aujourd'hui, je ne sais plus…

Il fit le tour de son bureau, s'assit dessus, puis de nouveau soupira.

– Je crois que je n'ai pas vraiment le choix. Le patron m'a mis un marché entre les mains. L'affaire Jarousseau n'était pas du ressort de nos services, on n'aurait jamais dû nous la confier. Mais maintenant que nous avons déconné, on a intérêt à régler l'affaire dare-dare : le suicide de Marthe, le meurtre de Laurène Serviez et le cas du gamin…

Il regarda Manu et reprit :

– … le boss veut aussi qu'on perce à jour l'histoire de Mossack Fonseca. Depuis la divulgation par *Le Monde* des cent quarante personnalités possédant des comptes offshore, le Panama Papers est devenu un scandale politique. Le Président s'est cru obligé d'intervenir pour rassurer le *bon peuple* sur sa volonté que les enquêtes des services fiscaux donnent lieu à des procédures judiciaires. La vérité, c'est que toute la classe politique pète de trouille… Alors une ou deux saisies de sociétés merdiques tomberaient à point nommé et démontreraient notre efficacité dans la lutte contre les paradis fiscaux. Qui plus est, sans mouiller aucun de nos dirigeants…

– On va y arriver, dit Manu, en se dirigeant vers le *paper-board.*

Elle prit un feutre et traça un cercle dans lequel elle écrivit Marthe. Elle en dessina trois autres qu'elle attribua à Conrad, Héloïse et Joren et inscrivit également les noms de Laurène Serviez, Lazario Nuria et Hanif. Elle ajouta ensuite des flèches qui reliaient certains patronymes, et dressa une liste d'indices et de mobiles.

– Soyons concrets, dit Christian. Pour toi, Conrad n'a pas assassiné sa mère.

– C'est une certitude, répliqua Manu.

– Admettons, dit-il. Reste donc Joren, notre principal suspect.

Il reprit en désignant le tableau.

– Ou Héloïse ? Mais franchement, ça m'étonnerait…

– Parce que c'est une fille ? s'amusa Manu.

– Pas seulement, dit-il, mais elle adorait sa mère. De plus, je la vois difficilement accomplir l'exploit physique de pendre un corps.

Manu eut une moue sceptique.

– Ça reste à vérifier… Elle t'a quand même balancé le chèque.

– Probablement dans le but de relancer l'enquête.

– Dans ce cas, pourquoi le faire de façon anonyme ?

– Je ne sais pas. Pour protéger quelqu'un ?

– Pas Conrad en tout cas. Selon lui, leur relation a toujours été houleuse… Mais t'as raison, commençons par Joren. Qu'ont donné les recherches de ton geek préféré ?

– Denis m'a confirmé que Joren avait payé Lazario Nuria pendant des années. D'après ses informateurs, le compte de Joren à la Coutts et Rothschild de Guernesey a été ouvert juste avant la mort de Marthe, un virement de l'équivalent d'un million d'euros, effectué depuis un compte conjoint de l'UBS à Zurich. Tout ça de façon très officielle. Par contre, Joren a reçu depuis des gros virements, espacés de plusieurs mois. Ils semblent toujours justifiés par des factures de conseil ou de lobbying, et viennent à chaque fois renflouer le compte lorsqu'il approche de la marée basse. On perd malheureusement la trace des émetteurs, pour la plupart des sociétés basées au Belize, à Panama, à Hong Kong et à Singapour.

– On doit pouvoir le coincer avec ça, non ?

– S'il a tout déclaré, on se fera bouler par le juge. Sans parler du fait qu'on a mis ça à jour sans commission rogatoire, par des voies qu'on n'est pas supposé utiliser. Maître Adjari a décalé notre rendez-vous à vendredi matin, il m'a fait savoir qu'il serait assisté de son avocat. J'espère que Denis déterrera d'ici là d'autres preuves qui me permettront de mettre Adjari suffisamment en porte-à-faux pour qu'il me balance ce qu'il sait. Reconnais que Denis a fait un sacré bon boulot.

– D'accord, concéda Manu. En comparaison, je me suis donné beaucoup de mal pour pas grand-chose. Pourtant, je connais mieux Joren maintenant, je crois que si tu le boucles et que tu le soumets à un interrogatoire musclé, il est possible qu'il craque.

Christian la considéra d'un air incrédule.

– Il n'a pas craqué à l'époque.

– Il a vieilli. Les remords viennent avec le temps. Et puis, on a quand même ces virements offshore. Il va bien falloir qu'il s'explique sur l'origine de cet argent. Si ce n'est pas lui qui a tué Laurène Serviez, rien ne t'empêche de lui faire peur : il pourrait être le prochain sur la liste… celle où figure Conrad.

Christian claqua la main sur sa cuisse et se leva.

– Très bien, je demande un mandat de perquisition pour ses bureaux et son domicile. Si je l'obtiens, on saisira les ordinateurs et les téléphones portables. Avec un peu de chance, on tombera sur un truc… Sinon, ça augmentera la pression sur lui.

Il fit le tour du bureau en se grattant la joue.

– Quoi qu'il en soit, tu disparais de sa vie.

Manu ébaucha une moue amusée.

– D'accord, tu as gagné, je vais m'évanouir… Et si tu n'y voies pas d'inconvénient, j'irais bien rendre une petite visite à Héloïse. J'ai hâte de voir ce qu'elle a dans le ventre.

– OK mais vas-y mollo... Elle travaille pour un parlementaire. Et c'est la fille d'Édouard Jarousseau, le célèbre Édouard Jarousseau.

Manu fronça les sourcils, perplexe.

– Marthe ne t'a jamais parlé de son ancien mari ? lui demanda-t-il.

– Très peu.

– C'est étonnant ! Il faut que tu saches que c'était le plus proche conseiller du ministre de la Défense qui a signé les contrats de ventes d'armes au Pakistan qui ont défrayé la chronique au début des années 2000. Sa fille jouit de solides soutiens politiques, je te conseille de marcher sur des œufs.

Satisfaite que l'humeur de Christian se soit adoucie, Manu arqua un sourire espiègle.

– J'ai entendu parler de soupçons de rétro-commissions... De ce que j'en sais, le volet judiciaire n'est toujours pas terminé. On dirait que personne n'est pressé de faire la lumière sur cette éventuelle corruption au cœur de l'irréprochable République...

Elle laissa passer un silence, puis poursuivit avec un regard fataliste teinté de malice.

– Vous pouvez me faire confiance, Chef, je serai docile comme un agneau.

Le flic et son agent discutèrent encore un moment et quittèrent l'immeuble. En général, ils évitaient de se montrer ensemble en dehors des heures de travail. Ils longèrent pourtant le bâtiment jusqu'au parking et s'arrêtèrent devant la BMW de Christian.

– Tu es venue comment ? demanda-t-il.

– En métro.

– Je te dépose ?

C'était la première fois qu'il proposait de la raccompagner. Surprise, elle alluma une cigarette et remarqua qu'il jetait un coup d'œil envieux au paquet. Christian ne fumait plus mais, ce soir, visiblement, il brûlait d'en griller une.

– OK, dit-elle en crachant la fumée.

Ils parlèrent très peu sur la route. Évitant soigneusement d'évoquer le dossier. Mais dans le silence qui les séparait, Manu sentait Christian préoccupé. Parvenu devant l'immeuble, il coupa le moteur.

– Tu m'offres un verre ? l'interrogea-t-il avec un léger sourire.

Cette demande stupéfia Manu. Elle fit glisser son solitaire autour de son annulaire, perplexe.

– En tout bien tout honneur, plaisanta-t-il.

Elle se souvint que c'étaient les termes qu'il avait utilisés lorsqu'il lui avait remis sa carte après le dîner chez Nestor Durieu.

Elle sentit qu'elle devait refuser.

– Je suis fatiguée. Il est tard, ta femme va s'inquiéter.

Elle descendit de la voiture. Une pluie fine crépitait sur le sol. Elle courut jusqu'au hall, déclencha la minuterie, puis se retourna. Christian n'avait pas encore démarré.

Elle l'observa, le devinant dans l'habitacle en train de la surveiller dans le rétroviseur. Elle hésita à aller le chercher, posa la main sur la poignée de la porte en verre, puis se ravisa et appela l'ascenseur.

13

Cuba – Guanabo.

Dahlia craignait le retour de son père. Bouleversée par la mort de son chien et inquiète de la pénurie de viande et d'œufs qu'allait entraîner la disparition des poules, elle voulait croire que le carnage était l'ultime geste d'un homme déterminé à ne jamais revenir.

Elle se procura une sorte de bâtard boxer avec le caractère d'un bichon havanais. Elle le dresserait à attaquer et avait l'intention de se lancer dans une nouvelle discipline pour se défendre…

Afin de continuer à percevoir les modiques émoluments que Miguel gagnait grâce à son job à l'hôtel, Dahlia obtint d'un docteur un arrêt de travail bidon, en échange de sa dernière douzaine d'œufs. Elle alla porter le certificat à la réception, où personne ne lui posa la moindre question. Dans cet univers gangrené par la bureaucratie, les affections chroniques n'étonnaient personne. Et tout le monde s'en foutait, pourvu que les papiers soient en règle. Tant qu'elle trouverait de quoi graisser la patte au médecin, elle pourrait prolonger ce stratagème.

Assise dans la cuisine, Dahlia méditait. Même en se contentant de tubercules de malangas, de riz et de rares patates, elle ne parviendrait pas à joindre les deux bouts. Dans la cour, elle avait stocké des dizaines de bouteilles vides. Il lui restait également deux caisses de bières. Elle projeta d'aller vendre le tout à La Havane, mais le périple l'effrayait. Née près de la capitale, elle n'y avait jamais mis les pieds. La rumeur répandait l'image d'une ville pleine de vices, dangereuse pour une fille de son âge. On disait que l'argent s'y gagnait aussi facilement qu'on pouvait y perdre son âme. Dahlia décida pourtant d'y tenter sa chance le lendemain.

De grands coups résonnèrent à la porte. Le chien grogna. Armando, occupé à jouer avec des capsules en plastique, jeta un regard inquiet vers sa sœur. Elle se leva, se dirigea vers la porte et y colla l'oreille. Les coups redoublèrent.

– *Policia ! Policia !* cria une voix masculine.

La panique s'empara de la jeune fille, qui, à part lors de contrôles de routine, n'avait jamais eu affaire aux autorités. D'un geste, elle ordonna à Armando d'aller dans sa chambre, puis s'adressa à l'homme à travers la porte.

– Je n'ai pas le droit d'ouvrir quand mon père n'est pas là. Revenez plus tard.

– On te répète que c'est la police ! lança une autre voix énervée. Tu vas ouvrir tout de suite, petite idiote.

Elle réfléchit une seconde en s'ébouriffant les cheveux.

– Et qu'est-ce qui me dit que vous n'êtes pas des voleurs ?

Les types parlementèrent entre eux, puis glissèrent une carte sous la porte. Dahlia la déchiffra attentivement : *Roberto Conté, Policia.*

– Qu'est-ce que vous voulez ?

– Putain, t'as pas fini de nous emmerder ? T'as une minute ou on entre de force et on t'embarque au poste.

Dahlia déverrouilla la serrure et recula. Armes aux poings, deux hommes en uniforme se ruèrent à l'intérieur.

– Enfin ! dit le plus jeune, t'es une sacrée chieuse.

Il détailla Dahlia de la tête aux pieds. L'autre balaya la pièce du regard.

– Nous sommes bien au domicile de Miguel Nuria ?

– Oui, acquiesça Dahlia, intimidée.

– C'est ton père ?

– Oui, mais il n'est pas à la maison.

– Où peut-on le trouver ?

– Je ne sais pas.

– Comment ça, tu ne sais pas !

– Ben, je ne sais pas… Pourquoi vous le cherchez ?

Dahlia s'était adressée à celui qui lui paraissait le plus aimable. Il fit d'ailleurs signe à son collègue de se calmer, puis s'approcha d'elle et lui décocha un clin d'œil.

– Je crois que tu devrais tout nous dire. Tu es sûre que ton papa n'est pas là ?

Dahlia le regarda comme si elle ne comprenait pas la question. D'un geste du menton, il désigna les chambres à son collègue. Le jeune les inspecta, le pistolet pointé en avant.

Il revint en rengainant son arme.

– Un gamin dort dans celle-là, c'est tout.

– Jette aussi un œil dans la cour, conseilla Roberto, on ne sait jamais.

– Je veux bien, mais il y a le chien…

– Je peux l'attacher, déclara Dahlia.

Consciente qu'ils allaient découvrir les bières, elle se disait qu'il valait mieux se montrer docile pour les rallier à sa cause.

Elle se dirigea vers la porte, le jeune flic lui emboîta le pas. Dahlia caressa le chien, puis accrocha son collier à une chaîne rivée au mur de parpaing. Très vite, le policier repéra les bouteilles, s'accroupit et extirpa une bière d'un casier. Il ricana en se redressant et poussa Dahlia dans la maison.

Il exhiba son trophée.

– Il n'y a personne, mais j'ai trouvé ça. Trafic d'alcool. Il y a plein de bouteilles vides.

La mine sévère, Roberto s'approcha de Dahlia.

– Maintenant, tu dois nous parler. Tu réalises que c'est un délit grave.

Le ton de la jeune fille se fit suppliant.

– Mais tout ça, c'est à mon père. Ça ne me concerne pas.

Roberto secoua la tête comme pour exprimer le fait qu'il compatissait mais qu'il n'y pouvait rien.

– Nous aimerions te croire… Mais c'est la loi.

Il jeta un coup d'œil rapide à son collègue avant de reprendre :

– Ou alors, tu nous dis où se trouve ton papa ?

Dahlia hésitait à répondre. Si ces hommes recherchaient Miguel à cause de son arrêt de travail, elle ferait bien de prétendre qu'il s'était absenté depuis la veille. En revanche, s'il s'agissait d'un truc grave, il valait mieux leur raconter la vérité. Elle n'avait jamais aperçu ces policiers, alors qu'elle connaissait, au moins de vue, ceux du village. Elle en conclut qu'ils devaient venir de La Havane. L'hypothèse qu'ils aient parcouru la route en pleine nuit pour une maladie bidon lui parut improbable. Elle se rappela du sang sur la chemise de son père lorsqu'il avait déboulé, à moitié fou.

– Il n'est pas rentré depuis longtemps, dit-elle.

– Depuis combien de jours ? demanda Roberto.

– Huit…

Les deux hommes échangèrent un regard entendu. Ça correspondait à la date estimée de la mort du jeune Français.

Roberto fronça les sourcils.

– Si tu n'as aucune idée de l'endroit où se cache ton père, dis-nous au moins où est ta mère ?

Dahlia se mordit la lèvre, avant de répondre, une fêlure dans la voix.

– Elle s'est noyée quand j'étais petite.

Le visage du policier marqua sa surprise.

– Donc vous vivez seuls, toi et le garçon qui dort.

– Oui, dit Dahlia. C'est mon frère, Armando.

Elle sentit que Roberto réfléchissait, et se hissa sur la pointe des pieds.

– Je m'occupe de lui !

L'homme redressa le menton de Dahlia.

– T'as quel âge ?

– 18 ans, osa-t-elle.

– Tu crois qu'elle ment ? intervint le plus jeune.

– Sur son âge… sans doute, s'amusa son collègue. Pour le reste, je ne pense pas.

– Qu'est-ce qu'on décide ?

– On va saisir les preuves du trafic d'alcool et faire un rapport à l'armée. La fuite de ce Nuria ne fait que confirmer sa culpabilité.

En commençant par les caisses de bouteilles pleines, ils chargèrent à ras bord le coffre de leur voiture blanche impeccable, surmontée d'un gyrophare. Sur le pas de la porte, Dahlia les observait, impassible. Ses espoirs de gagner un peu d'argent disparaissaient, mais elle ne s'en sortait pas si mal.

Le jeune fonctionnaire s'installa au volant tandis que Roberto revenait vers Dahlia.

Il se planta devant elle, un peu gêné.

– Si ton père réapparaît, tu préviens la brigade locale. C'est clair ?

Dahlia hocha la tête. Elle aurait voulu pouvoir le regarder dans les yeux, mais c'était au-dessus de ses forces. Il y eut un court silence, puis, d'une démarche lasse, elle rentra chez elle et verrouilla la porte à double tour. Roberto fixa la maison quelques instants et rejoignit son collègue qui venait de démarrer le moteur.

– Affaire résolue, déclara-t-il en claquant la portière. Les militaires diffuseront un avis de recherche dans tout le pays. Je ne vois pas comment il pourrait s'en tirer. Tu te rends compte, un ancien sous-directeur de la Douane générale de la République, on se demande ce qui lui est passé par la tête ?

Le jeune haussa les épaules, puis accéléra à travers la ville endormie. Au bout de quelques kilomètres, il lança :

– Et pour les enfants, qu'est-ce qu'on fait ?

Roberto décapsula une bière avec une clé, avant de la donner à son collègue.

– T'as envie de te faire chier avec de la paperasse supplémentaire ?

14

Paris – 8 décembre – 10 heures.

Depuis des heures, Joren se trouvait dans la salle d'interrogatoire. Réveillé à six heures du matin par une horde de policiers, il n'avait eu d'autre option que de suivre ce flic tiré à quatre épingles, qui semblait diriger son arrestation. Assis, Joren imaginait le regard des individus dissimulés derrière les écrans retransmettant les images de la caméra qui le filmait. Des murs gris, un carrelage terne, l'endroit lui donnait le cafard. Sa langue lourde et pâteuse le gênait. La veille, il avait picolé, attendant en vain Manu. Il aurait eu besoin d'un remontant, mais inutile de rêver.

– Vous vous expliquez ou il faut que je me fâche ? cria Christian Meyer.

À nouveau bousculé par le flic qui tournait autour de lui comme un vautour sur une carcasse, le gardé à vue lutta pour ne pas imploser.

– Je veux voir mon avocat, se plaignit-il.

– Ah oui ? Celui qui vous a permis de vous en tirer la dernière fois ?

– Je me fous de ce que tu penses. J'exige mon avocat. J'y ai droit.

– Dites donc, qui vous a autorisé à me tutoyer ?

Joren éclata d'un rire glauque qui dégénéra en toux caverneuse.

– C'est dans ma nature. Et à mon âge, on tutoie facilement.

Le policier sourit.

– Très bien. Allons-y avec le tu. Pas de problème pour moi. Et si tu insistes, tu vas attendre ton baveux en cellule de dégrisement. Les autres sont pleines. Je n'ai que ça à te proposer. Le tutoiement des pensionnaires risque de te paraître plus familier que le mien…

Joren sentit que Meyer le haïssait. Il semblait prendre tout ça de façon très personnelle. Cette impression accentua son malaise, il se rongea l'ongle du pouce, conserva le silence un moment, puis accepta de parler, sans son conseil :

– Je n'ai rien à cacher, de toutes façons. Le suicide de Marthe, c'est une histoire classée. J'ai passé cette nuit-là avec une femme. T'as qu'à interroger tes collègues, ils m'ont assez fait chier à l'époque.

Le policier balaya l'argument d'un geste.

– Le souci, c'est que ton alibi a été retrouvé barbotant dans un marais avec une balle dans le dos… Pas joli joli pour une ex-représente de l'ONU mouillée dans une sale histoire de trafic de missiles entre Cuba et la Corée du Nord. Et pour couronner le tout, on découvre que durant toutes ces années, tu as payé un exilé cubain, connu de nos services. Ça fait beaucoup, tu ne trouves pas ?

Joren baissa les yeux sur les relevés bancaires étalés sur la table. Cinq années de sa vie épluchées minutieusement. Il prit une copie au hasard. Après un rapide coup d'œil, il haussa les épaules.

– J'en sais rien, moi. Tu crois que je surveille mes relevés à la loupe ? C'est peut-être un chéquier volé.

Le fonctionnaire ricana cyniquement en reprenant sa déambulation. Après quelques pas, il fit volte-face, s'approcha de Joren, saisit deux feuilles et les lui colla sous le nez.

– Regarde ta signature ! Regarde les dates ! Il aurait fallu qu'on te dérobe pas moins de vingt chéquiers au fil des ans. Tu te fous de nous !

Joren se rengorgea.

– Ou alors, on me piquait des chèques par-ci par-là. Je fais rarement mes comptes. J'ai assez de pognon pour ne pas avoir à contrôler mes dépenses.

– Ton petit refrain ne correspond pas à nos informations. Depuis quelques mois t'as tellement perdu avec ta jument que t'en es réduit à brader tes biens immobiliers. En plus, il semble que tes rentrées financières se tarissent… T'as plus le vent en poupe sur le marché du conseil bidon ? Ou devrais-je dire d'intermédiaire pour l'industrie de l'armement !

– Qui t'a raconté ces conneries ?

– Tu ne crois quand même pas que je vais te filer mes sources ? Mais sache qu'on en sait long sur toi. Plus que tu ne peux imaginer. Rien de ce que tu combines à l'étranger ne nous est inconnu.

– C'est une atteinte à ma vie privée. Je porterai plainte.

Le policier exhiba sa carte.

– T'as vu ce qui est écrit, là ?

Joren se concentra pour lire.

– Christian Meyer…

– Pas mon nom, abruti, le service pour lequel je bosse !

– L'Office Central de Lutte contre le Crime Organisé… Et alors ?

– Alors cela veut dire que je ne suis pas soumis aux obligations légales conventionnelles. En matière de lutte contre les mafias, on a des dérogations. En gros, j'ai tous les droits…

Le visage de Joren pâlit.

– Mais enfin, pourquoi tu t'acharnes sur moi ? Je n'ai pas tué Marthe. Je l'aimais…

– Tu l'aimais et tu passais ton temps à la tromper. Belles preuves d'amour, en effet !

– Qu'est-ce que tu peux y comprendre. T'as jamais eu envie d'une autre femme que la tienne ?

Il y eut un silence. Meyer jeta un œil vers la caméra.

– Non, jamais.

Joren eut un sourire moqueur.

– Alors tu peux rien piger à notre relation. Marthe et moi, c'était spécial…

L'enquêteur saisit une chaise, la retourna et s'assit à califourchon en face de Joren.

– Bon, jouons cartes sur table. Autour de toi, deux meurtres ont été commis à cinq années d'intervalle. Dans les deux cas, t'avais un intérêt à ce que les victimes disparaissent. Essaie de suivre mon raisonnement… D'abord, grâce à Laurène Serviez, tu hérites de ta femme… Cette fille travaillait pour l'Institut International de Recherche sur la Paix de Stockholm, son rôle dans la disculpation des autorités cubaines dans un trafic d'armes est désormais certain. Comme elle était trop en vue pour être éliminée, tu laisses passer quelques années, puis tu te débarrasses de ce témoin gênant. Dans la foulée, tu décides de supprimer ton fils, parce qu'il te pourrit la vie. Peut-être sait-il un truc qui t'incrimine susceptible de resurgir n'importe quand. Alors tu fais appel aux services du même tueur cubain. D'où le montant plus important du dernier chèque, jamais encaissé. Mais là, les choses ne se déroulent pas comme prévu. Cet imbécile se fait descendre avant d'avoir rempli son contrat. Fou de rage, tu casques les abrutis qui ont liquidé Lazario Nuria pour qu'ils finissent le boulot. Manque de pot, Conrad abat le jeune Hanif et disparaît dans la nature… Tu vois, tout concorde. Nous avons les traces des paiements, ça nous suffit… Mes hommes fouillent en ce moment ton domicile et tes bureaux, on découvrira bien autre chose… Notamment sur cette violation de l'embargo contre la Corée du Nord dans laquelle je suis persuadé que tu as trempé. On va t'inculper de complicité de trafic d'armes, de blanchiment d'argent et de recel d'abus de biens sociaux. Tu verras, les langues de tes amis vont vite se délier… Alors maintenant, ou tu me donnes une bonne explication ou j'envoie la musique… À toi de décider.

Joren semblait abasourdi. Le flic reprit d'une voix conciliante :

– Allez, ça te soulagera… Tu sais, je peux aussi comprendre. Ça ne devait pas être marrant tous les jours de vivre avec une femme plus âgée. Marthe, elle était un peu tyrannique, une vraie chieuse, toujours à monnayer son soutien à tes projets d'investissements… Si ça se trouve, c'est Nuria qui t'a proposé ce contrat. De toute façon, il ne pourra plus nier.

Les yeux fermés, Joren continuait à hocher de la tête négativement. Tout se bousculait dans son cerveau : les interminables discussions avec Lazario, les promesses jamais honorées... Ce type était un enfoiré. Joren avait fêté sa mort au champagne.

Soudain, le visage de Marthe s'imposa. Son regard impénétrable, son front déterminé et autoritaire. Et cette façon de se donner entièrement à lui, de devenir son esclave sexuelle, comme un besoin de faire tomber son masque de bourgeoise étriquée. Bien sûr, il l'avait trompée, par jeu, par vice. Parce qu'il aimait les femmes et qu'il était incapable de vivre autrement. Après son décès, il s'était épuisé à chercher une compagne de sa trempe. Avec Manu, il y avait cru. Il lui avait même offert la bague de Marthe, et le lendemain, elle avait disparu.

Et maintenant ce flic l'accusait à nouveau d'avoir commandité le meurtre de Marthe. Pire encore, de souhaiter la mort de Conrad. Il songea à tout avouer à cet enquêteur engoncé dans son costume de père la morale. Il étouffa un rire cynique, se redressa sur sa chaise, extrêmement las.

– Puisque tu tiens tant à connaître la vérité, je vais tout te raconter...

15

Cuba – Guanabo.

Dahlia avait abandonné l'école. Presque tous les matins, avant le lever du soleil, elle profitait de la voiture de Pedro, un voisin, toujours vêtu avec élégance et qui faisait le taxi avec sa vieille américaine. Moyennant quelques pesos, il conduisait la jeune fille à La Havane et la ramenait le soir, à condition qu'elle se trouve au lieu de rendez-vous à l'heure dite.

L'unique fois où elle était arrivée en retard, elle avait dû passer la nuit sous le porche d'un immeuble colonial, se rongeant les sangs pour Armando : leur père allait-il resurgir en son absence ?

Arpentant les rues de la capitale, elle recherchait le moindre objet ayant une quelconque valeur, jouait à cache-cache avec une police avide de petits trafiquants à racketter.

Attifée d'un pantalon rapiécé et d'une chemise terne, elle se barbouillait le visage de terre pour gommer la féminité de ses traits, avec la volonté de se fondre dans l'anonymat le plus total.

Ce matin-là, assise sur un sol poussiéreux, à l'ombre d'un impressionnant palmier royal, elle espionnait les filles en train de racoler des touristes éméchés à la sortie de la Casa de la Trova. Lèvres rouges, coups d'œil sulfureux, déhanchement lascif… Dahlia admira la performance d'une jeune métisse qui gonfla sa poitrine avant de s'approcher d'un mâle au regard fébrile et aux poches visiblement bourrées de pesos. Il lui fallut moins de deux minutes pour le ferrer.

Un instant, Dahlia s'imagina récoltant de l'argent de cette façon. Mais la perspective de coucher avec ces hommes, la plupart du temps gros, gras et plus âgés que son père, l'écœurait. Peu d'entre eux respiraient la joie de vivre, ils semblaient débarquer d'un monde déshumanisé, leurs rires ressemblaient à des décharges électriques, comme de stridentes salves de colère contre eux-mêmes.

L'estomac révulsé par le rationnement imposé depuis des semaines, Dahlia s'attarda à observer le ballet fantomatique des corps qui s'amalgamaient après de rapides tractations, sous forme d'une succession de questions blasées : *Es-tu marié ? Quel âge as-tu ? Je te plais ? Combien ? On y va ?* Elle mémorisa obscurément ce rituel préliminaire, puis, se rappelant qu'elle ne pouvait se permettre de perdre son temps, se leva.

Il lui fallut une demi-heure pour trouver la rue du *Gimnasio de Boxeo Rafael Trejo*, signalé par un panneau antédiluvien. Couvert d'une toiture en tôle, l'unique ring, bordé de gradins, trônait au centre d'une cour cimentée, encerclée d'immeubles en ruines. Dahlia observa les gamins trempés de sueur qui usaient leurs poings bandés sur les sacs de frappe. Un peu plus loin, des jeunes à la musculature parfaite s'entraînaient à esquiver d'énormes poches remplies de sable suspendues à un tourniquet métallique.

Elle alla s'asseoir sur la première rangée de bancs. Les jambes croisées en position de Bouddha, elle admira les boxeurs, fascinée par la virtuosité et l'esthétique de leurs corps de spartiates sculptés pour la victoire. En pensée, elle se vit combattre son père, le coucher grâce à des directs à la mâchoire, suivis d'uppercuts au foie, puis le frapper jusqu'à ce qu'il jure de la laisser tranquille.

– T'es là pour regarder ou pour donner un coup de main ?

Le nuage de l'assaut que Dahlia venait de livrer en rêve se dissipa, elle regarda le boxeur au visage ridé qui se tenait devant elle. Il pouvait avoir plus de soixante ans, mais exhibait un torse et des bras impressionnants.

– Je ne t'ai jamais vue… D'où t'arrives, comme ça ?

Les boxeurs s'étaient arrêtés et fixaient la jeune fille.

– Je veux boxer…

Un flot d'éclats de rires accueillit sa demande. Le vieux Noir plissa des yeux moqueurs.

– Les Cubaines sont nées pour être belles, pas pour recevoir des coups au visage. Toi, jeune fille, tu devrais faire des études. Plus tard, tu te trouveras un mari…

Dahlia, les larmes aux yeux, cria autant qu'elle parla :

– Mon frère et moi, on meurt de faim ! Je dois gagner de quoi manger et apprendre à nous protéger de mon père. Je suis de la famille Nuria ! Vous connaissez forcément Lazario ! Je veux moi aussi pratiquer le noble art ! Parce que c'est ça ou je crève !

Stupéfait, l'homme se tourna vers les autres boxeurs que la confession de la jeune Cubaine avait pris au dépourvu. Ils échangèrent des regards où se mélangeaient respect et désapprobation.

– L'école cubaine est la meilleure au monde, dit le vieil entraîneur. Ici, nous sommes tous des amateurs. Les professionnels sont interdits depuis 1959. Je connais Lazario, je l'ai entraîné pendant des mois, c'était un très bon, mais c'était aussi un mercenaire… Après sa médaille aux JO, il aurait dû revenir pour s'occuper des jeunes. Au lieu de quoi il a renié sa patrie. Pour nous, il a déshonoré sa famille.

– Je sais tout ça. Il a abandonné ma mère ! Jamais je ne me comporterai comme lui.

À présent qu'ils connaissaient son histoire, les athlètes semblaient mieux disposés à son égard. Tous approchèrent pour former un arc de cercle autour d'elle.

– Tu as bien fait de venir et de te confier à nous. Je dois réfléchir. Je m'appelle Héctor. Et toi ?

– Dahlia.

– Très bien, Dahlia. Reviens me voir demain, je te ferai part de ma décision.

Elle s'apprêtait à s'en aller mais fut stoppée par une voix rauque, féminine.

– Peut-être que j'ai une solution…

Se frayant un passage à coups d'épaules parmi les sportifs, une jeune fille couverte de sueur, sous un casque de protection en cuir, se planta devant elle.

– Je croyais que les femmes ne combattaient pas ! s'insurgea Dahlia.

Héctor s'amusa de sa réaction.

– À chaque règle, il faut des exceptions. Certaines filles ont une telle énergie qu'il serait dangereux de les empêcher de la libérer. Ma petite-fille, Namibia, est de cette trempe. Sans doute est-ce de ma faute… Elle a toujours vécu parmi les boxeurs.

– Moi aussi, je suis de cette trempe, insista Dahlia.

– C'est ce qu'on va voir, lui jeta la boxeuse. Monte sur le ring et bats-toi… Allez, viens, montre que tu en as autant qu'eux !

Sans hésiter, Dahlia se faufila à travers les cordes. Elle se planta au centre du ring, serra les poings devant elle et, le buste en avant, la mâchoire contractée et le regard noir, elle défia son adversaire.

L'autre la rejoignit, observa sa posture, sautilla en levant les gants, puis lui envoya un swing qui s'arrêta à un cheveu de son menton. Sans fermer les paupières, Dahlia tenta de répondre par un direct du gauche suivi d'un droit, mais un coup sur la bouche la propulsa en arrière. Son crâne heurta le sol. Elle se releva et reprit sa garde, la lèvre ouverte.

– Cette fille est faite pour boxer, décréta Namibia, après quelques minutes. Je le lis dans ses yeux, dans sa façon de réagir. Elle battra vite certains d'entre vous, les mecs, méfiez-vous…

Quelques rires gênés fusèrent.

– Très bien, approuva Héctor, descendez de là, toutes les deux. On va discuter.

Les filles échangèrent un clin d'œil, quittèrent le ring et rejoignirent le vieil entraîneur.

– Namibia a une bonne technique et elle frappe fort pour son âge… tu as pu t'en rendre compte. Mais elle manque parfois de subtilité tactique. S'entraîner avec une autre fille lui ferait du bien. Vous êtes à peu près du même gabarit. Si tu es prête à venir à six heures du matin et à lui servir de *sparring-partner*, je t'enseignerai ce que je sais. Par contre, je ne pourrai pas te payer…

Cette annonce brisa les espoirs de Dahlia, dont le visage se ferma. Les jeunes avaient repris l'entraînement. L'un d'eux s'approcha. Tempes rasées et tresses courtes, il mesurait plus d'un mètre quatre-vingt et portait un short Everlast rouge. Il glissa le bras autour du cou de Namibia, avec la tendresse dure d'un amant possessif, et s'adressa à Dahlia.

– On n'a personne pour le linge sale. Si tu es prête à t'en charger, chacun pourrait te donner un peu d'argent. Ça ne te suffira pas pour vivre, mais ça compensera les heures passées ici le matin.

Les regards bienveillants qui se posèrent sur elle, en attente de sa décision, la réconfortèrent. Elle renifla le sang et en sentit le goût au fond de sa gorge. Une part d'elle eut envie de hurler sa joie, une autre de remercier Dieu, une autre encore de se remercier elle-même. Avec de l'émotion plein les yeux, elle s'empressa d'accepter cette proposition inespérée.

16

Paris – 8 décembre – 15 h 30.

Le regard rivé au feu rouge, Manu poussa un soupir de déception. Acculé par Meyer, Joren avait déballé sa vérité en s'adressant à la caméra comme s'il s'était parlé à lui-même. Ou confessé au fantôme de Marthe ! Ses pseudos aveux tournaient dans la tête de Manu.

Élevé par un père proxénète propriétaire d'un club privé d'Amsterdam à De Wallen, le célèbre Quartier rouge, Joren avait réalisé le projet de son père : qu'il épouse une femme pleine aux as.

Mais le jeune Hollandais s'était vite senti mal à l'aise. Marthe fréquentaient des personnalités médiatiques, des hauts fonctionnaires, des VIP… Elle parlait cinq langues étrangères et faisait preuve d'une érudition qui l'écrasait. Le couple s'était très vite étiolé.

Discrédité par les machinations d'une belle-fille affabulatrice, Joren s'était réfugié dans les bras de maîtresses. Il s'était également raccroché à son fils, souhaitant lui donner la meilleure formation, un bon métier afin qu'il ne dépende jamais de personne.

Sur ce point, Joren et Marthe avaient toujours été d'accord. Quelque temps avant le drame, le couple avait eu une discussion sincère. Il avait avoué ses adultères, elle avait compris, pardonné. D'autant qu'elle menait elle-même une vie dissolue, fréquentant des clubs privés, enchaînant amants et amantes, dont une récente rupture difficile à gérer. Ils avaient ensuite parlé de Conrad, accro aux jeux vidéo et réfractaire à l'autorité. Marthe s'était montrée très inquiète. Après avoir recueilli la promesse qu'au cas où il lui arriverait malheur, Joren utiliserait sa part d'héritage pour son éducation, elle avait rédigé une lettre testamentaire à son profit.

Même si c'était injuste, Joren en voulait énormément à son fils de n'avoir rien entendu la nuit du suicide. Respectant sa parole, il l'avait toutefois inscrit dans une école de commerce renommée. Mais Conrad avait rapidement abandonné ses études et s'était mis à déconner. Joren avait alors payé Lazario Nuria pour qu'il protège son fils. Tout en percevant l'argent, le Cubain l'entraînait plutôt sur une mauvaise pente, réclamant toujours plus, menaçant de l'embarquer dans des activités dangereuses. Les deux hommes s'étaient plusieurs fois disputés.

Un jour, Joren avait décidé de prendre le taureau par les cornes et avait posé un ultimatum : si Lazario n'affranchissait pas son fils de son ascendant néfaste, Joren porterait plainte. Après une sordide tractation, ils s'étaient accordés sur un ultime versement : vingt mille euros ! Le prix de la liberté pour Conrad.

– Le reste, tu le connais, avait conclu Joren en regardant le policier droit dans les yeux. Ce salaud n'a pas eu le temps d'encaisser mon chèque. Alors tu peux toujours essayer de m'emmerder avec ça, j'arguerai que j'ai cédé au chantage d'un truand… Quant à ma participation à un quelconque trafic d'armes, tu peux pousser tes perquisitions jusqu'à me sonder la prostate, tu ne trouveras rien ! De mon côté, tout est *clean*. Mes registres avec les justificatifs des factures sont dans un coffre à mes bureaux.

Il s'était raclé la gorge avant de reprendre d'un ton calme, malgré une lassitude évidente.

– C'est vrai, j'ai eu une aventure avec Laurène, nous nous sommes rencontrés à La Havane où j'étais en vacances. Notre liaison a duré un peu plus d'un an. C'est tout ce que j'ai à te dire là-dessus. Je suis triste pour elle, mais je n'ai rien à voir avec sa mort.

Observant les images depuis son bureau, Manu avait reçu les révélations tardives de plein fouet. L'argumentaire quasi infaillible de Joren ne facilitait pas le bouclage de l'enquête, et encore moins les affaires de Meyer, contraint de renoncer à demander au juge d'instruction une ordonnance de mise sous contrôle judiciaire.

Après avoir rendu sa liberté au Hollandais, Christian admit qu'il se trouvait dans une impasse. Il en était désormais réduit à espérer du neuf à l'étude de sa comptabilité ou un retour des explorations souterraines de Denis.

– Il a renoué des contacts avec ses amis lanceurs d'alertes. Ces types rechignent en général à aider les flics… Mais leur efficacité n'est plus à démontrer, ils sont à l'origine de la divulgation de la plupart des fichiers provenant des archives du cabinet Fonseca. Comme c'est déjà le cas en Allemagne et au Danemark, la France s'apprête à rémunérer les délations, sous réserve qu'elles concernent des opérations de fraudes massives… Enfin, j'espère que Denis obtiendra des résultats avant ma confrontation avec Maître Adjari. Le compte à rebours tourne en notre défaveur…

Manu avait relancé son projet d'interroger Héloïse. Pas très chaud à l'idée de la laisser agir seule, Christian avait cédé, et elle avait téléphoné à la jeune femme pour solliciter un entretien : *L'enquête sur la mort de votre mère a été rouverte, il y a certains points que je dois éclaircir avec vous…*

Au milieu des émanations de gaz d'échappement, Manu se dirigeait donc vers le bureau de l'Assemblée nationale, où Héloïse avait souhaité la recevoir.

Le feu venait enfin de passer au vert, des automobilistes nerveux klaxonnèrent, interrompant sa rêverie. Elle avança de quelques mètres avant d'être bloquée par d'autres véhicules. Elle appuya sur l'allume-cigare et sortit une cigarette de son paquet. Elle pensa à sa conversation téléphonique avec Héloïse. D'abord triomphante, la jeune femme s'était ensuite montrée plus froide, exigeant que leur entretien se tînt à l'Assemblée nationale. Histoire de signifier à l'enquêtrice son appartenance à une élite dirigeante.

17

La Havane.

Depuis une semaine qu'elle s'entraînait sous les directives d'Héctor, Dahlia se sentait plus forte physiquement. De toutes les heures passées à s'épuiser en frappant des vieux pneus avec une masse, à s'échauffer en *shadow*, à tenter d'esquiver les attaques de Namibia, elle ne retenait que le meilleur : la sensation d'avoir intégré un cocon protecteur. Et peu importait les railleries lorsqu'elle se faisait cueillir par un jab ou un direct explosif.

Ce matin-là sur le ring, elle faisait face à une Namibia survoltée, enrageant de ne pas parvenir à l'atteindre. Après avoir réussi à parer une série de coups de poings directs, Dahlia riposta d'une droite qui toucha son adversaire au milieu du visage.

Héctor cogna sur le gong la fin de round.

– Bravo ! Tu progresses vite, si tu continues de cette façon, on fera de toi une grande technicienne.

– C'est vrai, renchérit Yasnel, l'amoureux de Namibia. Cette gamine possède le feu sacré.

Dahlia baissa la tête et ne répondit pas, l'émotion lui montait aux yeux.

– Allez, c'est bon pour aujourd'hui, place aux hommes, décréta l'entraîneur.

Les jeunes filles retirèrent leurs gants et écartèrent les cordes pour descendre. Pendant que Dahlia commençait à rassembler le linge sale, Namibia approcha.

– Ils ont raison, tu sais, tu as le feu sacré. Tu pourrais devenir meilleure que moi. Il faudrait que tu aies encore plus de temps pour t'entraîner. Pourquoi tu ne viendrais pas habiter avec nous à La Havane ? Je pourrais en parler à mon grand-père.

– C'est impossible, répondit Dahlia, je te l'ai déjà dit, je dois m'occuper de mon frère.

La boxeuse posa la main sur son épaule.

– En tout cas, tu n'as plus rien à craindre, tu as une nouvelle famille maintenant.

Les deux jeunes filles en sueur tombèrent dans les bras l'une de l'autre, Dahlia ne put retenir des larmes trop longtemps contenu.

En fin d'après-midi, elle fouillait les ordures dans une impasse derrière l'un des plus beaux hôtels de la *plaza Vieja*. Le buste basculé dans une énorme benne, elle écarta une tête de langouste poisseuse et dénicha une carcasse de poulet encore garnie de chair. *Agrémentée en soupe avec des pelures de pommes de terre, ça nous nourrira bien deux jours*, se dit-elle, satisfaite de sa récolte. Elle se hâta vers l'entrée de la ruelle où elle avait dissimulé son sac, sous un tas de cartons. Elle récupéra sa besace et s'assit. Trop occupée à trier des échantillons de shampoing, des savons entamés et de la nourriture, elle n'entendit pas l'homme arriver.

Elle sentit des doigts griffer le bas de son dos, s'infiltrer sous la ceinture de son pantalon et la soulever du sol.

– Mais qu'est-ce que j'ai attrapé là ? Encore un animal affamé.

– Lâchez-moi, lâchez-moi, hurla-t-elle en brassant l'air de crochets trop courts.

Les yeux brillants, de grosses joues variolées, le métis charpenté comme un lutteur transpirait dans sa tenue de cuisinier. Tenant Dahlia à hauteur de son regard, il s'essuya le front sur sa manche et exhiba son poing.

– Eh, p'tit vaurien, arrête de gigoter sinon je t'assomme.

Prise au piège, Dahlia relâcha ses muscles.

– C'est mieux comme ça, gamin, dit l'homme.

Il la reposa au sol et plaqua la main sur sa nuque.

– C'est interdit de fouiller les poubelles. Si j'appelle la police, tu files direct derrière des barreaux. J'en ai marre des canailles qui mettent les ordures en vrac, je suis obligé de nettoyer, après.

Il se pencha sur elle.

– Tu pues, en plus… Ouais, je vais te dénoncer. Ça servira de leçon aux autres !

La perspective de se retrouver en prison terrorisa Dahlia, elle sentit les larmes couler sur ses joues.

– Arrête de chialer ! cria l'homme.

Elle serra les dents et planta ses yeux humides dans ceux du bonhomme.

– Tu crois que ça m'amuse de faire ça ?

Le type ne broncha pas. Évaluant les possibilités, Dahlia s'efforça de trouver un moyen de sortir de cette situation. Visiblement, il se méprenait sur son sexe, elle songea à le détromper mais il ne semblait pas de nature à s'apitoyer. Elle choisit une autre option.

– C'est facile, pour toi. Tu travailles ici, tu ne manques de rien. Laisse-moi partir ! Si tu me balances aux policiers, je reviendrai avec mes amis boxeurs et on te tuera !

– T'as du culot, gamin. Non seulement tu fous la pagaille dans mes poubelles, mais en plus, tu me menaces…

– Si tu me laisses partir, ajouta-t-elle, je pourrai te dégotter du rhum.

Le cuistot relâcha imperceptiblement son étreinte.

– Ah oui ! Et il est où, ce rhum ?

– Je ne l'ai pas avec moi, mais je te jure que je te l'apporterai.

Les yeux du cuistot s'allumèrent.

– Je pourrais t'en avoir beaucoup, poursuivit Dahlia. Donne-moi la primeur sur les restes des clients, et je te promets que tu n'auras plus jamais soif.

Le cuistot se gratta le menton.

– Qu'est-ce qui me prouve que tu tiendras parole ?

Dahlia s'éclaircit la gorge et parla avec assurance.

– Toi, t'as rien à perdre. Moi, j'ai tout à gagner. Alors quel intérêt j'aurais à te mentir ? Je serai réglo avec toi.

L'homme hocha sa grosse tête, puis la libéra.

– Et combien de bouteilles tu pourrais m'avoir ?

Dahlia réfléchit à nouveau.

– Ça dépend de ce que tu peux me fournir.

– Disons que je te mets de côté la bouffe que les clients rechignent à finir. Et même de temps en temps des extras que je te sortirai en douce.

– Quoi par exemple ?

– Je sais pas, moi… Imagine que je te dégotte des avocats, des mangues… Peut-être parfois du poisson.

– Alors là, je peux te garantir une bouteille par semaine.

Le cuistot fit la moue. Dahlia haussa le ton.

– Mais si tu me donnes de la viande, je pourrai aller jusqu'à trois !

– Quatre ?

– Quatre !

Un sourire éclaira la face du cuistot.

– *Es bueno*, p'tit démon, à ce tarif, je marche avec toi ! Maintenant, c'est quoi ton nom ?

– Appelle-moi Armando.

Elle lui tendit la main qu'il saisit pour sceller leur pacte.

– Moi, c'est Juan. Allez, on va commencer par te nourrir un peu, t'es maigre comme un asticot. Viens avec moi, je devrais pouvoir te trouver un bon repas. Disons que ce sera une avance sur ta première livraison.

Il éclata d'un rire franc, laissant apparaître une dent en or. Sur ses gardes, Dahlia le suivit dans l'arrière-cuisine. Deux minutes plus tard, elle dévorait un morceau de bœuf accompagné de riz blanc. Adossé à un comptoir réfrigéré, Juan ne cessait de l'observer. Tandis qu'elle essuyait le fond de l'assiette avec une tranche de pain, il la rejoignit en deux enjambées et lui pelota la poitrine à travers sa chemise.

– Mince alors, cracha-t-il, t'es une fille ! Une vraie nénette avec des seins ! Je m'en doutais, maigrelette comme une chatte de gouttière.

Il glissa sa main entre les cuisses de Dahlia et lui palpa l'entre-jambes.

– C'est ça, rien dans la culotte, juste une garce qui se fait passer pour un mec.

Elle recula et le menaça avec sa fourchette.

– Laisse-moi partir ou je te plante, fils de pute !

Juan se mit à rire.

– Et sauvage avec ça ! Mais c'est pas la peine de m'injurier, je m'en fous que tu sois une *chica*. Tu t'es vue ! Qui aurait envie de coucher avec une gamine dans ton genre ?

Un éclair d'amour-propre blessé pétilla dans le regard de Dahlia. Le visage soudain sérieux, le métis la détailla.

– Allez, reprit-il, c'est pas si terrible. Tu devrais commencer par te laver. Et puis, regarde-moi tes frusques… Si tu t'habillais autrement, je suis sûr que tu serais mignonne, tu pourrais même séduire les touristes.

– Ça m'intéresse pas ! Je ne veux pas ressembler aux filles qui se font payer, je veux juste vivre tranquille avec Armando.

– Armando, c'est qui ?

– Mon petit frère, concéda Dahlia.

– Et toi, alors, comment tu t'appelles ?

– Dahlia.

– Dahlia, c'est joli. Et où sont tes parents ? T'es quand même pas seule avec ton frère ?

Elle baissa la tête sans répondre, les lèvres serrées.

– Bon, peu importe, faut que je me remette au boulot. Je vais te préparer un colis pour ton frère. M'est avis que ce que t'as déniché dans les poubelles ne lui remplira pas l'estomac. Et puis, t'inquiète pas pour notre accord, fille ou garçon, tant que tu respecteras ta part du contrat, je tiendrai ma promesse.

Quelques instants plus tard, Dahlia trottinait gaiement, son baluchon sur l'épaule. *Ce Juan est un chic type*, pensa-t-elle, *je l'ai mal jugé de prime abord.* Elle imagina les bénéfices que ce trafic avec lui rapporterait bientôt. De quoi subsister, à coup sûr. Un coup d'œil vers le ciel lui confirma qu'il lui restait peu de temps pour aller récupérer le linge des boxeurs avant de rejoindre le taxi de Pedro.

Lorsqu'elle arriva, Namibia et Yasnel se querellaient. La jeune fille repoussa le torse du jeune homme qui plissa des yeux emplis de colère.

– Cet idiot méritait bien ça ! Il reviendra pas la ramener avec son air de dragueur…

– T'es qu'un jaloux ! Un orgueilleux jaloux.

Yasnel s'éloigna à grands pas, marmonnant quelque chose d'inaudible.

– De quoi parliez-vous ? demanda Dahlia.

– Cet après-midi, un touriste s'est présenté ici de la part de Lazario Nuria. Il voulait parler à Miguel Nuria. On s'est tout de suite méfié, bien sûr. Personne ne lui a rien dit à propos de toi. Yasnel et deux autres gars ont décidé de le suivre en douce… Ils l'ont coincé dans une rue, je crois bien qu'ils l'ont assommé pour de bon.

– Il a demandé après moi ?

– Non. Mais il nous a proposé de l'argent contre des renseignements. Il était un peu agressif… sacrément mignon… C'est ça qui a énervé Yasnel. Tu sais comment il est, jaloux comme un pou.

Une vague de questions déferla dans la tête de Dahlia. *Qui était ce touriste ? D'où venait-il ? Pourquoi cherchait-il son père ?*

– Il faut le retrouver, dit-elle, on doit savoir ce qu'il voulait.

– Tu as raison. Je sais où ils l'ont laissé. Allons-y…

Après une course à travers la ville, elles débouchèrent sur une impasse enclavée de hauts murs. Elles avancèrent prudemment. Des plaintes douloureuses se firent entendre, Dahlia distingua une forme humaine au milieu d'un tas d'ordures.

– Aidez-moi, *por favor*, gémit la voix.

L'accent était celui d'un étranger. Namibia surveilla l'entrée de la rue, tandis que Dahlia s'approchait du corps. Elle dégagea les sacs éparpillés sur lui, et entreprit de le retourner, s'arc-boutant pour tirer sur le torse.

– Donne-moi un coup de main, ordonna-t-elle à Namibia.

Lorsqu'elles parvinrent à le rouler sur le dos, elles comprirent qu'il était mal en point : son arcade sourcilière à vif, ses cheveux collés en paquets par le sang. Dahlia écarta une mèche et lui inclina le visage pour qu'il prenne la lumière.

– Je te l'avais dit, s'amusa Namibia, imagine-le nettoyé, c'est un joli garçon.

Dahlia lui fouilla les poches, sans rien trouver.

– Aidez-moi, implora-t-il, je vais mourir… Aidez-moi…

Certaine qu'il délirait, Dahlia posa la main sur son front brûlant, puis lui releva une paupière, constatant que sa pupille était hyper dilatée. Il toussota une bave sanglante, puis formula des mots en français qui n'eurent guère de sens pour Dahlia, mais qui réussirent à l'émouvoir, en raison de leur résonance désespérée.

Indécise, elle caressa la joue du garçon, puis dit à Namibia :

– *Yo voy a cuidar de él.* [11]

---

[11] *Je vais m'occuper de lui.*

18

Paris – 8 décembre – 16 heures.

Manu se présenta à l'huissier. Il nota le numéro de sa pièce d'identité sur le registre des visiteurs, puis lui fit signer la case d'émargement, tandis qu'il contactait Héloïse Jarousseau par téléphone.

En attendant, la jeune femme arpenta le hall, croisant des hommes en costume et des femmes en tailleur cintré qui se pressaient avec des mines graves, comme s'ils étaient porteurs d'informations dont l'avenir du monde dépendait. Vêtue d'une jupe étroite et d'une veste stricte en laine filée, parfaitement conforme au *dress-code* local, Héloïse fit son apparition au bout de quinze minutes. Un chignon haut et un maquillage discret atténuaient la rondeur de son visage. *Elle ressemble à Marthe*, se dit Manu. Mais quelques détails différaient : l'acuité transmise au premier regard, une légère raideur dans la nuque, sa façon de se déplacer… Manu ne sut définir ce qui la gênait.

L'attachée parlementaire lui tendit une main désinvolte.

– Je vous préviens, je n'ai que peu de temps à vous consacrer. Nous sommes en plein préparatif du vote de la loi sur la formation des enseignants. Mon député tient absolument à ce que je relise la dernière version du projet.

Manu se força à rester courtoise.

– Nous n'en aurons que pour quelques minutes, je ne voudrais pas abuser de votre précieux temps…

Héloïse pinça les lèvres. Manu réalisa que son ironie avait fait mouche, aussi tenta-t-elle de se rattraper.

– C'est ma première visite ici, confia-t-elle, je suis impressionnée. Quelle chance vous avez de travailler dans ce lieu chargé d'histoire.

La jeune femme apprécia la remarque.

– Vous avez raison. Pour nous, ce décor fait partie du quotidien, nous n'y pensons plus. Ce qui importe, c'est d'améliorer la vie des Français, d'être dignes de leur confiance.

Manu reconnut la rhétorique rodée d'un politique face à une caméra. Mais derrière cet exercice de communication, elle songea à la guerre que se livraient des hommes obsédés par leur rêve élyséen. Elle préféra taire ses sentiments.

– C'est sûrement palpitant d'être au cœur de l'action. Là où les décisions se prennent.

– Oui, oui, s'empressa d'approuver Héloïse. Enfin, ce n'est pas toujours aussi excitant… J'ai réservé un petit salon, nous serons tranquilles pour discuter.

Elles marchèrent en silence, longeant un nombre impressionnant d'œuvres d'art. Les stilettos d'Héloïse martelaient le plancher, ses fesses se balançaient au rythme d'un déhanchement très étudié.

Les résonances du passé de Manu lui permettaient souvent de deviner les émotions des personnes qu'elle rencontrait. Un sixième sens développé à une époque où se tromper sur un individu pouvait valoir de gros ennuis. En observant

Héloïse, elle eut l'intuition qu'elle lui mentait. Pas dans ses déclarations, puisque les deux femmes ne s'étaient pas encore vraiment parlé, c'était quelque chose de plus sournois, une façon de dissimuler un mal-être derrière une arrogance de façade.

– Voilà, nous y sommes…

Elle ouvrit la porte capitonnée et pénétra dans une pièce meublée d'un bureau Louis-Philippe et d'une bibliothèque remplie de publications juridiques. Les tentures épaisses, un tableau représentant une scène de chasse à courre couvrant la moitié d'un mur, Manu était scotchée. *Finalement*, s'amusa-t-elle, *ces gens se sont attribué les privilèges de la noblesse. Et les citoyens continuent à ployer sous le fardeau de la taille et de la dîme.* Héloïse prit place derrière le bureau et proposa à son interlocutrice de s'installer en face d'elle.

– Alors, annonça-t-elle, vous avez repris l'enquête sur l'assassinat de ma mère. Il vous aura fallu du temps… Enfin, mieux vaut tard que jamais.

Le ton condescendant amusa l'enquêtrice.

– Oui, mais rien ne démontre…

– J'ai tout raconté aux policiers à l'époque, coupa Héloïse. Notamment que la culpabilité de mon beau-père ne fait aucun doute. Mais ces messieurs n'ont jamais été en mesure de le confondre.

– J'ai étudié vos dépositions. Je souhaitais néanmoins vous entretenir d'éléments nouveaux.

Héloïse ne parut ni surprise ni émue. Elle se recula dans le fauteuil et croisa les bras.

– Je vous écoute, dit-elle.

– Je ne sais pas si vous l'avez lu dans la presse, mais la femme qui a prétendu avoir passé cette funeste nuit avec votre beau-père a été assassinée.

– J'ai appris la nouvelle, en effet. Je suppose que c'est ce qui a déclenché la réouverture de l'enquête. Ce que je ne parviens pas à comprendre, c'est pourquoi il n'est pas encore sous les verrous.

– Ce n'est pas si simple, il nous faut des preuves de son implication. Nous effectuons des recherches sur ses avoirs à l'étranger, issus notamment de la succession de votre mère. Peut-être pourriez-vous nous aider, à ce sujet ?

– Ma mère n'a jamais daigné m'informer de quoi que ce soit. Toute sa vie s'articulait autour de son ONG, elle n'a jamais eu le temps pour rien d'autre. Mais pour en revenir à votre question au sujet de la mainmise de mon beau-père sur ma part d'héritage, je ne vois pas en quoi je pourrais vous aider.

De toute évidence, la jeune femme se focalisait sur ses propres intérêts. Manu poursuivit :

– Quels rapports entretenez-vous avec votre frère ?

– Quasiment aucun, répondit-elle d'un ton sec. Conrad est mon demi-frère. J'ai entendu à la radio qu'il était impliqué dans un meurtre et qu'il aurait échappé à la police. Vous l'avez retrouvé ?

– Pas encore. Pour l'instant, il n'est recherché qu'en qualité de témoin.

La déception d'Héloïse se lut sur son visage.

– Ah… Tant mieux. Mais vous m'avez parlé d'un fait nouveau, or vous ne m'apprenez rien de neuf.

– En effet, pardonnez-moi. Étiez-vous informée que votre beau-père payait un réfugié cubain réputé pour sa dangerosité ?

– Absolument pas, mentit Héloïse d'une façon très naturelle.

Ce mensonge libéra l'enquêtrice de la pression qu'elle ressentait depuis le début de l'entretien. Elle posa les coudes sur les accotoirs tapissés de velours et s'autorisa un soupir insistant.

Pour la première fois, la jeune assistante sembla perdre un peu de son assurance. Manu lui adressa un sourire.

– Le plus difficile dans notre métier, commença-t-elle, c'est d'établir une relation de confiance avec les témoins. Parce que lorsqu'ils nous trompent, on se demande quels peuvent être leurs intérêts. Et très vite, ils deviennent suspects…

Elle planta son regard dans celui de la jeune femme.

– En l'occurrence, j'aimerais pouvoir vous octroyer quelque crédit, qu'en pensez-vous ?

L'irritation se lisait dans les yeux d'Héloïse.

– J'ignore les éléments qui vous permettent de mettre ma parole en doute mais je trouve cela très insultant. Je vous rappelle que c'est ma mère que l'on a assassinée.

– Raison de plus pour collaborer. Nous avons obtenu des informations sur ces paiements d'une source anonyme. Or, nous savons que vous êtes cette source. Vous venez donc de me raconter un joli mensonge. Alors je souhaiterais comprendre pourquoi.

La jeune femme posée se changea soudain en furie, frappant le bureau avec son poing.

– Parce que vous n'êtes qu'une bande d'incapables ! Pendant cinq ans vous avez laissé courir le meurtrier de ma mère et c'est encore moi qui dois vous fournir les preuves de sa culpabilité ! Votre incompétence n'a d'égal que votre insolence !

Une alarme se mit en route dans la tête de Manu, elle décida de faire en sorte que leur entretien se poursuive sur d'autres bases.

– Pardonnez-moi, dit-elle, je comprends votre rancœur envers la police criminelle. Et même vos réserves... Vous savez, c'est moi qui ai insisté pour m'occuper de cette enquête. Je compte d'ailleurs la mener à son terme. Cependant, il me faudrait plus d'éléments que ce chèque pour confondre votre beau-père. J'espérais que vous pourriez m'en fournir.

Héloïse réajusta son chignon.

– Humm, oui. Bien sûr... J'aimerais sincèrement vous être utile. Je pensais qu'avec ces éléments financiers, vous seriez en mesure de l'inculper.

– Malheureusement non. Mais j'y travaille, soyez-en sûre.

Manu dévisagea à nouveau la jeune femme, qui approuva de la tête.

– Je vous crois. C'est si injuste qu'il soit en liberté alors que maman est morte.

Le ton de Manu se fit conciliant.

– Vous le détestez, n'est-ce pas ?

Droite comme une statue, Héloïse fit claquer les ongles manucurés de ses pouces l'un contre l'autre, concentrée sur un geste qui parut la ramener dans le passé.

– Vous ne pouvez pas comprendre, dit-elle avec lassitude. Ce salaud se moquait de maman... Lorsque papa était vivant, ils formaient un couple formidable. Papa était un homme supérieurement intelligent...

– Oui, j'en ai entendu parler. Comment est-il décédé ?

– Un cancer. Les juges se sont acharnés sur lui jusqu'au bout. Même après sa mort, le patrimoine familial a été passé au peigne fin. Ils pistaient les quatre-vingts millions d'euros de soi-disant commissions occultes dans les ventes de sous-marins au Pakistan. La politique est parfois impitoyable. Les médias sont des charognards, ils se moquent de la présomption d'innocence… Papa n'avait bien sûr rien à voir avec tout ça, il en a pourtant payé le prix maximum.

– Vous étiez jeune, cela a dû beaucoup vous affecter.

– Papa a toujours été un exemple. Après sa mort, maman a sombré dans la dépression. Elle s'absentait des semaines entières. Puis elle s'est entichée de cet arriviste. Il a débarqué à la maison. Un pervers.

Manu croisa les jambes et se pencha en avant.

– Il vous faisait des avances ?

– Il me harcelait. Maman prenait mes accusations à la légère, comme si elle refusait que je puisse moi aussi attirer les hommes.

– Vous lui en vouliez ?

– À qui ?

– À votre mère ?

Héloïse sursauta.

– Mais pas du tout ! Qu'est-ce que vous imaginez ?

Manu n'eut pas le loisir de répondre, la jeune femme jeta un œil à sa montre.

– Je suis désolée, dit-elle, mais l'heure file, je dois retourner à mes obligations.

Elle se leva, réajusta sa jupe, puis gagna la porte d'un pas rapide et tendit une main fière.

– Ravie d'avoir fait votre connaissance. J'espère que vous parviendrez à arrêter cet homme afin qu'il paye enfin son crime.

– Une dernière question, dit Manu en lui agrippant la main. Vous devriez me dire de quelle façon vous avez eu accès aux relevés bancaires offshore de votre beau-père et au mail personnel de Christian Meyer…

Héloïse la regarda comme si elle venait de recevoir une gifle. Elle tenta de dégager sa main, mais Manu la retint dans la sienne.

– Lâchez-moi, s'énerva Héloïse, en frappant le poignet de Manu. Je n'ai pas à vous livrer mes sources. J'ai de nombreuses relations, vous savez, je n'hésiterai pas à les solliciter si vous vous acharnez sur moi, au lieu de faire votre travail.

– Très bien, j'en prends note. Avec ou sans votre appui, nous découvrirons l'identité de votre indicateur.

En descendant les marches, Manu se sentait satisfaite. Elle savait maintenant ce qui différenciait Héloïse de sa mère. Contrairement à Marthe, la jeune femme portait en elle une rancœur existentielle. Manu ne croyait pas que Joren ait tenté de la séduire à l'adolescence, ça ne correspondait ni à son goût en matière de femme, ni à son intelligence quant à la sauvegarde de ses intérêts. Par contre, ce fantasme chez la jeune fille pouvait parfaitement avoir engendré une haine insidieuse envers sa mère.

Elle regagna sa voiture. En tournant la clé de contact, elle ressentit une légère douleur au poignet. *Cette fille est dotée d'une force peu commune*, se dit-elle. *Mais cette force était-elle suffisante pour hisser Marthe inconsciente sur un billard ?*

* * *

La crise d'angoisse commença juste après le départ de son interlocutrice. Le cerveau d'Héloïse se mit à mouliner à toute vitesse, elle ignora une jeune stagiaire qui lui demandait un avis sur une irrégularité de procédure, puis courut jusqu'à son bureau où elle s'enferma.

Essoufflée, elle saisit le téléphone et tapota un numéro.

Par chance, on décrocha à la première sonnerie.

– Peter ?

– Oui.

– C'est moi.

– Oui, que se passe-t-il ?

Héloïse conserva le silence un instant. Les idées se bousculaient dans sa tête, elle faillit pousser un hurlement mais se ressaisit *in extremis*.

– Rien… J'ai eu envie d'entendre ta voix.

– Très bien, mais t'es sûre que tu n'as rien à me dire ?

– Non, pourquoi ?

– Parce que ça fait des mois que tu ne m'as pas téléphoné à Bercy.

– En fait, reprit Héloïse après une courte pause, je voulais m'excuser pour mon comportement ces dernières semaines. Je ne suis pas patiente, je m'en rends compte. Mais c'est si dur…

– Ne t'inquiète pas, mon amour, je sais ce que tu traverses.

– Tu rentres tard ?

– Laisse-moi réfléchir… Nous avons notre réunion hebdomadaire à dix-sept heures… À mon avis, on en a au moins pour une heure. Depuis la circulaire de 2013, on croule sous les dossiers de demande de régularisation fiscale. Cette année, on devrait récupérer plus de deux milliards d'euros. Ça devient dur à gérer, j'ai demandé à ce qu'on m'octroie un assistant…

Héloïse soupira, agacée.

– Je t'en prie, Peter, abrège ! Tu penses pouvoir te libérer à quelle heure ?

– Vers dix-huit heures. Je ferai de mon mieux.

– Je t'attendrai à l'appartement.

– Héloïse, tu es sûre que tout va bien ?

– Oui.

– Alors, je t'embrasse, à ce soir.

– À ce soir.

Elle raccrocha et resta la main figée sur le combiné.

Elle ne se sentait pas mieux : la panique avait fait place à une sensation aiguë de stress qui lui rongeait l'estomac. Comment avait-elle pu croire qu'elle trouverait du réconfort auprès de Peter ? Il s'était déjà mouillé pour elle au-delà de l'imaginable. Elle avait eu raison de lui cacher la visite de cette damnée inspectrice, il se serait alarmé.

Elle hésitait à demander l'intervention de son député. C'était lui qui, après un de leurs rapides ébats dans un hôtel discret près de l'Assemblée nationale, l'avait informée de la reprise de l'enquête, lui remettant confidentiellement le mail de Christian Meyer. Après tout, le député n'était-il pas un ami de la famille Jarousseau depuis toujours ? N'avait-il pas connu sa mère ?

Mais apprécierait-il la manière dont Héloïse s'était servie de ces renseignements ? Sans doute pas… De toute façon, elle devrait attendre son retour du Maroc. D'ici là, elle s'emploierait à compiler les informations sur cette policière.

Le visage rasséréné, elle jeta un œil au tas de paperasses dans la corbeille à courrier : les doléances de tous ces miséreux pouvaient bien patienter. Elle regarda sa montre, les bureaux se videraient bientôt, personne ne s'apercevrait de son absence. Elle décida de rentrer chez elle, ajusta sa coiffure puis sortit du bureau. Elle allongea le pas dans le couloir, tirant sur le lobe de son oreille. Avec un léger sourire, elle repensa à son histoire de projet de loi. Ce mensonge avait quand même fait son effet sur cette femme. La fin de leur entretien lui revint en mémoire. *Cette fille est dangereuse, il va falloir la neutraliser.*

À peine arrivée chez elle, elle verrouilla la porte, se déshabilla et prit une douche brûlante, puis se glissa sous les draps, calant sa tête dans un oreiller, sa chevelure humide étalée en désordre. Les yeux perdus dans la contemplation du plafond, elle commença à se caresser, laissant son esprit repartir des années en arrière…

À cette époque, Joren était dans la force de l'âge. Entre lui et Marthe, la relation se centrait sur le sexe. Héloïse les espionnait, collait son oreille contre la cloison de leur chambre afin d'entendre les cris enflammés de sa mère, imaginant les corps dégoulinants de sueur, sa mère soumise aux fantasmes de Joren.

Héloïse savait que c'était mal. Mais l'attirance surpassait l'interdit. Très vite, elle avait pris l'habitude de se donner du plaisir. Elle rêvait qu'un jour, Joren lui procurerait cette même jouissance. À plusieurs reprises, en l'absence de sa mère, Héloïse s'était montrée en chemise de nuit devant lui. Elle lui avait lancé des invitations explicites du regard. Il s'était contenté d'en sourire. Un soir, lors d'une absence de Marthe, Héloïse s'était saoulée au rhum. Elle avait été malade, obligeant son beau-père à lui ôter ses habits pleins de vomi et à la rincer au jet dans la baignoire avant de la porter dans sa chambre. Héloïse avait tenté de l'attirer à elle, mais son beau-père s'était dérobé.

Au retour de sa mère, Héloïse avait prétendu qu'il l'avait incitée à boire afin d'abuser d'elle. Marthe n'y avait pas cru. Elle avait sermonné sa fille. Leur relation s'était ensuite détériorée. Puis il y avait eu ce bizutage à la fac, tous ces regards sur elle. Ces regards d'hommes qui la convoitaient. Elle en ressentit à nouveau l'excitation, accéléra le mouvement de ses doigts qu'elle plongeait en elle, au plus profond. Ses muscles se contractèrent, un très agréable frisson la parcourut, elle ferma les yeux et introduisit le bout de ses doigts humides dans sa bouche, les suçant avec délectation. Ses paupières se refermèrent un instant. Elle était détendue. Prête à mettre hors d'état de nuire cette enquêtrice diabolique, à l'accent de l'Europe de l'Est.

19

Cuba – Guanabo.

Conrad se réveilla dans une chambre inconnue, le corps appesanti par une douloureuse léthargie. Il se redressa dans le lit et balaya la pièce du regard. Aucune décoration aux murs, une commode branlante sur laquelle reposait un vieux ventilateur électrique, un lavabo surplombé d'un miroir terni. La rusticité du lieu l'étonna. Il caressa ses joues recouvertes d'une barbe de plusieurs jours, passa les doigts sur sa lèvre inférieure enflée, son index s'attarda sur des points de suture au niveau de son arcade sourcilière.

Il eut la sensation que le disque dur de son cerveau était vide. Déboussolé, il se concentra de toutes ses forces, les souvenirs se remirent en place dans sa tête.

Après avoir quitté Manu à Paris, il avait vendu son Audi à bas prix à un garagiste qu'il connaissait moyennant un paiement en cash, puis il avait réservé un covoiturage avec BlaBlaCar, partageant la Saab 9000 d'un sexagénaire peu causant qui n'écoutait que de la musique classique. Six heures de Rudolf Escher et Marius Flothuis plus tard, l'homme l'avait abandonné à Amsterdam, dans la vieille ville. L'espace Schengen avait décidément du bon.

Un nœud dans le ventre, Conrad s'était promené le long

des berges des canaux de ce berceau de la famille Aelters, où des touristes défilaient devant les prostituées en vitrine, un peu comme au zoo. Il avait acheté son billet depuis un cybercafé et avait rejoint l'aéroport en train. Un sweat avec une capuche sur la tête, il avait obtenu sa carte d'embarquement auprès d'une hôtesse étonnée qu'il ne possède aucun bagage à mettre en soute, puis il avait déambulé dans les couloirs, sur le qui-vive, pour finalement réussir à passer la douane sans encombre. Pendant les deux heures en salle d'attente, il s'était préparé à voir surgir des policiers. Ses nerfs n'avaient lâché qu'après le décollage. Il avait dormi presque la totalité des dix heures de vol. Lorsque les roues de l'avion avaient touché la piste, certains passagers avaient applaudi le début de leurs vacances. En remplissant la carte d'immigration, Conrad avait réalisé qu'il ne possédait ni réservation d'hôtel ni projet précis. Juste l'urgence de trouver Miguel Nuria, pour se mettre à l'abri auprès d'un homme influent de Cuba.

À la sortie de l'aéroport, un jeune à la peau couleur de miel, Federico, l'avait harponné et orienté vers un appartement dans le Vedado, loué par une femme au caractère bien trempé. Affirmant tout ignorer de Miguel Nuria, Federico avait proposé à Conrad de lui servir de guide pour ses recherches. Grâce au jeune garçon, il avait vite découvert qu'à La Havane, on pouvait tout dénicher pour peu qu'on y mette le prix. Deux jours plus tard, en proie à une inquiétude grandissante sur le fait de ne jamais réussir à établir un contact avec Miguel, Conrad s'était procuré de la cocaïne. Il avait passé la nuit suivante à la Casa de la Musica et dans d'autres discothèques du quartier Miramar, questionnant barmans, portiers et clients. Personne ne semblait connaître Miguel Nuria. Il avait congédié son guide.

Arpentant la place de la Révolution, en proie à un accès de rage impuissante, Conrad avait tenté de noyer sa détresse avec des mojitos corsés, au Café Paris, sous la surveillance de quelques filles attablées qui lui adressaient des sourires engageants.

Il pensait sans cesse au mystère de la disparition de sa mère. Étourdi de tristesse autant que de solitude, il avait sniffé un rail de coke dans les toilettes. De retour à sa table, le regard trouble posé fixement sur son verre vide, il s'était soudain souvenu qu'un jour, Lazario avait fait référence à un *Gimnasio Rafael Trejo*. Conrad avait balancé cinquante pesos sur le comptoir en bois et était sorti sans attendre la monnaie.

S'il avait trouvé l'endroit assez facilement, l'accueil sur place avait ruiné son dernier espoir. Dépité, il s'était perdu dans le labyrinthe du Centro Habana. En s'engageant dans une rue déserte, il avait eu l'impression d'être suivi. Il s'apprêtait à se retourner lorsqu'un jeune avait poussé un juron étouffé :

– *Toma esto ! Hijo de puta !* [12]

Conrad avait reçu une violente claque sur l'oreille. Il avait titubé, était parvenu à pivoter. Avant qu'il ne puisse se protéger avec son bras, un poing rageur l'avait atteint à l'arcade. *Encore !* s'était-il dit en s'écroulant sur le sol, où les coups avaient plu sur lui. Ses agresseurs étaient deux. Peut-être trois. Rampant à l'aveuglette, il avait fini par se réfugier au milieu d'un tas d'ordures et s'était laissé dépouiller sans réagir. Son portefeuille, la cocaïne planquée dans un paquet de cigarettes, le briquet

---

[12] *Prends ça ! Fils de pute !*

en or de Lazario, on lui avait volé jusqu'à ses chaussures, avant qu'un ultime coup de pied lui fasse perdre conscience.

Puis plus rien. Juste le vague écho d'une voix féminine réconfortante, qui, des heures plus tard, avait promis de s'occuper de lui.

Cette voix avait tenu parole, car il était là, certes mal en point mais vivant. La porte s'ouvrit à ce moment-là.

Une jeune fille entra, un sourire tendu aux lèvres, une assiette à la main.

– Ça y est, t'es enfin réveillé.

Conrad écarquilla les yeux. Avec sa bouille d'adolescente rebelle, sa couleur métissée, ses cheveux auburn coupés en brosse, cette fille avait quelque chose d'irréel, comme une héroïne de roman noir. Il s'adossa au mur, ressentit une forte douleur au thorax.

– Je dors depuis longtemps ? demanda-t-il.

– Presque vingt-quatre heures. T'étais dans un sale état.

– C'est toi qui m'as recousu ?

– Oui, l'arcade et le cuir chevelu. J'ai emprunté le nécessaire à une voisine qui travaille à l'hôpital. Apparemment, ce ne sont pas tes premières blessures…

Elle s'assit au bord du lit et lui tendit l'assiette remplie de haricots rouges. Il la remercia d'un signe de tête et se mit à dévorer son plat.

– Ça ne m'étonne pas que t'aies faim ! Tu te sens bien ?

– Comme un type qui aurait été percuté par un train.

– Ça fait plaisir de te voir plaisanter… T'as beaucoup déliré cette nuit, je suis vraiment heureuse que tu ailles mieux. Tu as mal ?

– Au crâne surtout, mais ça ira, ne t'en fais pas. J'en ai vu d'autres.

Il déglutit avant de demander :

– Et comment s'appelle mon sauveur ?

– Dahlia.

Il lui tendit la main en prenant un air enjôleur.

– Bonjour Dahlia, moi, c'est Conrad. Ravi de te rencontrer…

La jeune fille croisa les bras. Elle plissa les yeux comme pour sonder la nature de son hôte.

– Tes parents ne sont pas là ?

– Ici, tu es chez moi. Je vis avec mon frère, Armando. En ce moment, il est à l'école, il rentrera tout à l'heure. Nous sommes à Guanabo, à vingt kilomètres de La Havane.

– Eh bien, tu m'en diras tant… J'ignore comment tu t'es débrouillée pour me ramener ici sain et sauf, mais je tiens à te dire merci. Sans toi, je crois que j'y serais resté. C'est un sacré hasard que tu sois passée par là. Comment je pourrais te dédommager ?

– C'est très simple. Commence par me rembourser mes dépenses.

Le regard de Dahlia était déterminé, sans agressivité. *Cette petite sait ce qu'elle veut*, se dit Conrad. Il acquiesça avec un nouveau sourire.

– Bien sûr. Combien je te dois ?

Dahlia sortit de sa poche un papier annoté.

– J'ai dû promettre trente pesos à Pedro pour qu'il accepte de te laisser grimper dans son taxi, puis j'ai donné dix pesos à la voisine pour les pansements et les médicaments. J'ai aussi compté dix pesos la nuit, dis-moi si tu penses que c'est trop cher… En tout, ça fait cinquante pesos… soixante avec ce soir. Et puis, ce serait correct si tu me laissais un petit quelque chose pour la nourriture.

Dahlia tendit la note à Conrad.

– Tu veux vérifier ?

Il ne prit pas la peine de lire. Dix pesos la chambre, le prix était dérisoire.

– Je te donnerai cent pesos, je te dois bien ça. Mais je crains qu'on m'ait pris tout ce que j'avais sur moi. Demain, je retournerai à La Havane, j'ai mon argent à la *casa particular.*

– Je t'accompagnerai.

Conrad comprit qu'elle lui accordait une confiance relative. Cette idée ne le contraria pas, il admira au contraire l'aplomb de la jeune fille.

– Je dois aller travailler à La Havane, ajouta-t-elle, ça t'évitera un aller-retour.

Conrad conclut qu'elle avait lu dans ses pensées et qu'elle s'efforçait de ne pas le vexer. Il effleura ses points de suture, l'enflure était douloureuse au toucher.

– C'est sympa, dit-il. Je suis encore faible, tu pourras me sauver à nouveau si je m'écroule. Et surtout m'empêcher de faire de mauvaises rencontres.

– On partira demain matin de bonne heure. Je vais prévenir Pedro pour qu'il nous emmène. Tu es à Cuba pour longtemps ?

– Quelques jours… Je suis en vacances.

Dahlia sentit qu'il éludait la question.

– Très bien. Maintenant, repose-toi, tu dois reprendre des forces.

Elle récupéra l'assiette et sortit de la chambre.

Une fois seul, Conrad songea à son agression. Il avait bien cru mourir. Et sa dernière pensée avait été limpide : personne ne pleurerait sur son sort. Lui-même ne se regretterait pas !

Il sentit sa poitrine se serrer à l'idée que jusqu'à aujourd'hui son existence avait été inutile. Mais le destin avait mis Dahlia sur sa route, et la jeune fille l'avait sauvé. Il ne put s'empêcher de songer à une intervention du fantôme de sa mère, s'accusant d'emblée de sombrer dans un mysticisme crédule. Aussitôt, des larmes lui montèrent aux yeux. Il décida que peu importait, il voulait y croire, et, sans qu'il sache de quelle façon, se résolut à saisir cette chance d'où qu'elle vienne.

20

Paris – Le Marais – 9 décembre – 7 heures.

Vidée après sa séance sportive matinale, Manu venait de résumer son entretien avec Héloïse à son supérieur, agacé qu'elle ne l'ait pas appelé aussitôt.

– Si tu veux mon avis, conclut-elle le portable calé entre l'épaule et l'oreille, cette fille ne tourne pas rond. T'aurais dû voir ses yeux lorsqu'elle m'a frappée au poignet…

De sa voiture stationnée devant les bureaux, Christian fit un signe à une jeune recrue en uniforme. Elle sourit et poursuivit sa marche vers l'immeuble dans lequel elle entra, après lui avoir lancé un dernier coup d'œil.

Lissant ses sourcils avec son index, il répondit à son interlocutrice assez froidement.

– C'est un peu maigre. Il va falloir creuser ça. Au fait, on a découvert le couteau à l'endroit que t'avait indiqué Conrad, l'arme comportait des traces de sang et des empreintes qui corroborent sa version. Je me suis chargé de l'interrogatoire du propriétaire du bar et de son acolyte. Lorsqu'on l'a appréhendé, ce petit con roulait des mécaniques, mais la correspondance des douilles que t'a confiées Conrad avec l'arme trouvée sur lui l'a fait craquer, il n'a pas fallu longtemps pour qu'il se mette à table. Il a avoué avoir reçu des instructions du patron du bar pour abattre Conrad. T'aurais dû le voir, on pouvait plus l'arrêter. Évidemment, l'autre a nié. Un dur à cuire, il m'a donné du fil à retordre… Enfin, je te passe les détails, ils ont bien été payés pour assassiner Conrad, mais ignorent l'identité du commanditaire.

Manu posa le téléphone sur le rebord de l'évier et appuya sur la touche mains libres.

– C'est intéressant, dit-elle en se lavant les mains. Mais pas très surprenant.

– Je sais ce que tu penses. N'attends pas d'excuses, tu n'aurais pas dû laisser filer Conrad. Il devra répondre d'un homicide. Il s'est soustrait à une requête de témoignage de la Crim. Ça aussi, c'est illégal. Le mieux serait qu'il se présente de lui-même, dans les meilleurs délais.

– Je t'assure que je lui transmettrais le message, si seulement je savais où le trouver ! On devrait divulguer ces dernières informations à la presse. Après leur battage de ces derniers jours sans aucun respect pour la présomption d'innocence, les médias devraient faire amende honorable. Je suis certaine que Conrad se sentirait plus à l'aise pour me contacter.

– N'y compte pas trop. Maintenant que le scoop est éventé, plus personne ne s'intéresse au fin mot de l'histoire.

L'amertume transpira dans la voix de Manu.

– C'est nul.

– C'est le monde tel qu'il tourne. Les gens sont avides d'événements catastrophiques immédiats, ensuite il faut entretenir la machine par de nouveaux drames, leur maintenir la tête sous une tourmente médiatique. Les étourdir d'infos jusqu'à les priver de tout discernement.

Pour avoir fréquenté les journalistes, elle connaissait ce principe de matraquage. Eux-mêmes se plaignaient que c'était devenu l'unique façon de survivre dans leur métier.

– Bon, à part ça, Chef, rien de neuf ?

– Si… À la lumière des dernières déclarations de Joren, j'ai épluché ses relevés. Les paiements à Nuria ont commencé des mois après la mort de Marthe Jarousseau. Au début, il s'agissait de montants assez faibles… qui n'ont fait que grossir au fil des années. Ça ne démontre rien, bien sûr, mais ça invalide l'hypothèse de la culpabilité du Cubain.

– Comment on a pu passer à côté de ça ?

– Parce que, comme toujours, on a vu que ce qui nous arrangeait.

– T'as sans doute raison… Sacrée leçon.

– Changeons de sujet. Ta rupture avec Joren ?

– C'est fait.

– Pas trop dur ?

– Non.

– Mais encore ?

– Mais encore, rien ! C'est fait, c'est tout. À moi de changer de sujet. Il a avancé ton expert informaticien ?

– Tu veux dire, mon génie ! Mais il pourrait y avoir de la friture sur la ligne, on se rappelle d'une ligne plus silencieuse.

Ligne silencieuse signifiait ligne brouillée, impossible en principe à mettre sur écoute, utilisée par Christian lorsqu'il ne voulait prendre aucun risque. Manu raccrocha et inséra une carte SIM neuve, qu'elle détruirait après leur conversation.

Son téléphone vibra.

– Bastien Watt… prononça Christian.

– Quoi Bastien Watt, qui c'est ce type ?

– C'est un des bras droits de Jürgen Mossack, l'un des deux créateurs de Mossack Fonseca, la firme au cœur du Panama Papers. Pour ton info, Jürgen est né en Bavière en 1948, son père était membre des Waffen-SS. Il s'est installé au Panama avec sa famille dans les années 1960 et aurait servi d'informateur à la CIA… Je te la fais courte. Après avoir obtenu sa licence de droit à l'université Santa-Maria, Jürgen a travaillé dans un cabinet londonien. C'est là qu'il a rencontré Bastien Watt, avant de le ramener à Panama pour ouvrir son propre cabinet.

– Très bien, mais quel est le rapport avec notre affaire ?

– Bastien a commis trois erreurs. Comme il est souvent en déplacement, il ne se sert que d'un ordinateur portable. Deuxième erreur, il le connecte à Internet par un réseau WiFi lorsqu'il est à son bureau.

– C'est suffisant pour que Denis ait réussi à contourner les sécurités du système ?

– Non, mais ce type a fait sa troisième erreur. Il a ouvert un compte Facebook. Grâce aux données puisées concernant les dates de naissance, prénoms de sa femme et de ses enfants, Denis est parvenu à réduire la richesse combinatoire des symboles que ce type utilise pour son mot de passe, et ainsi à le déverrouiller. C'était d'autant plus facile qu'il ne respectait aucune règle de sécurité élémentaire, comme changer de code tous les mois. Disque dur et boîte mail, Denis a tout cracké !

– Énorme ! Et ?

– Depuis les révélations du scandale, c'est la panique à bord… Politiciens, hommes d'affaires, sportifs, les fuites sont d'une envergure telle que personne ne semble à l'abri. En ce qui concerne Marthe Jarousseau, ce que je vais te révéler ne va pas forcément te plaire, alors accroche-toi… Tu es prête ?

Manu prit le temps d'allumer une cigarette.

– Vas-y…

– On a découvert un échange récent entre notre ami Maître Adjari et Bastien Watt à propos d'une société offshore, Croire, inscrite en chinois (相信), dans la minuscule île de Niue, dans l'océan Pacifique. D'après une étude récente, les enregistrements de ce genre de société rapporteraient plus de quatre-vingts pour cent du budget de l'île ! Dans son mail, Adjari exigeait que la société en question soit éteinte et faisait référence à un compte offshore de Singapour. Denis a activé ses réseaux pour obtenir les données historiques du compte. Là encore, je passe sur la façon dont il a réussi ce qu'aucun juge n'était parvenu à établir. Croire aurait appartenu en sous-main à Édouard Jarousseau. Après sa mort, ce compte aurait servi de principal bailleur de fonds à l'ONG de Marthe. Or depuis cinq ans, plus aucun mouvement n'a été enregistré sur celui-ci…

– Et tu en déduis ?

– À toi de me donner ton avis…

Elle hésita une seconde.

– Que Marthe ait utilisé les fonds détournés par les amis de son mari pour son ONG, cela ne me surprendrait pas. Ce qui m'étonne par contre, c'est que Joren n'ait pas pris le relais pour son propre profit. Selon moi, cela ne peut signifier que deux choses : soit il n'y a pas accès, soit il n'a pas osé !

– Ravi de constater que nous sommes parvenus à la même conclusion.

– Et le grand manitou, qu'est-ce qu'il pense de ça ?

– Je ne l'ai pas encore informé. Pour tout te dire, j'attends d'avoir rencontré Adjari. Le rendez-vous promet d'être explosif. Lui seul connaît l'identité du marionnettiste qui tire les ficelles de ce système de blanchiment d'argent. Et j'entends bien lui arracher ce nom.

– Comment veux-tu que j'avance de mon côté ?

– Je veux que tu suives la piste d'Héloïse Jarousseau. Si elle est impliquée, elle n'a pas pu agir seule. On doit trouver qui, dans son entourage, a accès à des fichiers bancaires offshore. Quelqu'un qui l'aurait également informée de notre réouverture du dossier du suicide de sa mère. C'est donc forcément une personne influente désireuse de nous aiguiller vers un bouc émissaire… Joren Aelters.

– Tu l'as définitivement rayé de ta liste.

– Non. Mais je commence à croire que les enjeux de cette affaire le dépassent, et qu'ils sont antérieurs à sa rencontre avec Marthe.

– Tu as raison, on doit identifier cet indic. Je vais éplucher les relevés téléphoniques de cette demoiselle. Tu vois autre chose ?

– Pour l'instant non. Et toi ?

Manu avança jusqu'à la fenêtre, elle aperçut une camionnette jaune. Un postier se dirigeait vers l'immeuble, un colis dans les bras. Elle trouva l'heure inhabituelle et fut frappé par son faciès anguleux. Elle reprit pensive :

– Pour moi, Marthe et Laurène ont été assassinées pour les mêmes raisons, par un assassin qui cherche maintenant à éliminer Conrad.

Un long silence s'ensuivit. Ils n'avaient rien à ajouter, mais demeuraient collés à leurs téléphones.

– Manu ? demanda enfin Christian.

– Oui.

– Tu ne m'as pas interrogé sur le montant qu'il y a sur le compte…

– J'imagine plusieurs millions ?

– Quarante millions de dollars.

Face au montant, le silence entre eux devint dense, c'est Christian qui reprit :

– Il ne t'arrive jamais d'avoir des doutes ?

– Des doutes sur quoi ?

Nouveau silence. Manu repensa à la proposition que Christian lui avait faite de monter boire un verre chez elle. Il poussa un soupir.

– Imagine que nous fassions fausse route. Marthe s'est peut-être simplement suicidée. Elle n'en pouvait plus de son mariage… Elle s'est saoulée avant de se pendre.

Après une bouffée de nicotine, Manu se mordilla la lèvre. C'était la première fois que Christian oubliait de mentionner le nom de Jarousseau en évoquant Marthe, comme si une intimité s'était créée avec la victime. Ou alors s'était-il jusque-là contraint à cette distance. Ou bien voulait-il avouer autre chose à Manu ? Quelque chose qui expliquerait la raison pour laquelle il avait souhaité rester avec elle l'autre soir.

Elle contrôla un mauvais pressentiment et écrasa sa cigarette d'un geste lent.

– Non, Christian. À ce sujet, je n'ai aucun doute.

* * *

19 heures.

Joren fixait la bague de Marthe, posée sur le bureau. Il ne comprenait rien. Le solitaire avait été glissé dans la boîte aux lettres, empaqueté dans un petit colis. Depuis des heures, il picolait et relisait le message laconique de Manu : *Désolée, je ne suis pas prête.*

Il avala une gorgée de Yamazaki, fit une grimace et tira sur ses cheveux comme s'il essayait d'en arracher une poignée. Ça ne voulait rien dire ! Il n'avait pas demandé Manu en mariage, juste évoqué le sujet. Pourquoi un tel revirement ? Pourquoi ne répondait-elle pas à ses messages !

Il était dégoûté, d'elle et de toutes les femmes. Finalement, son père avait raison : il fallait se servir de ces chiennes, prendre son pied, éventuellement leur donner du plaisir. Mais surtout ne jamais s'attacher ! Sinon, on le payait cash.

En l'occurrence, Joren avait perdu la guerre. Car c'était bien de ça qu'il s'agissait, une relation de domination cérébrale et charnelle dont le vaincu demeurait à jamais asservi. Il avala une autre gorgée de whisky. *Si ça se trouve*, se dit-il, *elle est partie avec Conrad. C'est ça, ils sont amants ! Elle restait pour parvenir à mettre la main sur le fric de Croire.*

En un éclair, Joren les revit dans le 4x4 Mercedes, désormais convaincu qu'ils complotaient contre lui. Cette pensée lui fit l'effet d'une douche glacée. Mais n'était-ce pas lui qui avait ordonné à son fils de descendre pour garer le 4x4 ? Conrad n'avait-il pas toujours méprisé l'argent des Jarousseau ? Et puis, son fils le détestait trop pour envisager de partager sa maîtresse avec lui.

Il devait y avoir une autre explication.

Dans ce cas, se dit Joren, *c'est qu'elle couche avec Nestor. Il joue les homos mais il me l'a collée dans les pattes pour m'arnaquer avec cette saloperie de Viking's Run. Après sa blessure, ils ont réalisé qu'il n'y avait plus rien à tirer de moi. Le jockey est leur complice, il a provoqué la chute de ma jument ! Ou alors, c'est lui l'amant de Manu ! Et c'est pour ça qu'elle nous a séparés après la course. Ce n'est pas moi qu'elle protégeait, mais lui !*

Joren posa le solitaire dans le creux de sa main. *Mais alors pourquoi lui avait-elle rendu cette bague ? Elle aurait pu tout aussi bien la garder : qui était donc vraiment cette femme dont il ne savait quasiment rien ?* Il battit des paupières plusieurs fois, comme pour l'effacer de sa mémoire.

Rempli d'aigreur, il repensa à Meyer. Ce flic découvrirait les opérations de blanchiment d'argent de ses multiples comptes offshore. Peut-être remonterait-il jusqu'au pot-de-vin reçu des autorités cubaines pour les sortir de l'embrouille du rafiot nord-coréen ? Le rôle évident de Laurène l'impliquerait dans un meurtre dont il ignorait pourtant tout.

Sa vie allait se fracasser contre un mur judiciaire. Même cet abruti de Sam n'avait donné aucune nouvelle de son rendez-vous avec Miguel Nuria à Cuba ! Joren se sentit au bord d'un précipice. Aussi abyssal que l'état de ses finances.

Si seulement Marthe lui avait laissé la main sur l'ancienne société de Jarousseau. Mais non, elle avait attribué la gérance fictive de Croire à Conrad, sans le lui dire, soi-disant pour protéger les avoirs qui nourrissaient sa foutue ONG.

Depuis la mort de Marthe, Joren n'avait jamais réussi à obtenir de Conrad les codes permettant d'accéder au compte singapourien. Inconscient de l'enjeu financier, son fils avait toujours refusé d'en parler, prétendant ne rien vouloir savoir de ça.

Lazario, payé pendant des années pour le mettre en confiance, n'était pas arrivé à lui tirer les vers du nez. Le Cubain rayé des tablettes, Joren avait tenté de faire embaucher Conrad dans une *start-up*, espérant qu'il commettrait un faux pas en utilisant ce code. Mais non, rien n'avait fonctionné. Même cette connasse de conseillère à Pôle Emploi avait échoué ! Il se souvint de la tête de vierge offensée qu'avait faite Sonia lorsqu'il avait étalé les premières coupures sur son bureau. La philosophie de son père résonna en lui : *Toutes les femmes ont leur prix !* Et de fait, au bout de cinq billets de cent, la jeune femme avait daigné l'écouter. Dix de plus et elle avait accepté le *deal*.

Joren sourit, persuadé qu'avec dix coupures supplémentaires, elle se serait laissé baiser sur ce même bureau, histoire de sceller l'arrangement qui lui aurait fait empocher cinquante mille euros si elle était parvenue à convaincre Conrad de collaborer pour récupérer le pognon de Croire.

Mais Conrad avait dû se méfier de cette dinde. Et maintenant, il avait disparu. À bout de nerfs, Joren conclut qu'il l'avait dans l'os et vida son whisky d'une traite. La sonnette retentit au moment où il reposait son verre.

Il jeta un œil à sa montre. Manu avait peut-être changé d'avis. Avec espoir, il glissa la bague et le mot dans le tiroir du bureau, puis se leva et s'observa dans un miroir. Son teint lui parut crayeux, ses yeux cernés et ternes, ses sourcils en broussaille. Il tenta de se recoiffer avec les doigts.

Il gagna l'entrée et fut interloqué de découvrir qui était son visiteur. *Certaines personnes n'ont aucun scrupule*, se dit-il. Résolu à lui montrer sa façon de penser, il déverrouilla la serrure avant d'ouvrir d'un geste sec.

– Qu'est-ce que tu fous là !

– Je voudrais te parler. Tu es seul ?

– Oui, maugréa Joren, mais j'ai aucune envie de te recevoir.

– Je comprends, mais nous devons avoir une conversation.

– Et qu'est-ce qui te fait croire que j'ai quoi que ce soit à te dire ?

Le pistolet s'enfonça légèrement dans le ventre de Joren.

Incrédule, il dévisagea le visiteur, puis fit tournoyer la main à côté de sa tête.

– Qu'est-ce qui te prend ? T'es complètement barge…

Le canon remonta jusqu'à la gorge de Joren.

– Tais-toi. Retourne-toi et avance, ordonna le visiteur.

Joren obtempéra et leva d'instinct les mains.

Il n'aurait jamais imaginé une chose pareille. Il tenta de raisonner, un tourbillon de connexions s'enchevêtra dans son cerveau, une idée germa soudain, une idée qui expliquait tout. Comment n'y avait-il pas pensé avant ?

Le visiteur referma la porte.

– Où va-t-on ? demanda Joren.

La pression du canon s'accentua contre ses reins.

– Dans ton bureau, en bas !

Ils traversèrent le salon, le visiteur laissa traîner sa main gantée sur le billard, observa la tour Eiffel, puis ils descendirent les marches en silence.

En entrant dans la pièce, le visiteur alluma la lumière.

– Assieds-toi ! ordonna-t-il. Garde les mains en l'air. Et ne te fais aucune illusion, je t'abattrai comme un chien à la moindre occasion.

Joren obéit et cala sa chaise avec les pieds. Le regard glacial, le visiteur se posta à côté de lui, l'arme à dix centimètres de son visage.

– Je vois que tu étais en train de boire, dit-il en désignant la bouteille de whisky japonais. C'est une très bonne idée. Ne te gêne pas, si tu as besoin d'un remontant nippon.

Joren serra les dents. Sa bouche était sèche, mais il n'avait plus envie de se resservir.

– Je peux baisser les bras ? demanda-t-il. J'ai des crampes.

– Oui. Profites-en pour prendre un papier et un crayon. En douceur, car au moindre geste brusque, je tire.

Joren comprit qu'il allait mourir. Bizarrement, il n'avait pas peur. Autant finir ainsi plutôt que dépérir sur le lit merdique d'une prison ou d'un hôpital. Lui qui s'était toujours vanté qu'il abrégerait sa vie lorsque les piqûres dans la verge ne lui permettraient plus de bander serait bientôt exaucé. *Mieux vaut l'enfer que cette lente dégénérescence*, se dit-il, en ouvrant un bloc-notes.

Il saisit un stylo-plume. Sa main ne tremblait pas, il en ressentit une dérisoire fierté. La plume sur la feuille, il releva les yeux.

– Tu devines ce que tu dois écrire ? demanda le visiteur.

– Je m'accuse du meurtre de Marthe… Et j'annonce mon suicide.

– Avoue aussi celui de ta copine Laurène. Tu affirmes que tu regrettes sincèrement.

– C'est toi qui as tué Marthe ?

Le visiteur acquiesça.

– Mais pourquoi ? s'insurgea Joren. Ça n'a aucun sens.

– Tu devrais me remercier. Grâce à moi, tu as hérité d'une bonne partie de son argent. C'était ton rêve, non ?

Joren secoua la tête.

– Pas de cette façon. J'aurais été incapable de vivre avec ça sur la conscience.

– Parce que t'es un minable.

Joren fronça les sourcils.

– Les menaces concernant le fric de Croire, c'était aussi toi ?

Le visiteur se contenta de sourire.

– Tu veux dire, « nous »… T'aurais mieux fait de les prendre au sérieux. On t'a laissé faire joujou avec les autorités cubaines parce que ça ne prêtait à aucune conséquence. En un certain sens, ça arrangeait tout le monde que le dossier n'arrive pas devant le conseil de l'ONU. Mais si tu croyais qu'on allait te laisser disposer d'une fortune qui appartient à la République, là, tu t'es fourré le doigt dans l'œil jusqu'au coude…

– Si tu me flingues, vous ne récupérerez jamais l'accès au compte. Je suis votre seule chance avec Conrad… Vous attaquer à lui n'y changera rien.

– Tu n'as pas compris. Maintenant que ça va éclater au grand jour, ce fric est grillé, il pue la mort de trop d'innocents… Plus personne n'en veut.

– Alors pourquoi me supprimer ? Je fermerai ma gueule, je te le jure.

– T'es encore plus stupide que je le pensais. La presse doit avoir son coupable. Toi, en l'occurrence. Pour clôturer cette histoire susceptible d'entacher davantage l'idée que les Français se font de leur démocratie, on va solder les comptes. Si tu me permets ce jeu de mots…

La crosse du pistolet serrée dans la main, il engagea une balle dans la chambre, remit le chien en place, libéra le cran de sûreté, puis posa le canon sur la tempe de Joren.

– Écris !

Joren inspira profondément.

– Que se passe-t-il si je refuse ?

– C'est très simple : tu meurs immédiatement, et je rédige ta confession.

Joren sut que sa fin était imminente, il ne pouvait plus rien y changer.

Bien sûr, il aurait souhaité demeurer en vie. Avec ce qu'il venait de comprendre, il aurait pu modifier le cours des événements. *Mais c'est trop tard,* se dit-il, *tant qu'à finir ici ma route, autant sortir avec panache.* Il sentit la pression du canon sur sa tempe.

– Dépêche-toi ! ordonna le visiteur.

Les pulsations s'accélérèrent dans le crâne de Joren, sa respiration sifflait, il déglutit, et sa voix résonna tel un baroud d'honneur.

– Je me demande si je ne préfère pas ta dernière solution !

– Alors tant pis pour toi.

Le doigt se crispa sur la queue de détente, la déflagration traversa la pièce. La balle, de petit calibre, atteignit le cerveau de Joren, laissant une trace de brûlure sur la peau autour de l'impact.

Joren s'affaissa sur le bureau. Le sang s'écoula de la plaie et se répandit sur le cuir du sous-main. Le visiteur plissa les paupières et eut un sourire. C'était la troisième fois qu'il tuait, et ça devenait de plus en plus électrisant. Des trois meurtres, celui-ci lui procurait pourtant le moins de plaisir. Allez savoir pourquoi !

Il plaça le pistolet dans la main de Joren, puis, sans retirer ses gants, vida la bouteille de whisky dans une plante verte. Son regard balaya la pièce. Le bruit avait pu alerter quelqu'un, il décida de ne pas laisser de mot. De toute façon, on croirait que Joren avait agi sur un coup de tête après avoir trop picolé. Et l'arme le relierait au meurtre de Laurène Serviez.

Le reste coulerait de source.

21

Cuba – Guanabo.

B 845160 ! Conrad se redressa brutalement et ouvrit les yeux en hurlant ce mélange de lettre et de chiffres. En un éclair, il se remémora son rêve récurrent. Ça commençait toujours par le même souvenir d'enfance. Marthe lui imprimait un code dans le crâne à travers une histoire : *Brighton,* riait-elle, *c'est la ville du Sussex où mes parents m'envoyaient tous les ans pour parfaire mon anglais. Brighton 845160 ! La mère de la famille qui m'hébergeait s'annonçait toujours de cette façon lorsqu'elle décrochait le téléphone. Brighton 845160 ! Elle le disait à longueur de journée, et ça me faisait rire… B 845160 ! N'oublie jamais, Conrad. C'est un code secret entre toi et moi. Un jour, quand tu seras grand, je t'expliquerai pourquoi. Et surtout comment l'utiliser pour embellir le monde.*

À travers de courtes séquences aléatoires, Conrad revivait ensuite les fois où sa mère lui avait fait répéter ce code secret, profitant de ce qu'ils étaient seuls le soir au bord du lit. Puis son rêve devenait un cauchemar, il se retrouvait propulsé la nuit de la mort de Marthe, alors qu'il marchait le long de la péniche. Debout sur le billard, un fil métallique autour du cou, sa mère le suppliait des lèvres sans qu'aucun son ne sorte de sa bouche. Conrad s'arrêtait, le regard fixé sur l'autre personne cagoulée, derrière sa mère.

L'agresseur semblait paniqué, avant de sourire car le garçonnet retournait se coucher… Et c'est à cet instant qu'il se réveillait.

Maudit cauchemar, se désola Conrad, qui l'avait toujours interprété comme une séquelle laissée par le choc de la découverte du corps et le poids de sa culpabilité.

Mais en considérant les derniers événements violents survenus dans son existence, et avec la distanciation résultant de sa fuite à Cuba, il remit en cause ses certitudes : *Si tout ça s'est réellement passé, qui se cachait sous cette cagoule ? Pourquoi maman a-t-elle été tuée ? Comment se fait-il que je ne me sois pas réveillé ? Y-a-t-il un lien entre ce jeu secret qu'elle m'imposait et sa mort ?* Désespéré par autant de questions sans réponse, il fut saisi d'un besoin de sniffer un rail de coke. Il s'essuya le front perlé de sueur, puis tripota ses points de suture moites et douloureux.

Une présence bougea dans l'embrasure de la porte. Malgré l'obscurité, il discerna une silhouette d'enfant et devina qu'il s'agissait d'Armando. Le garçon renifla et avança d'un pas.

– Moi aussi, avoua-t-il, je fais souvent des mauvais rêves. Dahlia prétend que ce sont des fantômes qui nous hantent. Je ne crois pas à ces histoires de santeria. Et toi, t'y crois ?

Conrad ignorait tout de la santeria, il soupçonna une référence religieuse.

– J'en ai aucune idée, admit-il.

Traînant les pieds sur le carrelage, le garçon s'approcha du lit, s'assit et prit la main de Conrad dans la sienne. Il lui palpa le front, puis adopta une mine sérieuse.

– T'es brûlant ! Si tu veux, je peux rester avec toi le temps que tu te rendormes. Quelquefois Dahlia me garde avec elle la nuit. Elle prétend que c'est pour mon bien, je pense plutôt que ça la rassure. Elle n'en parle jamais, mais je suis sûr que c'est à cause de maman. Elle s'est noyée quand j'étais petit… Et toi, elle est gentille ta maman ?

La question coupa le souffle de Conrad. Ému aux larmes, il ouvrit les bras et enlaça le garçon. Dahlia pénétra dans la chambre, elle alluma la lumière, un long tee-shirt lui tombait jusqu'aux cuisses.

– Armando ! gronda-t-elle, n'empêche pas notre invité de se reposer.

– M'enfin, je suis juste venu le réconforter.

– C'est exact, confirma Conrad.

Dans d'autres circonstances, il n'aurait jamais accepté de l'admettre, mais cette franchise lui parut couler de source. Il ébouriffa les cheveux d'Armando.

– Merci pour ton aide, mon grand. Ça va aller maintenant.

– Pas de quoi, répliqua le garçon avec de la fierté dans la voix.

– Tout ça, c'est bien joli, intervint Dahlia, retournons nous coucher, nous devons nous lever tôt.

Au réveil, la fièvre avait disparu. Conrad remarqua une chemise à carreaux et une paire de vieux mocassins posés sur une chaise. Il contracta ses muscles engourdis et s'extirpa du lit avec difficulté. Résolu à ignorer la douleur, il se lava en tirant de l'eau froide du lavabo, se frotta les dents avec un doigt.

Lorsqu'il pénétra la cuisine, le visage de son hôte s'éclaira d'un sourire.

– C'est une chemise de mon père, dit-elle. Évidemment, il est plus corpulent que toi. Et les chaussures, elles te vont ?

Il observa ses pieds.

– Plutôt bien. Elles ne lui manqueront pas ?

– Il n'habite plus avec nous, assena-t-elle d'un ton abrupt.

Conrad comprit que le sujet était clos.

Il s'installa à la table, l'estomac tordu par la faim. Elle lui servit un café transparent accompagné d'une corbeille remplie de morceaux de pain grillé.

– Mange, ça te fera du bien.

Il saisit la tartine, remarqua le minuscule bout de beurre dans une petite assiette et chercha en vain du sucre. Il faillit en demander, mais avant qu'il ne parle, la jeune fille changea d'expression et se retourna vers l'évier.

Conrad observa autour de lui : les murs dont le crépi à la chaux s'écaillait, le vieux guéridon en métal torsadé recouvert d'un cendrier ébréché. Ses hôtes vivaient dans le dénuement. Même si elle espérait glaner quelques pesos, la générosité de Dahlia lui sembla d'autant plus touchante.

– Armando dort encore ? l'interrogea-t-il.

– Il fait sa toilette. Ne l'attends pas, on part dans dix minutes.

– Tu ne déjeunes pas ?

– J'ai déjà mangé.

Conrad eut un doute, mais il n'insista pas.

Il finissait sa tasse de café lorsqu'Armando entra dans la pièce. Short bleu avec un foulard assorti, chemise blanche et socquettes remontées sur les mollets, il portait fièrement son uniforme d'écolier. Tandis qu'il s'installait, son sourire exprima son plaisir de voir le jeune homme.

– Alors, mon ami, comment vas-tu, ce matin ?

– Beaucoup mieux.

– J'en suis heureux, opina-t-il en prenant un air d'adulte.

Dahlia lui servit un bol de bouillon dans lequel flottaient quelques légumes.

– Dépêche-toi, déclara-t-elle. On doit partir si on ne veut pas rater Pedro.

Lorsqu'ils quittèrent le domicile, une chaleur sèche s'abattit sur eux. Le garçonnet embrassa sa sœur sur les joues, puis empoigna la main de Conrad et la secoua vigoureusement.

– Ravi d'avoir fait ta connaissance. Il faudra revenir nous voir.

Conrad se trouva ridicule, mais il se sentit à nouveau ému.

– Oui.

– Promis ?

– Promis, confirma Conrad, dès que je pourrai…

Rassuré, Armando fit volte-face et, un cartable accroché aux épaules, trottina sur le chemin de terre battue en soulevant une fine poussière. Dahlia claqua des mains.

– Dépêchons-nous, Pedro n'est pas du genre patient.

En effet, le taxi avait déjà parcouru une cinquantaine de mètres.

Par chance, Pedro aperçut Dahlia dans le rétroviseur tandis qu'elle agitait les bras en lui faisant signe de les attendre. Conrad prit place à côté de l'élégant métis aux cheveux rasés et aux oreilles légèrement décollées.

– T'as ton passeport ? interrogea-t-il.

– On me l'a volé.

– Ils risquent de te le demander à l'entrée de la ville.

– On va faire comme l'autre fois, intervint Dahlia. Il se cachera à l'arrière.

– Je n'aime pas ça, déclara Pedro sans afficher de véritable opposition. T'as apporté l'argent que tu me dois, au moins ?

Conrad se sentit mal à l'aise.

– Mais non, idiot, dit Dahlia, c'est pour ça qu'on doit se rendre à La Havane. T'auras tes pesos ce soir.

Dahlia et le chauffeur se dévisagèrent. Elle soutint le regard sans défaillir. Du coup, Pedro se tourna vers Conrad, qui hocha la tête d'un air convaincu. Le métis haussa les épaules, puis enclencha la première, déclenchant un bruit inquiétant.

– T'as un problème avec l'embrayage, constata Conrad.

– Je sais. Le garagiste prétend qu'il faudrait tout changer.

– Pas sûr…

– Tu t'y connais ?

– Plutôt. Ta voiture, c'est une Dodge 58. Le moteur est d'origine ?

– Non, on l'a remplacé par celui d'une Lada.

Sur la route, ils évoquèrent différents modèles de berlines américaines, puis ils parlèrent du Grand Prix de Cuba de 1958, durant lequel Fangio avait été enlevé par un commando révolutionnaire dénonçant la dictature de Batista.

À cinq kilomètres de la capitale, Conrad se cacha aux pieds de Dahlia. Tandis qu'elle étalait une couverture sur lui, elle s'amusa de le voir plié dans cette position. Le barrage franchi, Conrad se réinstalla à l'avant.

Un quart d'heure plus tard, Pedro les déposa dans la vieille ville.

– Bravo pour ta passion de l'automobile, dit Pedro. Si tu reviens à Guanabo, je te montrerai un truc qui va te surprendre.

– OK, répondit-il sans trop prêter attention à cette annonce.

Pedro et Dahlia s'accordèrent sur l'heure du retour, puis le taxi démarra dans un concert de grincements. Conrad regarda le véhicule s'éloigner.

– S'il ne la répare pas, grimaça-t-il, il aura des ennuis.

– Cette voiture est son gagne-pain. Déjà qu'il travaille sans licence… T'inquiète pas, ici, tout tient par miracle… Bon, tu connais ton adresse ?

– Oui, c'est au 42 *de la calle Humboldt*, près *de la calle Infanta*.

– Eh bien, c'est très loin d'où je t'ai trouvé. Qu'est-ce que tu fichais dans ce coin ?

Conrad évita de répondre. Ils empruntèrent une rue bordée d'hôtels rénovés. Quelques touristes s'intriguèrent de ce couple dépareillé. Ils passèrent ensuite devant un stand de légumes, bricolé à partir de palettes. Casquette sur la tête, le vendeur affichait une expression amusée. Plus loin, deux jolies métisses arpentaient le trottoir d'en face.

La plus jeune, en robe à volants, interpella Conrad.

– Hé, beau gosse ! Tu les prends au berceau !

L'autre releva sa chevelure et se dandina.

– Tu ne veux pas plutôt goûter une vraie femme ?

Dahlia la fusilla du regard.

– Eh bien, rigola la fille, c'est qu'elle tuerait pour défendre son homme, la p'tite.

– Allez cavaler ailleurs ! lâcha Dahlia en tirant Conrad par le bras.

– Adieu, beau brun, te voilà marié ! cria une des jeunes Havanaises.

* * *

Banlieue de La Havane.

Miguel Nuria s'était rasé le crâne et laissé pousser une barbe qu'il teignait avec un mélange d'eau et de cirage noir. Son corps était amaigri au point qu'il nouait une corde pour maintenir son pantalon. Sa chemise ressemblait à une guenille couverte de boue séchée. Ayant établi son campement sous des bâches près d'une décharge, il avait remis à plus tard son projet de rejoindre Matanzas et de prendre le large à bord d'un canot de fortune qu'il aurait fabriqué avec des chambres à air.

Pour l'heure, l'urgence était de survivre, sans se faire repérer par la police. Il ne sortait de son trou que la nuit pour se ravitailler. Son cerveau rongé par l'alcool et le manque de nourriture n'agissait plus que par réflexes primaires, obéissant à des pulsions archaïques.

Ce soir-là, une machette à canne à sucre coincée dans son pantalon, une bouteille de rhum à la main, il remontait une ruelle en terre battue. Il s'arrêta près d'un vieux clochard, affairé sur un tas d'ordures et grogna. Le type se redressa, fronça des sourcils défensifs, puis, devant son regard illuminé, s'éloigna après avoir récupéré une écuelle cabossée.

Dans la faible lumière de la lune, Miguel prit la place du miséreux, déchiqueta un sac, éparpilla son contenu, fouilla les débris quasiment à l'aveugle. Un rat lui bondit au visage, lui griffant les joues et le mordant à la lèvre. Il hurla, saisissant la bête et la jetant rageusement au sol. L'animal se mit à courir, évita la bouteille de rhum qui explosa derrière lui, et se faufila sous une grille. Nuria traversa la rue en courant et observa le rat qui chicotait au fond d'une cour.

– Tu vas me le payer, siffla-t-il en saisissant sa machette.

Déchaîné, il parvint à faire sauter le verrou et approcha du rat terrorisé. Il s'apprêtait à le frapper lorsqu'il entendit une voix derrière lui.

– Qu'est-ce que vous faites là !

Nuria se retourna. Un homme lui faisait face, dans le contre-jour d'une porte entrebâillée. Un Black, torse nu, en jean, indiquait la sortie avec une batte de base-ball.

– C'est une propriété privée, ici. Tirez-vous !

Profitant de l'occasion, la bestiole se faufila entre les jambes de son poursuivant et disparut. Une fraction de seconde, le Black suivit l'animal du regard, Miguel se rua sur lui, la lame l'atteignit à la base du cou. Une gerbe de sang jaillit, il lâcha sa batte, porta la main à sa gorge et s'écroula sans prononcer un mot. Le forcené lui assena deux autres coups de machette au sommet de la tête, dégageant avec difficulté l'arme fichée dans la boîte crânienne. Il l'attrapa ensuite par le col et le traîna à l'intérieur de la masure.

Apercevant le cadavre de son mari, une femme en robe à fleurs, réfugiée dans la cuisine, poussa un cri d'horreur. Nuria referma la porte d'un mouvement de talon, se précipita vers elle et lui balança un coup de poing. C'était une Noire d'une quarantaine d'années, tellement maigre que ses membres parurent se briser lorsqu'elle s'effondra sur le carrelage. Il agrippa sa chevelure et la releva.

Elle hurla de douleur, il la gifla d'un revers de main.

– Tais-toi !

Tremblant de tout son corps, elle lui jeta un regard suppliant.

– Nous sommes pauvres, gémit-elle, prenez ce que vous voulez et partez.

Elle se mit à pleurer. Cette réaction eut pour effet d'exciter encore plus la brute.

– Braille pas…

Un rictus méprisant aux lèvres, il colla sa bouche contre celle de la femme. Comme elle se détournait, il la frappa et pétrit sa poitrine à travers la robe, avant de la déchirer d'un coup sec. En sous-vêtements, la femme protégea ses seins avec ses maigres bras. Les pupilles du monstre s'allumèrent, il lui arracha brutalement sa culotte puis la détailla : deux mamelles pendantes, des jambes comme des vermicelles, une touffe de poils noirs avec un brin de gris.

– T'es sacrément vilaine, mais tu vas y passer quand même.

Il la poussa jusqu'à un canapé en osier sur lequel il l'allongea avant de glisser la main entre ses cuisses. La femme tenta de crier, un coup de poing lui fracassa le nez qui explosa dans un déluge de sang. Elle ouvrit à nouveau la bouche pour appeler à l'aide, Miguel plaqua la paume sur ses lèvres.

– Si tu bouges, je te casse la mâchoire !

Il baissa son pantalon et exhiba son membre raidi.

– Assez rigolé, dit-il en la forçant à écarter les cuisses.

Lorsqu'il la pénétra, la femme perdit connaissance. Écumant comme une bête, Miguel s'acharna sur le corps inerte, avant de lâcher un râle, accompagné de spasmes convulsifs. Hors d'haleine, il se retira, réajusta son pantalon, et récupéra sa machette.

Sa victime revenait à elle. Il saisit sa tignasse pour lui basculer la tête en arrière, et, comme il aurait décapsulé une canette de bière, l'égorgea d'un coup sec.

Trempé de sueur, il reprit son souffle, regardant les cadavres sans ressentir la moindre émotion, et vida le frigo. Un reste de riz, deux citrons, une banane, le butin était dérisoire, la femme n'avait pas menti, ces gens vivaient dans la misère. Finalement, songea-t-il, il n'avait fait que mettre fin au calvaire de leur existence miteuse.

Il sortit et s'éloigna dans la nuit profonde. Sa voracité sanguine assouvie, il ne sentait plus les morsures du rat. Seule une soif irrépressible lui desséchait la gorge, Miguel voulait du rhum, il en avait besoin. Il décida de gagner le centre de La Havane, et se mit à rire dans sa barbe hirsute. Maintenant qu'il avait goûté à l'ivresse de ce carnage, il brûlait de recommencer.

22

Paris – 12 décembre 2016 – 9 heures.

Le corps de Joren ne fut découvert qu'au bout de trois jours, grâce à l'obstination de la femme de ménage. Elle avait tenté de le joindre à plusieurs reprises. Inquiète de ne pas y parvenir, elle avait contacté les pompiers. Lorsqu'ils avaient ouvert la porte, une odeur pestilentielle les avait saisis à la gorge. Soumis à une forte chaleur, le cadavre commençait à se décomposer.

C'est Riglet qui informa Meyer. Après un rapide résumé des faits, le flic de la Crim lança le premier assaut.

– On a retrouvé un message de rupture rédigé par ta protégée. Tu vois de qui je parle, celle qui a laissé filer Conrad Aelters. Je ne sais pas à quoi vous jouez, mais je ne suis pas sûr que la presse apprécierait vos méthodes.

Christian se mordit l'intérieur de la joue.

– Si jamais cette histoire s'ébruite, je te jure que j'aurai ta peau. De toute façon, j'ai l'aval de ma hiérarchie. Tout est officiel, paraphé par le patron. Mets le doigt dans cet engrenage et tu te feras broyer.

– Oui, oui, approuva Patrick, le grand flic s'est débrouillé pour récupérer notre enquête en nous faisant passer pour des branquignols.

– Il se trouve que cet homicide était lié à une de nos enquêtes. Il était donc préférable que nous nous en chargions. En l'occurrence, les preuves ont dédouané ton coupable. Et ça, c'est grâce à Manuela Kurskova.

– Tu parles, on serait parvenu à la même conclusion. Je compte rédiger mon rapport en évoquant le rôle plutôt curieux de ta copine. Ensuite, advienne que pourra… J'ai quand même l'impression que ta hiérarchie ne va pas rester de marbre devant la bavure de cette Ruskov.

– Elle est ukrainienne.

– Je sais, s'amusa Patrick. On se demande comment une fille avec de tels antécédents a débarqué chez nous… Il va en prendre plein son grade, le grand flic !

– Riglet ?

– Oui…

– T'as toujours été qu'un con.

Il raccrocha sans attendre de réponse. Il irait bien lui casser la gueule mais ça ne servirait à rien. Le pire, c'est que cet abruti avait raison, Manu avait merdé. Les choses allaient se compliquer…

L'intuition de Christian se vérifia deux heures plus tard. Son patron le convoquait séance tenante. C'était assez rare pour sentir le soufre.

L'élégant sexagénaire ne prit pas le temps d'échanger les politesses d'usage. Il laissa son subalterne s'installer face à son gigantesque bureau sans dire un mot. Son front se couvrit de ridules, il resserra son nœud de cravate et plissa les yeux derrière ses lunettes, lui donnant un air contrarié.

– Je viens d'avoir une longue discussion avec le ministre. Cette histoire est en train de prendre des proportions démentielles. Heureusement, les derniers éléments vont nous permettre d'éteindre cet incendie. Selon le rapport balistique, l'arme dont s'est servi Joren Aelters pour se suicider est celle qui a tué Laurène Serviez. Nous pensons donc que Joren Aelters a assassiné Marthe Jarousseau puis cette femme. Après sa garde à vue, se sentant cerné par l'OCLCO, dont le remarquable travail d'enquête sera souligné par le ministre, il s'est donné la mort chez lui.

Il laissa passer un silence éloquent, puis se pencha avec une attitude protectrice.

– Le ministre compte sur vous pour conclure très rapidement, en fonction bien entendu de votre intime conviction, étayée par les faits.

– À vous parler franchement, objecta Meyer d'un ton navré, je reste sceptique… Il y a de nombreux éléments troublants dans ce nouveau suicide. Pour moi, l'urgence serait de retrouver son fils, Conrad. Le jeune homme devrait être en mesure de nous éclairer sur certains points en suspens. Nous soupçonnons un circuit international de blanchiment d'argent en lien avec un ancien financement de campagne électorale. J'avais un rendez-vous avec un avocat lié à la firme Mossack Fonseca, mais il s'est débiné. C'est la deuxième fois. Je souhaiterais un mandat pour le contraindre à venir répondre à mes questions.

– On a perdu trop de temps sur cette vieille histoire, s'agaça le patron. Joren Aelters s'est foutu en l'air après avoir été appréhendé puis relâché par nos services. S'il n'est pas reconnu coupable, on va se faire lyncher par la presse. Je ne vous parle même pas des retombées que pourrait avoir le rôle de votre

Kurskova. L'État français se servant de séduisantes femelles pour s'infiltrer jusque dans le lit de suspects. Les nouvelles putains de la République ! Les associations féministes hurleront aux méthodes fascistes. Autre chose, le ministre m'a rapporté que cette dame s'est permis de menacer la collaboratrice d'un député dans les couloirs de l'Assemblée. Je vais vous dire ce que vous allez faire, vous allez nous débarrasser de cette folle et laisser tomber la piste de blanchiment frauduleux. Je veux sa démission sur mon bureau avant demain.

– Elle n'a fait qu'obéir à mes ordres.

– Écoutez-moi bien, nous sommes dans la merde jusqu'au cou. Le ministre m'a soumis un certain nombre d'options pour en sortir... J'ai réussi à le convaincre de limiter la casse. Il ne vous est pas venu à l'esprit que nous approchons d'une période électorale cruciale ? Les gens n'ont plus confiance, ils ne se rendent plus aux urnes. Tout ça sert les intérêts des partis populistes. Est-ce la bonne solution de laisser éclater un nouveau scandale politique en ce moment ? Personnellement je ne le crois pas. Alors, faites ce que je dis... Et ne m'ennuyez pas avec vos scrupules.

Meyer restait coi. Le ton de son patron devint plus conciliant.

– Dernière chose, j'ai l'intention de vous nommer directeur de la Prospective en matière de Financement du Terrorisme. Ventes d'armes, hydrocarbures, drogues, trafics d'organes et d'êtres humains, vous aurez du pain sur la planche. Les extrémistes musulmans qui nous ont déclaré la guerre possèdent un patrimoine théorique évalué à deux mille deux cents milliards de dollars. Rapporté à la dette française, ça fait froid dans le dos... Bien sûr, l'intervention de l'armée soviétique leur fait perdre du terrain en Syrie. Mais on doit justement anticiper la façon dont ils vont parvenir à se restructurer. Le champ de bataille s'est déplacé, il s'agit désormais d'une guerre de désinformation, de déstabilisation politique destinée à favoriser les extrêmes pour généraliser le conflit religieux en Occident. Alors croyez-moi, ce n'est pas le moment de remuer d'anciennes boules puantes. Vous pourrez vous entourer d'une équipe de spécialistes du renseignement, il me semble que vous avez déjà un collaborateur hors pair dans votre cercle de fidèles… On patientera un peu avant de rendre ça officiel. En attendant, oubliez cet Adjari, il est dorénavant sur les rails d'une coopération fructueuse avec votre successeur…

Le désormais ex-patron de l'OCLCO comprit la signification de cette promotion. Ça sentait le placard à plein nez, Adjari et ses relations le mettaient hors-jeu. Bien sûr, on allait lui octroyer une augmentation de salaire et de coefficient. Mais dans les faits, il allait perdre contact avec le terrain. Il avait connu un paquet de types collés au rencard de cette manière, il avait toujours méprisé ces ringards qui n'avaient pas eu le courage de démissionner.

– Puis-je au moins connaître le nom de celui qui me remplace ?

– Ce n'est pas encore validé, mais c'est un excellent enquêteur de la Crim, Patrick Riglet. Vous vous connaissez, je crois…

Pendant une seconde, Christian songea à menacer son patron de révéler ce qu'il savait. Mais il venait de se faire couper l'herbe sous le pied. En parler signifierait prendre fait et cause pour les populistes ou, pire encore, jouer le jeu des terroristes.

Il acquiesça d'un hochement de tête, puis soupira avec la mine d'un homme contrarié.

– Très bien. Mais Manuela Kurskova possède des billes sur ce dossier de financements de partis politiques. Ça remonte jusqu'à Édouard Jarousseau. Des éléments concrets emmerdants.

– Emmerdants à quel point ?

– Quarante millions de dollars d'emmerdements…

– Écoutez, Christian, c'est vous qui avez intégré cette fille dans votre équipe. Vous vous souvenez que je n'y ai jamais été favorable. Une fille comme elle chez nous, c'est votre idée. Alors, ou vous nous débarrassez d'elle sans vague ou vous sombrerez ensemble. Vous m'avez bien compris ?

– Donc, je ne peux rien lui offrir.

– Dites-lui que si j'entends parler d'elle, son passé pourrait ressurgir d'une façon moins glorieuse que ce qu'elle a présenté au grand jour.

– Quelque chose que j'ignorerais ?

Sa voix devint glacée.

– Ne vous faites pas d'illusions, Christian. J'ai vingt ans de plus que vous. Croyez-moi, on n'arrive pas où je suis sans briser quelques échines. Alors, ne me chiez pas dans les bottes, contentez-vous de me remercier pour la faveur que je vous accorde.

– Si c'est ce que vous pensez, pourquoi vous ne me foutez pas dehors ?

– Parce que je vous apprécie. Vous êtes un type fiable. C'est pour ça que je vous avais nommé à ce poste. Je n'ai d'ailleurs jamais eu à le regretter. Vous avez jusque-là géré les opérations les plus délicates sans incident majeur. J'ai donc estimé que je pouvais vous garder. Ne m'obligez pas à changer d'avis.

Il laissa passer un silence explicite avant de conclure :

– Bon, j'ai du travail. La couleuvre de vos exploits à faire gober à nos amis journalistes. Envoyez-moi un message dès que vous aurez la démission signée de cette fille. Et transmettez mes respects à votre épouse.

Il ouvrit un dossier gris et se mit à le consulter. Désireux de sauver Manu, Christian songea à tout divulguer à la presse de façon anonyme. L'histoire ferait les choux gras des journaux une semaine, mais très rapidement, un contre-feu serait allumé : trois ou quatre sportifs célèbres impliqués dans le Panama Papers balancés à *Mediapart* ou au *Canard enchaîné*, et le soufflé retomberait.

Il avança jusqu'à la porte, puis se retourna.

– Vous le saviez depuis le début… Je veux dire, lorsque vous avez accepté de rouvrir le dossier du suicide de Marthe Jarousseau, vous connaissiez l'existence de ce compte à Singapour ?

L'homme redressa la tête et l'observa sans répondre.

– Et le ministre, poursuivit Christian, il le connaissait, lui aussi ?

Son patron le fixa avec l'air d'évaluer la sentence qu'il allait infliger à l'insolent qui se tenait devant lui, puis il esquissa un sourire beau joueur.

– Si je vous disais que le ministre m'a posé la même question à votre propos…

– Et que lui avez-vous répondu ?

– La même chose qu'à vous… Ça n'a strictement plus aucune espèce d'importance. Maintenant, nous sommes tous sur le même bateau. Nous traversons une tempête, mais après ce réjouissant débriefing, chacun doit conserver son sang-froid, et je ferai en sorte que nous parvenions sains et saufs à destination.

– Et Conrad Aelters ? Vous y avez pensé ?

Le sourire de son patron s'effaça d'un coup. Christian avança d'un pas.

– Que va-t-il advenir de lui ? On le laisse se noyer au milieu des requins ?

Son patron ferma les paupières pour se plonger dans ses pensées. Puis il rouvrit les yeux, et ses pupilles brillèrent de l'étincelle attristée d'un homme conscient de la gravité de ce qu'il s'apprêtait à dire.

– Je l'ignore. Mais si Marthe Jarousseau l'a chargé du fardeau de cette société offshore, c'est la pire décision qu'elle ait prise de sa vie. J'espère qu'il restera hors d'atteinte.

En arrivant à sa voiture, Christian était furieux contre lui-même et contre Manu. Elle allait payer cash sa boulette, mais aussi son passé de prostituée. Il se demandait ce que savait son patron pour être si certain de la tenir à sa merci. Était-il possible qu'elle lui ait dissimulé quelque chose en lien avec la mort de Marthe ? L'idée qu'elle ait pu le doubler mettait le policier hors de lui. Il repensa à leur rencontre. Lui avait-on servi Manu sur un plateau pour qu'elle le manœuvre ?

Avait-il déjà éprouvé une telle colère contre une femme ? Une fois, oui, contre Marthe Jarousseau ! Ils étaient devenus amants dès le lendemain de leur première rencontre, lors du recrutement de Manu. Leur idylle torride et dévorante n'avait duré que quelques mois. C'est Marthe qui y avait mis fin. Peu de temps avant de mourir.

23

La Havane – Quartier du Vedado.

La logeuse s'adressa à Conrad.

– Je ne pensais plus vous revoir ! Je suis contente que vous soyez là, vous me devez deux nuits.

– Je vais vous régler. Mais avant tout, j'ai besoin de prendre une douche.

La vieille grimaça. Elle jeta un œil vers la cuisine où Conrad aperçut son sac et ses vêtements. Un jeune en caleçon et tee-shirt de la Juventus de Turin sortit de la chambre, les salua d'un signe de tête et se dirigea vers la salle de bains, sa trousse de toilette à la main.

– Vous avez loué ma chambre ! s'indigna Conrad.

– Il le fallait, se plaignit la vieille. Comment pouvais-je deviner que vous alliez revenir ?

– M'enfin, j'avais laissé mes affaires !

– Et alors ?

– Vous êtes gonflée de me réclamer de l'argent !

La femme posa les mains sur ses hanches. Elle observa Conrad, sa chemise trop large, ses chaussures en cuir usé, puis s'arrêta sur sa blessure à l'arcade.

– J'ignore ce que vous fricotez à Cuba, mais payez-moi et fichez le camp !

Cette vieille avait un sacré culot, il l'aurait bien envoyée promener, mais la perte de ses papiers le rendait vulnérable.

Il se tourna vers Dahlia, qui intervint.

– Je suis désolée, Madame, si vous avez reloué la chambre, c'est pas logique d'exiger la totalité de la somme. Au juste, combien vous doit-il ?

– Quatre-vingt pesos !

– C'est ce qu'il vous aurait dû s'il avait passé les deux nuits ici. Et je suppose qu'à ce prix, vous l'auriez nourri. Ça me paraît déjà un tarif exorbitant.

La jeune fille jeta un œil vers la salle d'eau. Elle reprit en parlant plus fort.

– En plus, vous percevez l'argent du garçon que nous venons d'apercevoir !

La vieille femme devint écarlate.

– Tais-toi, petite peste !

Elle tendit sa main ouverte vers Conrad.

– Payez-moi ou j'appelle la police.

À cet instant, le jeune réapparut, la joue recouverte de mousse à raser.

– Dis donc, la vieille, tu me fais casquer cinquante pesos la nuit. Et en plus, tu veux les arnaquer !

Il se tourna vers Conrad.

– Ne lui donne rien à cette vieille carne.

Cette fois, c'est Dahlia qui interpella la logeuse.

– Je crois en effet qu'on va prévenir la police. Elle sera très intéressée par la façon dont tu gères ta *casa particular*. On laissera ces touristes témoigner de tes pratiques. Si après ça, tu gardes ta licence, ce sera un miracle de la *Virgen de la Caridad*.

Pressée par les trois jeunes, la femme enfouit son visage dans ses mains et éclata en sanglots.

– Oh là là, vous abusez d'une pauvre vieille sans défense. Vous devriez avoir honte, vos parents ne seraient pas fiers de vous. C'est si dur pour moi, seule ici depuis la mort de mon mari. Prenez vos bagages et disparaissez !

– Ne fais pas attention, c'est du cinéma, dit Dahlia. Vérifie tes affaires et on s'en va.

Il inspecta son sac et recompta son argent. Pendant ce temps, le jeune bousculait la vieille qui pleurait de plus en plus fort.

– Moi aussi, je me barre, cria le garçon. Redonne-moi le fric que je t'ai filé. Je ne reste pas plus longtemps chez une voleuse comme toi.

La vieille femme récupéra des billets dans un pot à sucres.

– Vous me tuez, geignit-elle, en tendant la liasse au garçon.

Il se retourna vers Conrad.

– Attends-moi, dit-il, je finis de me préparer et je vous rejoins en bas.

Une demi-heure plus tard, ils s'installaient tous les trois sous les grandes arcades d'un café de la *plaza Vieja*. Le soleil baignait l'atmosphère d'une luminosité éblouissante. La sueur perlait sur le front de Conrad, ses points de suture le piquaient. Les yeux dissimulés derrière des lunettes à effet miroir, le jeune homme lança la conversation en riant.

– On l'a bien eue, la vieille ! Allez, qu'est-ce que vous prenez ? C'est moi qui régale. Je m'appelle Stephano, je suis italien.

Conrad lui tendit la main.

– Conrad, ravi de te connaître. Je te présente Dahlia.

Ils consultèrent la carte. Muni d'un carnet et d'un stylo, le serveur en uniforme débarqua à leur table. Dahlia commanda une escalope de *cerdo* avec un *refresco Malta*. Conrad, un *pollo frito* et une *cerveza*.

– *Dos* Cristal, confirma Stephano.

Puis il s'adressa à Conrad dans un français très correct.

– T'es arrivé depuis longtemps ?

– Quelques jours… Et toi ?

– Trois jours. Dans dix jours, des copains de Turin me rejoignent. D'ici là, on pourrait partager une piaule, si ça t'intéresse.

Conrad hésita. Avec sa gueule d'ange couronnée de cheveux noirs aux boucles négligées et ses attitudes de baroudeur, ce jeune lui inspirait une confiance limitée. Il jeta un œil vers Dahlia. Les yeux ronds, elle les écoutait en silence.

– Il faut que je réfléchisse, dit Conrad.

Dahlia le dévisagea. Il fouilla dans son jean, compta cent pesos et les lui tendit.

– Avant tout, je paye mes dettes, déclara-t-il en espagnol.

Le visage de Dahlia s'illumina. Aussitôt, elle enfouit l'argent dans la poche de sa chemise. Le serveur arriva avec la commande. Conrad et Dahlia se jetèrent sur leur assiette comme s'ils n'avaient pas mangé depuis une semaine. Sans cacher sa surprise, l'Italien rigola en allumant une cigarette et poursuivit la conversation en français.

– Elle est mignonne la p'tite, c'est ta copine ?

Cette façon de parler déconcerta Conrad.

– Non. On se connaît depuis peu.

– Elle est maigrichonne mais pas vilaine du tout. En plus, elle doit avoir du tempérament. T'as vu comment elle a rembarré la vieille. Ça t'embête si je me la tape ?

Conrad recula dans sa chaise et regarda Dahlia, qui, sans comprendre les propos qu'échangeaient les deux garçons, dévorait sa viande et le riz.

– Elle est très jeune, s'indigna mollement Conrad.

Stephano leva sa bouteille de bière et désigna Dahlia.

– Justement, à cet âge, il suffit de se montrer un peu romantique. Ensuite, elles te mangent dans la main. Tu peux me croire.

Conrad plissa le front.

– Qu'est-ce que tu veux dire par là ?

Stephano aspira longuement sur sa cigarette, puis recracha la fumée en formant des volutes rondes. Il avala une nouvelle gorgée de bière.

– Joue pas les innocents, dit-il en reposant la bouteille.

Conrad posa ses coudes sur la table et fixa Stephano dans les yeux.

– Je pige pas où tu veux en venir.

– Ici, toutes les nanas ont une âme de pute. T'as remarqué comme elles se sapent. Alors moi, mec, je les rends amoureuses, puis je leur propose un voyage en Italie.

– Et après ?

– Après, je les mets au turbin. J'en ai déjà deux qui bossent pour moi près du Corso Vittorio… Disons que je suis revenu faire mon marché.

Il désigna Dahlia avec sa bouteille.

– Ta p'tite, là, bien arrangée, elle pourrait rapporter un paquet de pognon. Certains clients aiment les gonzesses un peu garçon sur les bords. Ouais, j'adorerais m'occuper d'elle.

Il écarta les mains, paumes vers le ciel à la manière d'un prêtre en prière.

– Si tu me donnes ta bénédiction, bien sûr.

Dahlia finissait son assiette en se léchant les doigts. Elle releva la tête vers Stephano.

– *Gracias*, dit-elle, je me suis vraiment régalée.

– Pas de quoi… répondit l'Italien avec un sourire enjôleur. Une belle fille comme toi devrait toujours manger à sa faim. Et aussi s'habiller avec des vêtements de luxe.

Dahlia jeta un œil vers Conrad avant de répondre :

– *Gracias*, mais je suis très bien comme je suis.

Stephano tira une bouffée sur sa cigarette, l'écrasa dans le cendrier avec un rire forcé.

– Si tu veux mon avis, dit-il à Conrad, elle te mange déjà dans la main… C'est pas un problème, mec, des nanas, il y en a à la pelle. Si c'est pas celle-là, ça sera une autre. Tu devrais quand même penser à mon plan. À Paris, il y a certainement un business juteux…

Conrad avait terminé son assiette. Il alluma une cigarette à son tour et observa Stephano. Le garçon finit sa bière en plusieurs gorgées. Il lâcha un sourire cynique.

– Enfin, c'est toi qui décides, mec. Moi ce que j'en dis, c'est juste pour causer.

Conrad sourit à son tour.

– C'est très cool de ta part…

Il laissa passer un court silence.

– Au fait, reprit-il, j'ai réfléchi, je crois que je ne vais pas accepter ta proposition. J'aime bien être seul. Et je ne suis pas sûr qu'on s'entende tous les deux. Ça t'embête pas… ? Mec !

Les traits du visage de Stephano se contractèrent, il se força à rigoler à nouveau.

– Non, pas du tout. Tu vis ta vie.

Conrad hocha la tête.

– C'est ça. Je t'offre une autre bière ?

– T'es sympa mais faut que je me trouve une piaule.

Stephano se leva et jeta quelques billets sur la table.

– Au revoir, déesse, dit-il en baisant la main de Dahlia.

Puis il se tourna vers Conrad.

– Gâche pas cette perle, c'est de l'or en barre.

Il balança le sac sur son épaule, et conclut, moqueur :

– Tchao, les amoureux !

Conrad attendit qu'il s'éloigne pour demander à Dahlia :

– Dis-moi, t'accepterais de m'héberger pendant quelques jours ? Je te paierai la chambre et les repas.

Le visage de la jeune fille s'illumina.

– Bien sûr ! Et si tu restes plus d'une semaine, je peux te faire la nuit à huit pesos.

– Non, non, dix, c'est correct.

– Alors, c'est d'accord. Mais maintenant, j'ai du boulot. Si tu veux, on se retrouve ici vers dix-huit heures.

– OK.

Le serveur arriva à leur table. Il compta l'argent laissé par Stephano, et déposa quelques pièces de monnaie. Conrad lui fit signe de les conserver.

– *Gracias,* dit le serveur en considérant Dahlia d'un œil protecteur.

Elle ignora ce regard, se leva et fixa Conrad.

– À ce soir, dit-elle d'une voix soudainement timide.

– C'est ça, à ce soir.

Dahlia s'éloigna, fit volte-face et revint sur ses pas.

– Je suis heureuse que t'aies refusé la proposition de Stephano. Parce que, franchement, je ne l'aime pas du tout.

– Quelle proposition ? répondit Conrad interloqué.

– Celle d'habiter avec lui.

– Tu comprends le français ?

Dahlia secoua la tête.

– Non, mais ça, je l'ai très bien compris.

24

Paris – 12 décembre – 17h30.

En tailleur cintré et escarpins, Manu franchit la porte de l'immeuble. Le gardien en uniforme lui jeta un bonjour gêné en claquant deux doigts sur la visière de sa casquette. Manu sut tout de suite qu'il était informé des décisions la concernant, et cette idée l'amusa. Une nouvelle fois, les moins gradés étaient au courant par les bruits de couloir avant même l'intéressé. Elle-même avait compris ce qui se tramait au ton de Christian lorsqu'il l'avait appelée pour lui demander de venir : on allait la virer !

Elle longea le couloir vers les ascenseurs. Sa pensée alla vers son chef, elle se demanda s'il était parvenu à sauver sa tête. À l'étage, les locaux étaient déserts, sans doute avait-il choisi cette heure dans ce but. En la voyant arriver, il se leva, fit le tour de son bureau et lui serra la main. La fatigue se lisait sur son visage. Manu le trouva vieilli.

Il la regarda dans les yeux, et sa poignée de main s'éternisait.

– Ça va ?

Manu glissa les doigts dans sa chevelure.

– J'ai connu pire.

Il hocha la tête, s'installa à son bureau et l'invita à s'asseoir.

– On a déconné…

– Pas on, j'ai déconné, rétorqua Manu. J'en suis consciente, alors balance-moi le verdict, je suis prête. Et même, en toute franchise, je m'en fous.

Christian se massa la nuque.

– Le grand patron exige ta démission.

– C'est tout ?

– Il la veut sans condition ni indemnités.

Elle sourit.

– S'il n'y a que ça, aucun problème. Je rédige le courrier de suite. Mais toi ? Il ne t'a pas trop pourri la vie ?

– Je dois entériner le suicide de Joren et le charger un max… Si je conclus que c'est lui qui a commis les meurtres, que je colmate la brèche ouverte à propos de Croire, je serai promu à une direction bidon… Par contre, si je refuse, le boss me fait sauter.

– Comment pourrait-il faire ça, il n'a rien contre toi.

– Tu te trompes, c'est moi qui t'ai embauchée. Or on a laissé filer Conrad alors qu'il était recherché par la Criminelle… Et notre suspect vient de se flinguer juste après qu'on l'ait relâché… Si le patron creuse, il découvrira les moyens utilisés par Denis pour remonter la piste jusqu'au compte de Singapour. Selon la façon dont il décidera d'interpréter nos agissements, on pourrait même se retrouver sur le banc des accusés pour avoir tenté de mettre la main sur l'argent. Tu le sais, le monde judiciaire a changé. Avant, on faisait notre enquête, on transmettait nos preuves au proc, puis le verdict paraissait dans la presse. Dorénavant les médias font état de soupçons, les juges orientent leur instruction en fonction du retentissement d'une affaire. Si les *think tanks* et les lobbyistes utilisent leurs accointances médiatiques, l'inculpé se transforme aussitôt en coupable… Et quand la relaxe tombe, ça n'intéresse plus personne. Quand bien même on parviendrait à se disculper, nos vies seraient déjà brisées.

Le visage de Manu s'assombrit.

– Il sait parfaitement que c'est faux. Et puis, tu n'as rien à voir dans ce fiasco. C'est moi qui ai laissé partir Conrad, et moi seule qui ai décidé d'avoir une liaison avec Joren. C'est encore moi qui ai fait l'erreur de lui écrire en lui rendant la bague. J'aurais trouvé ça dégueulasse de la garder. S'il te piège, c'est parce qu'il a peur de la merde qui pourrait remonter à la surface. L'unique question, c'est de savoir jusqu'où il est politiquement impliqué.

Christian secoua la tête.

– Ce n'est pas si simple. Si le meurtre de Marthe a quelque chose à voir avec une tentative de s'approprier le pactole qui finançait son ONG, je ne suis pas du tout certain que le boss y soit mêlé. Le ministre non plus, d'ailleurs. Seul l'assassin pourrait nous le dire.

Il observa la réaction de Manu, qui resta impassible. Il secoua la tête d'un air vaincu.

– Mais il, ou elle, s'est évanoui dans la nature. Alors on l'a dans l'os. Quoi qu'on fasse, l'affaire va se refermer avec la mort de Joren. Seul Adjari aurait pu nous fournir des pistes… Mais cet avocat leur est trop précieux, celui qui le tiendra dans sa main détiendra un pouvoir incroyable, il pourra faire chanter un paquet de parlementaires, peut-être même certains candidats aux fonctions suprêmes. L'avocat libanais était un trop gros poisson pour qu'on nous le laisse… J'ai aussi appris qu'Héloïse Jarousseau t'a balancée, on aurait dû être plus prudent avec cette fille.

Cette fois, Manu s'agaça.

– Arrête avec ce on ! Ce sont mes conneries. Et je refuse que tu payes à ma place.

– Ne te prends pas la tête avec ça. Si j'accepte le *deal*, je ne m'en sors pas trop mal.

– Pour ma démission, sourit-elle, n'aie aucun remords. De toute façon, c'était ma dernière affaire. Je suis fatiguée de m'impliquer pour faire tomber des sous-fifres qui s'en tirent avec des peines minimales. Pendant ce temps, les gros poissons qui brassent des millions passent à travers les mailles. Je voulais surtout combattre le fléau du trafic des femmes… Or depuis des années qu'on lutte face à des réseaux du crime organisé, les filles débarquent de plus en plus nombreuses sur les trottoirs de Paris… Torturées, violées, droguées jusqu'à l'overdose, nos élites s'en foutent, ils remuent leurs petits bras dans l'air devant les caméras, mais en réalité, ils disent amen au système parce qu'ils jouissent de ses avantages. Ils se vautrent impunément dans la fange comme les porcs qu'ils sont. J'étais plus utile dans l'ONG de Marthe. Là au moins, j'avais le sentiment d'agir concrètement pour des enfants.

Elle marqua une pause, puis reprit doucement.

– Je vais te faire une confidence : je me croyais blindée, mais il y a certains trucs que je ne peux plus accepter.

Elle glissa la main sur son ventre, se redressa dans sa chaise et s'éclaircit la gorge.

– Donc, quoiqu'il arrive, j'arrête. Alors surtout, ne culpabilise pas. Attrape cette perche au vol, t'as une famille dont tu dois t'occuper.

Après une pause, lourde de non-dits, Christian changea de ton et de sujet.

– Tu y crois, toi, à ce nouveau suicide ?

– Pas plus que toi. Il semblerait que notre assassin ait remis le couvert. Pas de témoin. Pas de trace d'effraction. Cette fois encore, il ou elle nous a bien piégés.

– Et t'accepterais qu'il s'en sorte ?

– Ce n'est pas le problème. Pour moi, tant qu'on n'aura pas retrouvé Conrad, le mystère restera entier. S'il est la clé pour récupérer l'argent de Croire, il ne sera à l'abri que si l'on parvient à démasquer les coupables. Or je ne peux pas me chasser de l'esprit que sa sœur y est mêlée, d'une façon ou d'une autre. Si seulement on réussissait…

– Manu. Arrête ! On a été débarqué. Et puis, on est peut-être parano, on imagine un complot politique qui n'existe pas. Alors je te repose ma question, tu accepterais d'en rester là ?

Manu plongea son regard dans les yeux gris de Christian. Ils semblèrent dégager une acuité glaciale. Elle se demanda ce qu'il attendait d'elle. Certaines pensées affluèrent dans son esprit, des pensées qu'elle aurait souhaité ne pas voir surgir. Était-il inquiet pour elle ou, plutôt, qu'elle poursuive l'enquête ? Lui avait-il tout raconté, ou avait-il omis certains détails ? Quarante millions de dollars, ça avait de quoi faire perdre la tête, elle le savait.

Elle s'humecta les lèvres, puis répondit d'une voix sans faille.

– Même si je crois cette fille impliquée, je ferai ce que tu décideras. La seule chose qui m'importe, c'est de retrouver Conrad pour le protéger.

25

La Havane.

Dahlia venait de partir, Conrad erra dans les rues sous une chaleur suffocante. Son organisme en manque de coke réclamait son rail. Il longea un immeuble de trois étages dont seule la façade demeurait debout, soutenue par des échafaudages en bois. Là-haut, des hommes s'acharnaient comme des fourmis, démolissant à coups de marteaux dérisoires des restes de murs qu'ils balançaient dans une goulotte orientée vers une benne. Il observa la ferronnerie rouillée des balcons, les fissures du plâtre et les briques nues. Accroché à une souche de cheminée, un jeune se tenait en équilibre sur une jambe. Conrad faillit lui crier de faire attention, se ravisa, puis reprit sa marche, les poings fermés dans les poches.

Il repensa à ce qu'avait proposé l'Italien. Un instant, il s'imagina séduire Dahlia pour la contraindre à se prostituer ensuite. Les histoires sur son grand-père tenancier de bordels à Amsterdam resurgirent. Joren avait si souvent tiré gloire d'anecdotes sur les filles qui vendaient leur corps derrière les vitrines de l'établissement au-dessous duquel il avait passé son enfance. *C'est peut-être mon destin*, se dit Conrad, avant de balayer l'hypothèse, honteux d'y avoir songé. Puis il pensa à sa mère. Elle avait consacré son existence à sauver des enfants.

Une nouvelle fois il eut l'idée d'un lien irrationnel de cause à effet réparateur entre les méfaits de son grand-père et l'action charitable de Marthe.

Une autre question surgit : si quelqu'un l'avait haïe au point de l'assassiner, sa mère était-elle si vertueuse ?

Et lui, Conrad, héritier de ces deux visions irréconciliables de l'être humain, comment allait-il diriger sa vie ? La tête prise dans un étau de questions, il suivit l'avenue *de los Presidentes* et rejoignit le Malecón.

Il longea la mer, laissant le vent du large apaiser son malaise. Pour éviter un afflux d'embruns, il s'arrêta, observa un porte-conteneurs malmené par les vagues. Près de lui, cinq Cubaines se partageaient une bouteille de rhum. Leur transistor crachait de la salsa à plein tube. Ivre ou camée, une métisse aux cheveux décolorés lui adressa un baiser, elle mima l'acte sexuel par des mouvements de hanche, frotta ses pouces et ses doigts en signe d'argent.

Conrad essuya la sueur de son front. Combien de temps lui faudrait-il pour convaincre cette fille de le suivre à Paris ? Un peu d'épate, quelques promesses alléchantes et le tour serait joué : venir à bout de ses réticences serait si facile. Écœuré par des pensées qui combinaient la lâcheté et une cupidité méprisable, il jeta un œil aux guimbardes américaines qui circulaient en double file. Une Black corpulente en jupe longue s'approcha, un Esplendidos planté à la commissure de ses lèvres charnues. Ses seins débordaient de sa tunique mauve.

– *Quieres bailar ?* lui lança-t-elle.

Elle lui saisit la main et se colla contre son ventre. Il tenta de suivre le rythme et finit par lui marcher sur les pieds. La femme lui souffla la fumée au visage, le faisant tousser, tandis qu'elle partait d'un gigantesque rire qui s'acheva sur une grimace tendre.

– Tu danses mal, mais t'es mignon, dit-elle. Je te fais l'amour pour le plaisir…

Elle releva sa jupe, exhiba ses cuisseaux gras et se frotta contre son sexe.

– Merci, mais je suis marié, mentit-il sans réfléchir.

– Et alors ! s'esclaffa-t-elle, moi aussi ! Mais ils ne sont pas là !

– On verra ça une autre fois, dit-il en s'éloignant.

– T'as peur des femmes ! hurla la Black les mains en porte-voix. Les homos dans ton genre, c'est au bout du Malecón que tu les trouveras.

Et elle rit de plus belle, tandis que Conrad continuait à déambuler parmi les promeneurs. Peu à peu, il s'imprégnait de l'ambiance électrisante, il s'y sentait à l'aise au point d'avoir l'impression de s'y fondre. Et bizarrement, plus personne ne le sollicita.

Le soleil s'éclipsa vers seize heures. La nuit cubaine envahit le remblai du Malecón. De rares candélabres s'allumèrent, l'air s'emplit d'une densité différente : chaude mais sans excès.

Dans la pénombre, un couple s'enlaçait. Le garçon dégrafa le chemisier de la fille, il plongea la tête dans sa poitrine, remonta sa jupe courte en caressant ses cuisses. Ils firent l'amour, en douceur. Un peu plus loin, assis contre le muret du remblai, un clochard siphonnait une bouteille de rhum. C'était une masse au crâne rasé, sans âge, le visage dissimulé sous une barbe noire. Une physionomie qui exprimait une férocité anesthésiée par l'alcool. L'homme avait une machette à portée de main.

Conrad frissonna à la vue de ce débris humain. Il s'éloigna rapidement et parvint à la limite de l'éclairage public, là où un autre univers commençait.

Un univers où il savait qu'il pourrait se procurer de la drogue. L'envie le dévorait, montant en lui par relents nauséeux. Il palpa sa liasse de billets. Assez pour s'approvisionner. Mais ensuite, il ne lui resterait pas suffisamment pour payer la chambre chez Dahlia.

Il songea à envoyer un mail à Manu pour qu'elle l'aide. Après tout il lui avait fait cette promesse. Puis il pensa à solliciter son père. Mais le moindre contact avec la France risquait de le faire repérer, impossible de savoir où en était l'enquête. Cette sensation d'impuissance raviva son manque.

Il s'apprêtait à céder à l'appel de la cocaïne lorsque des hurlements transpercèrent l'air. De l'autre côté de la rue, deux flics en uniforme sortaient en trombe de leur voiture et s'élançaient en direction de la partie mal éclairée du remblai. Conrad parvint à discerner une silhouette qui s'acharnait sur une personne à terre. À l'arrivée des policiers, les cris redoublèrent. Trois détonations retentirent. Puis le silence s'installa sur le Malecón. Assourdissant comme la mort.

Conrad fit demi-tour, accéléra le pas, courant presque, il repassa devant le clochard, qui, en silence, ramassa la machette et se releva.

* * *

Dès qu'elle eut quitté Conrad au café de la *plaza Vieja*, Dahlia songea à son père. Quel lien pouvait-il avoir avec le jeune homme pour qu'il demande après lui au *Gimnasio de Boxeo* ? Elle tenta de dissiper la perspective d'une connivence entre eux, sans réussir à la dominer entièrement. Grâce à l'argent de Conrad, elle acheta deux bouteilles de rhum, puis se hâta vers la ruelle derrière l'hôtel, où elle avait rencontré le cuisinier Juan.

Là, elle dissimula le rhum sous des poubelles avant de cogner à la porte des cuisines.

Le visage morose, un jeune métis lui ouvrit.

– Qu'est-ce que tu veux !

– Juan est là ?

– Tu le connais ?

– C'est un ami.

– Gare à toi si tu mens, il est de mauvaise humeur.

Il referma le battant de la porte. Dahlia s'assit sur les marches de l'immeuble d'en face. Elle ne patienta pas longtemps avant que Juan fasse son apparition.

– Si je m'attendais à te revoir ! sourit-il.

– Je te l'avais juré, dit-elle en lui serrant la main.

– C'est vrai ! Mais autant te l'avouer, j'y croyais pas beaucoup.

– Eh bien, t'avais tort, se réjouit la jeune fille, j'honore toujours mes promesses.

Elle alla chercher une des bouteilles de rhum.

– Wow ! s'exclama le cuistot. Du Caney, et 7 ans d'âge !

Il l'ouvrit, huma le goulot puis avala une gorgée.

– *Es bueno !* Je n'avais pas prévu ta visite, dit-il. Reviens dans une heure, après le service.

– *Bien*, lâcha Dahlia sur un ton où perçait une certaine déception.

– Au fait, ton frère a aimé mon colis ? s'enquit Juan.

– Il s'est régalé, on te remercie tous les deux. Si ça ne t'ennuie pas, j'attendrai dans la rue, je n'ai rien d'autre à faire.

– T'as rien d'autre à faire ! Alors entre ici, tu éplucheras des pommes de terre.

Dahlia adora l'ambiance des cuisines où Juan distribuait des ordres que chacun exécutait sans rechigner. Le cuistot se remplissait fréquemment un verre de rhum, avant de l'avaler d'un trait. Son élocution devint pâteuse, ses blagues grivoises. Vers quinze heures, il chassa le personnel et se retrouva seul avec Dahlia. Le corpulent cuistot paraissait harassé, il se mit à nettoyer les lames de ses couteaux.

– Je dois les astiquer un à un. Ensuite il faut briquer les plaques de cuisson. À part moi, personne ne s'en soucie. Tout le monde se fout d'un boulot qui rapporte *nada*.

Il ouvrit un gigantesque placard.

– Regarde ça, on me livre n'importe comment ! Je manque de produits frais de chez nous et j'ai des stocks de conserves importées de Chine pour dix ans… Bons à rien de bureaucrates ! Il paraît qu'ils ont acheté des locomotives chinoises inadaptées à nos voies ferrées ! Ces apparatchiks s'en fourrent plein les poches sur le dos du peuple. C'est écœurant ! Enfin, *hablamos lo suficiente*, maintenant on s'occupe de la *pequeña diosa*…

Il saisit un large sac en toile ayant contenu du café et commença à le remplir de boîtes métalliques. Dahlia l'observait sans en croire ses yeux, espérant qu'il n'allait jamais s'arrêter.

– Ça devrait suffire, dit-il en soupesant le sac. Si j'en mets plus, tu ne pourras pas le transporter.

Dahlia eut de la difficulté à basculer le sac sur son épaule, elle effectua un aller-retour dans la cuisine.

– Aucun problème, c'est léger comme une plume.

Juan écarta les bras.

– Alors, c'est à toi… Mais tu dois me jurer une chose.

– Oui ? s'inquiéta Dahlia.

– Si on t'attrape… tu ne révéleras jamais mon nom… À personne !

– Tu as ma parole !

Il y eut un silence. Juan s'approcha d'elle et lui posa sa grosse main sur la joue. Il colla son visage en sueur si près qu'il faillit lui cogner le front.

– T'es plus la même.

– Comment ça ? demanda Dahlia.

– Ben, je ne sais pas trop… L'autre jour, je t'avais pris pour un garçon. Aujourd'hui, ça ne serait pas possible. Il y a quelque chose en toi qui a changé.

Il écarta la chemise de Dahlia de ses doigts graisseux et jeta un œil :

– T'as des p'tits seins, tout mignons. On en mangerait…

Il afficha un sourire béat et inoffensif qui soulagea Dahlia.

Une minute plus tard, elle le quitta en lui promettant de revenir dans trois jours avec deux nouvelles bouteilles de rhum. Elle revendit la marchandise à son vieux commerçant habituel. Après une âpre discussion, elle lui arracha cents pesos. *Un joli bénéfice*, se réjouit-elle. Surtout qu'elle gardait de quoi faire bouillir la marmite, consciente d'avoir désormais trois bouches à nourrir. Elle marcha ensuite d'un pas décidé vers le *Gimnasio*. Ce qu'elle allait demander à ses partenaires de boxe serait difficile à obtenir…

Elle retrouva Conrad à la terrasse du bar. Avachi sur une chaise, il s'acharnait sur une cigarette devant un verre de rhum-coca vide. Les yeux rougis par l'alcool, il regarda sa montre et pointa un doigt vers elle.

– C'est à cette heure-là que tu débarques !

Dahlia s'inclina avec une politesse exagérée.

– Désolée, *Señor*… Je vous jure que ça n'arrivera plus.

Puis elle sourit à Conrad.

– Dépêchons-nous ! Si on loupe Pedro, Armando sera seul cette nuit.

Conrad baissa la tête, il se redressa gauchement, sortit de sa poche quelques pièces qu'il jeta sur la table. Ils se hâtèrent de regagner le lieu de rendez-vous. Fou de joie de toucher son argent, Pedro remercia Conrad avec une effusion émue. Ils discutèrent à nouveau voitures et moteurs le long du trajet. Pedro semblait apprécier le jeune homme. Il les déposa devant la porte.

– Alors, tu t'installes ? demanda-t-il à Conrad.

– Ouais, je prends mes quartiers, déclara Conrad en toute insouciance.

– Juste deux ou trois jours, intervint Dahlia.

– Et ça ne dérange pas Miguel ? s'étonna Pedro. Il n'est plus malade ?

Surpris, Conrad se retourna vers la jeune fille qui lui jeta un regard noir. Elle ouvrit la portière en forçant avec l'épaule.

– Bon ben, à dans trois jours, dit-elle à Pedro. Je ne vais pas à La Havane d'ici là.

– OK, réagit Pedro. Dis quand même bonjour à Miguel, quand tu le verras.

Puis il s'adressa à Conrad.

– Au fait, tu te souviens, j'ai un truc à te montrer.

– Oui.

– Passe me voir demain matin. Je ne travaille pas, moi non plus.

– Ça marche.

Dans la cour, le chien aboyait comme un enragé. Conrad attendit que le véhicule ait disparu pour interroger la jeune fille.

– Pourquoi tu lui as menti ?

– Parce que j'ai pas de licence de *casa particular*.

– T'as pas confiance en Pedro ?

– Ici, c'est Cuba ! On peut se fier à personne. Tu comprends ?

– Oui. Mais Miguel… C'est ton père ?

– Oui, dit-elle en colère. Maudit soit-il ! Je ne pense pas qu'on le reverra un jour.

Conrad n'eut pas le temps de réagir que Dahlia lui tournait le dos comme si elle craignait qu'il ne voie ses yeux. Elle inséra la clé dans la serrure, ferma les paupières pour réfléchir. L'esprit en feu, elle ouvrit la porte et appela Armando avec force.

* * *

Lorsque Conrad était passé devant Miguel, assis à picoler contre le mur du remblai du Malecón, ce dernier avait tiqué : ce blanc-bec portait une chemise à carreaux identique à celle qu'il avait dû abandonner chez lui. C'était d'autant plus bizarre qu'elle était trop large pour le jeune homme ! Miguel l'avait donc suivi du regard. Puis il y avait eu les cris, les policiers, les coups de feu… Le jeune était repassé à vive allure, comme s'il fuyait les flics. Miguel lui avait emboîté le pas. Parvenu *plaza Vieja*, le jeune homme s'était installé à une terrasse. Miguel, lui, s'était caché dans le hall d'un immeuble.

Durant près d'une heure, il avait épié Conrad qui buvait des rhums-coca et fumait cigarette sur cigarette. *Ce garçon est seul*, s'était réjoui Miguel, *plus il picole, plus ce sera facile de le dépouiller*. Bien plus tard, une jeune fille l'avait rejoint. Le projet de Miguel tombait à l'eau. La jeune fille s'était inclinée, et, en relevant la tête, elle avait dévoilé son visage dans la lumière du bar : Dahlia !

Le choc l'avait fait tituber. Sa fille avait donc donné sa chemise à ce garçon. Pour ça, il avait fallu qu'il se déshabille devant elle. En un éclair, le père incestueux avait vu sa fille offrir son corps au garçon. Cette idée avait déclenché une crise de démence, comme si le dernier filament humain se brisait dans son cerveau. Les images d'un carnage avaient défilé : il s'était vu égorger le type, Armando et Dahlia. Son pouce avait caressé le fil de la lame de sa machette jusqu'à s'entailler la peau. Une douleur jouissive s'était répandue en lui.

Il avait posé sa langue sur la plaie pour goûter son sang. Puis il s'était mis en route, un sourire fou sur le visage.

26

Paris – 12 décembre – 19 heures.

Manu avait menti à Christian, ça lui était venu d'instinct, un instinct inscrit dans son histoire, une défiance envers les hommes, envers l'incurable mal dont elle les savait atteints.

Car personne mieux qu'elle ne savait de quoi ils étaient capables sous le maigre vernis de leur prétendue vertu morale et sociale. Elle l'avait découvert de la pire des manières.

C'est à Kiev que ça lui était arrivé. À la sortie d'un entretien pour un poste de secrétaire trilingue d'une firme internationale, elle avait été enlevée par trois types qui l'avaient conduite dans une baraque de banlieue en compagnie de cinq autres femmes. Enfermée dans une des caves, elle était restée deux jours à croupir sur un lit, privée de nourriture. À leur première visite, bien qu'affaiblie, elle s'était levée pour se défendre. Le visage cagoulé, deux hommes l'avaient bousculée en lui arrachant ses vêtements, l'aspergeant de vodka et l'obligeant à en boire. Ils l'avaient ensuite jetée sur le lit et l'avaient menottée aux montants métalliques.

Le plus massif avait ouvert la boucle de sa ceinture, baissé son jean, dévoilant un pénis en érection. Il s'était étendu sur elle de tout son poids. Elle avait tenté de se débattre en hurlant, mais il était entré en elle d'un coup sec, riant du cri de douleur qu'elle avait lâché. Puis il l'avait besognée, elle n'oublierait jamais ces mains qui lui touchaient les fesses, les seins, l'haleine de charognard, la moiteur de cette peau contre la sienne, le membre qui s'activait entre ses cuisses jusqu'à lui déchirer les entrailles.

Lorsque l'homme avait joui, c'était comme si on lui avait arraché le cœur. L'autre homme avait lui aussi ouvert sa braguette. Le premier s'était retiré, il l'avait embrassée sur la bouche avant de lui promettre de revenir. Tout en la couvrant d'insultes, l'autre avait détaché Manu, il l'avait retournée, lui avait replié les genoux contre le ventre, la frappant dans les côtes parce qu'elle résistait, puis il l'avait pénétrée par derrière, ponctuant ensuite ses va-et-vient de violentes claques sur les fesses, ses ongles s'étaient plantés dans ses hanches lorsqu'il s'était raidi. Après avoir éjaculé, il lui avait mordu la nuque jusqu'au sang pour la marquer.

Les deux hommes l'avaient abandonnée, loque souillée d'un liquide qu'elle garderait incrusté dans sa chair comme la trace indélébile de leur passage.

Après une semaine, elle n'avait plus rien ressenti. Mal nourrie, jamais lavée, trop épuisée pour pleurer, elle était devenue si anémiée que la notion de temps avait disparu, laissant place à une léthargie rythmée par le claquement des verrous qui signifiait qu'on l'avait visitée. L'esprit dans des limbes, elle observait ces bêtes qui, ne prenant même plus la peine de masquer leur visage, utilisaient son corps comme défouloir, puis se redressaient, remontaient leur pantalon et sortaient.

De ces hommes, Manu n'avait retenu qu'un visage. Pas le plus horrible ni le plus repoussant. Celui-là, elle l'avait repéré dans le camion qui l'avait conduite à son lieu de torture. Jeune, le profil délicat, il parlait aux filles avec un respect affable, ses gestes étaient prévenants, ses mots prouvaient qu'il avait reçu de l'instruction. C'était sans doute le fils d'un oligarque, et Manu avait espéré qu'elle aurait une chance de l'apitoyer, peut-être assez pour qu'il la libère.

Or, de tous ses bourreaux, il s'était avéré le plus pervers et cruel. Puis il y avait eu les bordels, les clients fortunés qui se succédaient, dévoilant pour certains la putréfaction de leur âme. Avec le temps, Manu avait développé un sixième sens, un flair de survie pour déceler les mensonges d'un homme : une délicatesse trop exagérée, une agitation soudaine, des clignements réflexes de paupières, un changement de rythme dans la respiration, la moindre micro-expression d'une fraction de seconde la mettaient en alerte.

Lorsque Christian lui avait demandé de laisser tomber l'enquête, le regard avide de connaître sa décision, elle avait eu la certitude qu'il lui cachait quelque chose. Alors elle avait rédigé sa lettre de démission avec une docilité de façade.

Christian l'avait dévisagée. Avait-il eu un doute ? Il n'en avait en tout cas rien dit, se contentant d'une vague promesse :

– On pourrait dîner ensemble, d'ici quelques jours.

– Bien sûr, avait répondu Manu d'un ton lointain.

Avant qu'ils se quittent, Meyer avait pris l'engagement de lancer un mandat international pour retrouver Conrad. Puisqu'il n'avait pas donné signe de vie après l'annonce de la mort de Joren, il semblait probable que le jeune homme se fût réfugié au-delà des frontières.

Manu l'avait remercié, puis elle était sortie et avait regagné le métro…

Assise dans un coin de la rame, elle se fondait maintenant dans l'anonymat. Elle venait de perdre son travail, mais au lieu d'en éprouver le moindre regret, elle se sentait libérée. Car en lui imposant cette démission, on lui donnait carte blanche.

Elle se massa la nuque et observa autour d'elle. La main accrochée à une poignée, un homme au visage en lame de couteau la considérait discrètement. Voyant qu'elle l'avait repéré, il détourna les yeux. *Je lui plais ou quoi ?* s'amusa Manu. Soudain, elle reconnut l'étrange postier qu'elle avait aperçu en bas de chez elle. Un élan de stress la submergea, la rame s'arrêta à la station Charles-Michels, les portes coulissèrent. Manu se leva et s'approcha de la sortie. Le bip annonçant la fermeture retentit, les portières commencèrent à bouger. À l'ultime seconde, Manu se faufila pour sauter de la rame d'un bond. L'homme voulut lui aussi descendre, trop tard.

Sur le quai, Manu se retourna. Le visage collé à la vitre, l'homme fronçait les sourcils. Tandis que la rame s'éloignait, il fit non de la tête comme si Manu avait commis une erreur.

Manu fut troublée par son expression, elle eut l'amère pensée de s'être méprise, se retourna et disparut dans les escaliers. Elle emprunta un souterrain et chercha le panneau qui indiquait l'avenue Émile-Zola. À l'extérieur, la température s'était rafraîchie, le ciel noir se marbrait de nuages entrelacés comme des silhouettes en train de s'embrasser. Manu passa devant un hôtel qu'elle avait assidûment fréquenté avec Marthe.

La dirigeante de l'ONG l'avait rencontrée alors qu'elle était exploitée par des monstres. Devenue une cliente fidèle, elle l'avait sauvée de l'esclavagisme de ces mafieux, acceptant de leur verser une forte somme en dédommagement. Manu n'avait jamais su combien, mais en retour, Marthe s'était fait payer en monnaie charnelle. Fragilisée, la jeune femme s'était laissée submerger par l'empathie affective de Marthe, qui, par des gestes emplis d'érotisme, lui avait permis de redécouvrir une volupté perdue. Puis elle l'avait embauchée. Manu se souvint de la fois où elles avaient fait ça sur un épais tapis. La voix encore enrouée de plaisir, sa « patronne » lui avait confié l'étendue et l'origine des fonds de l'association et révélé l'existence du compte de Croire. Pendant plusieurs années, Manu était restée la favorite, persuadée que la cause à laquelle elle participait valait d'endurer les sautes d'humeur de sa maîtresse et ses tromperies avec d'autres filles. La proposition de Christian était arrivée à point nommé, les relations entre les deux femmes se distendant un peu plus chaque jour.

Perdue dans ses souvenirs, elle traversa et faillit se faire renverser. Elle chassa le visage de Marthe de son esprit et le remplaça par celui de sa fille.

27

Cuba – Guanabo.

Conrad savourait cette douche tant attendue, il remarqua l'astucieux système de dérivation électrique qui permettait de chauffer l'eau. Ça sentait bon le shampoing, la mousse ruisselait sur lui puis s'engouffrait dans le siphon incrusté au milieu du carrelage fissuré par endroits. Il caressa ses joues fraîchement rasées, sa main forma une écuelle pour recueillir l'eau qu'il aspira par les narines pour se rincer les sinus.

On cogna à la porte, il reconnut la voix d'Armando.

– Dépêche-toi, le dîner est prêt.

Il ferma les robinets d'un coup sec, saisit une serviette.

Lorsqu'il apparut dans le salon, en jean et chemise bleue dont il avait replié les manches jusqu'aux coudes, Armando attendait, installé sur sa chaise.

– Ben dis donc, t'es beau comme un camion… s'extasia le garçonnet.

– Ça valait la peine de patienter, ajouta sa sœur.

Elle avait préparé un poulet grillé accompagné de pommes de terre. Après avoir avalé la première bouchée, Conrad posa sa fourchette.

– C'est délicieux, dit-il, tu cuisines très bien.

– Merci, se réjouit-elle, le plus difficile, c'est de trouver les ingrédients.

Il flottait entre eux une réserve mêlée d'hésitation à se lancer dans une explication. On aurait presque pu entendre le nom de Miguel Nuria tourner dans le cerveau de Conrad : Dahlia était-elle la fille du frère de Lazario ? Il faudrait qu'il sache, d'une façon ou d'une autre. Il choisit d'attendre, en raison de la présence d'Armando. Ravi de revoir Conrad, le garçon l'inonda de questions sur la France.

– À une époque, mon père possédait un Hummer, confia soudain Conrad. Ce sont les véhicules de l'armée américaine équipés pour le désert.

Armando esquissa une moue de surprise.

– Pourquoi ? Il y avait la guerre chez vous ?

– Mais non ! C'est juste que c'était un sacré 4x4… Ma mère, elle, le détestait, elle disait que c'était une honte de dépenser de l'argent dans des engins de guerre…

Un voile passa sur son visage, il ouvrit la bouche, hésita, un sourire triste aux lèvres.

– Elle avait tellement raison, finit-il par dire.

Dahlia remarqua son désarroi. C'est quand il était ainsi vulnérable qu'elle se sentait le plus proche de lui. Confusément, l'hypothèse d'un lien entre Miguel et lui se réduisait. Elle ressentait sa fragilité, comme lors de son appel à l'aide le soir où elle l'avait secouru ou comme pendant ses cauchemars. Dans ces moments, la distance entre leurs mondes paraissait s'abolir.

Elle le dévisagea. Les cheveux peignés en arrière, elle le trouva encore plus attirant.

S'efforçant de dissiper le malaise dans l'air, Armando fit diversion.

– Et la tour Eiffel, elle est vraiment haute ?

Conrad répondit puis décrivit l'Arc de Triomphe et les Champs-Élysées. Une nostalgie le poussa à raconter la foule des grands jours pendant les fêtes de Noël. Il illustra les éclairages des vitrines par des mouvements rapides avec les doigts.

Armando était aux anges.

– Ça doit être beau… Je me demande d'où t'est venue l'idée d'habiter notre île.

Conrad reçut la réflexion en pleine face. Il baissa la tête, effleura le bord ébréché de son verre du bout de l'index, puis but de longues gorgées d'eau.

– En tout cas, ajouta Armando, je suis content que tu sois là. Tu vas rester avec nous ?

Cette fois, la naïveté du garçon amusa Conrad. Bien sûr que non, il n'entendait pas demeurer ici pour toujours. Sa vie était à Paris, il jeta un coup d'œil vers Dahlia.

– Raconte pas de bêtises, dit la jeune fille en s'adressant à Armando. Conrad est en vacances, ensuite il rentrera en France. Et puis, arrête de l'abrutir, si on veut le garder un peu, faut le laisser tranquille, sinon il va déguerpir en courant…

– Ça ne m'ennuie pas, rectifia Conrad. C'est moi qui suis idiot d'enjoliver les choses. La vérité est moins flatteuse. En fait, d'où je viens, on a tendance à ne plus voir que les trucs superflus. Les gens sont stressés, parfois agressifs. Ils s'écharpent pour une meilleure place dans le système… Tout est corrompu par la politique… La lâcheté.

Conrad se rendit compte qu'il formulait sa pensée de façon brouillonne, mais il ne parvenait pas à la laisser prendre forme précisément. Armando bâilla et s'étira. Il montra son assiette vide à Dahlia.

– Je suis crevé… Ça t'embête si je vais me coucher ?

– Non, assura-t-elle, pour une fois que t'es raisonnable.

Le garçon embrassa sa sœur, puis enlaça Conrad. D'abord surpris, il accepta l'étreinte, songeant que jamais personne ne s'était laissé aller comme ça avec lui.

Et, par réciprocité, il ne se souvint pas avoir manifesté une telle affection.

Une fois seuls, Dahlia et Conrad discutèrent de la chaleur, des tornades, de l'éducation d'Armando, de l'histoire de Cuba et des événements du XXe siècle. Conrad fut étonné par la culture générale de la jeune fille qui, sur bien des sujets, en savait plus que lui. Et tandis qu'elle parlait, Conrad sentit que tout en elle l'implorait de ne pas l'interroger, alors même que plusieurs questions lui brûlaient les lèvres : s'appelait-elle Nuria ? Connaissait-elle ses agresseurs ? Et dans ce cas, pourquoi l'avait-elle recueilli ?

Il devinait chez Dahlia une colère mélangée à de la terreur, et si ce qu'il percevait était réel, leurs sentiments se rapprochaient tant qu'il refusait de laisser une suspicion mal exprimée s'immiscer entre eux. Il décida d'attendre.

Soudain, le chien se mit à aboyer.

– Je crois qu'il sent ta présence, dit Dahlia. Il faudra que je te le présente demain.

– Je n'ai pas vraiment hâte, avoua-t-il en riant.

– T'as rien craindre, il m'obéit au doigt et à l'œil.

Comme s'il voulait la contredire, le chien redoubla de virulence.

Elle se leva et se dirigea vers la cour.

– Tais-toi ! ordonna-t-elle.

Le cabot gémit, puis se calma. Dahlia se retourna.

– Et voilà ! se réjouit-elle en écartant les mains.

– Au doigt et à l'œil, répéta Conrad amusé.

Depuis qu'il l'avait rencontrée, Dahlia portait le même ensemble en coton qu'elle avait assorti ce soir d'un tee-shirt court aux couleurs délavées. Elle vivait dans une telle pauvreté qu'il aurait pu la prendre en pitié, mais elle lui inspirait du respect. Il chercha quelque chose à dire, observant la jeune fille, ce visage si déterminé et en même temps fragile, les épaules en avant comme pour fermer sa garde, la cage thoracique rentrée qui effaçait sa féminité, les bras noueux aux biceps affûtés, la silhouette fluide.

Une jeune fille sans charme particulier, et pourtant Conrad se sentait attiré, il avait l'impression qu'il y avait chez elle un mal-être semblable au sien, pas seulement dû à la mort de leur mère.

Dahlia baissa les yeux, trahissant une pudeur craintive dont Conrad fut incapable de déceler la source. Il se leva et la rejoignit, sans prononcer un mot. Il appuya ses lèvres sur son front. Elle ferma les paupières, Conrad les embrassa l'une après l'autre. Leurs lèvres se cherchèrent, s'entrouvrirent et laissèrent les langues se toucher, leur salive se mélanger, comme pour se découvrir. Conrad la souleva dans ses bras. Elle enlaça son cou, blottit la tête sur son épaule, son souffle chaud contre son oreille. Ils avancèrent en silence jusqu'à la chambre. Lorsque Conrad l'étendit sur le lit, il ressentit une émotion étrangement affectueuse, tendre, protectrice, et se fit la promesse de ne jamais la faire souffrir.

28

Paris – 12 décembre – 19 h 45.

Manu observa le porche surmonté d'armoiries représentant un dragon à deux têtes. La porte de l'immeuble était verrouillée par un Digicode. Elle alluma une cigarette, scruta les fenêtres des étages, la plupart éclairées.

– Vous cherchez quelqu'un ?

En survêtement, un sac de sport à la main, Peter dévisagea la jeune femme. De retour de son entraînement de musado, les cheveux encore humides, il lui accorda un sourire engageant. Elle aspira une bouffée, lâcha la cigarette et écrasa le bout incandescent avec le talon de son escarpin.

– En fait, j'ai cru reconnaître une amie qui entrait dans cet immeuble. Je n'arrive pas trop à y croire, je l'ai perdue de vue depuis l'école, ce serait une chance incroyable de la retrouver après tant d'années.

– Bien sûr, je comprends. Et comment s'appelle votre amie ? J'habite ici, je la connais peut-être.

Manu tenta une pirouette.

– Ça peut paraître idiot, je suis incapable de m'en souvenir… Je pensais qu'en regardant sur les boîtes aux lettres, son nom me reviendrait en mémoire.

– Excellente idée, je vous ouvre.

Peter pianota la combinaison, puis poussa la porte.

– Allez-y, je vous en prie.

– Vous êtes bien aimable, merci.

– C'est toujours agréable de rendre service à une jolie femme.

Elle ignora le compliment. Peter déclencha l'interrupteur de la minuterie.

– Tenez, dit-il en désignant un coin du hall, les boîtes aux lettres sont-là.

Elle s'approcha et commença à lire les noms en les pointant du doigt.

– Alors… Julien Richler, non…

Le sac entre les pieds, le jeune homme restait planté là. Qu'attendait-il pour monter chez lui ? Un dixième de seconde, elle s'arrêta sur le nom de Peter Horak, inscrit en minuscules sous celui en majuscule d'Héloïse Jarousseau. Elle jeta un œil vers lui : du même âge qu'Héloïse, ce garçon pouvait tout à fait être son compagnon.

– Vous trouvez votre amie ? demanda-t-il sur un ton où filtrait l'impatience.

– Pas pour l'instant…

Histoire de donner le change, elle s'attarda sur d'autres noms, puis se tourna vers lui.

– On dirait que je me suis plantée, sourit-elle. Tant pis. Je vous remercie à nouveau.

– Si vous avez une carte de visite, vous pouvez me la laisser. Je la transmettrai au gardien, je suis sûr qu'il acceptera d'interroger les gens de l'immeuble.

– Pas la peine de l'importuner. J'avais un très faible espoir, mon amie ne devrait pas résider en France en ce moment.

Peter croisa les bras, le visage soudain tendu.

– C'est marrant, je croyais que vous l'aviez perdue de vue depuis des années.

Il la déshabilla d'un regard concupiscent qui s'affirma avec moquerie lorsqu'il réalisa qu'elle l'avait déchiffré. Elle fut persuadée qu'elle venait de rencontrer le conjoint d'Héloïse : *Qui se ressemble s'assemble*, se dit-elle, *dans son genre, ce garçon a l'air pas mal dérangé.*

Elle simula une expression d'étourderie.

– Oui, bien sûr, je vous ai dit l'école, mais ça date de la fac.

Le jeune homme hocha la tête en souriant.

– J'aime beaucoup votre accent. C'est de quelle origine ?

– Ukrainien… Mais je dois vous laisser, j'ai assez abusé de votre temps.

Manu eut soudain la vague impression de le connaître.

En une seconde, une vision s'alluma comme une bougie. Elle l'avait croisé dans les couloirs de l'ONG. Elle avait interrogé Marthe sur son identité, et celle-ci, qui prenait toujours soin de tenir son amante éloignée de ses proches, avait commenté à son sujet : *C'est un petit ambitieux qui se croit déjà dans notre famille. Je déteste ce genre d'arriviste. Tu ne devineras jamais ce que ce salopard vient de me proposer !*

– Vous avez bien un moment, reprit Peter, on pourrait bavarder. Tout d'abord, vous pourriez m'expliquer pourquoi vous êtes là. C'est ennuyeux, les accents, c'est comme une empreinte d'identité… N'est-ce pas, madame l'enquêtrice de l'OCLCO ?

– OK, admit-elle, puisqu'on en est là, autant se parler ouvertement. Je suis ici dans le cadre de l'enquête sur le meurtre de madame Jarousseau. Nous passons en revue les personnes susceptibles d'avoir eu connaissance de certaines données financières. Et je parie que c'est votre cas. Alors si vous voulez qu'on parle, commencez par me raconter votre rôle dans cette affaire de meurtres. Ça sera un bon début.

Le regard du garçon se troubla.

– J'ignore de quoi vous parlez. Madame Jarousseau et moi nous connaissions à peine. Lorsqu'elle s'est suicidée, je venais de rencontrer sa fille. Ce malheur nous a d'ailleurs rapprochés. Héloïse reste très affectée par cette disparition.

– Allons, allons, gardez cette version pour qui vous voulez. Vous ne vous en souvenez sûrement pas, mais je vous ai aperçu dans son bureau, un mois avant sa mort. Alors inutile de me baratiner… Que s'est-il passé, ce jour-là ? Vous avez tenté de la faire chanter ? Vous exigiez votre part en échange d'un service… Ensuite, ça ne s'est pas déroulé comme vous le souhaitiez, Marthe vous a ri au nez. C'est bien ça ?

Le jeune homme se figea, son regard prit une densité différente, comme si la peur s'incrustait dans son cerveau.

– Qui êtes-vous ?

– Mon nom ne vous apprendrait rien. Admettons pour l'instant que je suis un fantôme revenu crier justice pour Marthe… On ne ressuscite pas les morts, malheureusement, mais on peut remettre bon ordre à leur disparition.

Le jeune homme avait l'air hébété, presque idiot.

– Écoutez-moi, poursuivit Manu, nous sommes entre nous, si vous m'aidez, je peux certainement vous aider en retour. Appelez ça un appel du pied, une perche, ce que vous voulez, je crois que nous avons une partie de cartes à jouer…

Et je crois qu'en échangeant les bonnes cartes, le résultat pourrait s'avérer décisif pour chacun.

Décomposé, Peter remuait les lèvres sans parler. Pensant qu'elle avait l'avantage, Manu assena :

– Marthe est morte ! Laurène Serviez ! Joren Aelters ! Tous morts ! Il est temps d'arrêter ça. Autrement dit, vous me dites ce que vous savez, et nous trouvons la meilleure façon d'en sortir… Ou vous attendez d'être confronté à des preuves. Mais là, le monde que vous connaissez va radicalement se transformer… Je me demande pourquoi un jeune homme qui a l'avenir devant lui devrait se sacrifier…

– Vous racontez n'importe quoi ! L'OCLCO patauge dans le brouillard, vous n'avez aucune preuve de rien !

– Au contraire ! On est remonté jusqu'à la source offshore des fonds de l'ONG… L'étau se resserre… Alors décidez-vous…

Une lueur de panique apparut dans les yeux de Peter. Manu pensa qu'elle le tenait.

– Allez ! dit-elle. Mets-toi à table ! Nous tomberons d'accord, c'est de l'argent que tu veux, tu en auras, il y en a assez pour nous deux… Et une fois notre *deal* scellé, tu ne me reverras jamais. Crois-moi, si nous devions être confrontés dans un bureau officiel, ce serait préjudiciable à mes projets. J'ai consenti trop de sacrifices pour reculer… Alors pour commencer, dis-moi quel marché tu as proposé à Marthe pour qu'elle soit si en rogne contre toi !

Une flamme différente transperçait maintenant les pupilles du jeune homme, révélant la froideur d'un vautour prêt à fondre sur une proie. Manu comprit qu'elle s'était trompée, son intuition lui avait fait défaut, lui faisant commettre la même erreur que Marthe sur la nature de ce garçon.

En une fraction de seconde, une montée d'adrénaline envahit le corps de Manu.

Elle vit Peter déplacer son poids sur son pied droit, sa main se tendre vers elle.

La lumière s'éteignit. Elle sentit les doigts de Peter sur son avant-bras. Elle s'en dégagea et se mit à courir vers la porte.

À tâtons, elle tenta de trouver la gâche d'ouverture.

29

Cuba – Guanabo.

Conrad s'éveilla à l'aube. Il avait dû pleuvoir, l'air s'était déchargé de la moiteur de la veille. Le visage au creux de son épaule, Dahlia dormait. Cette nuit, après un éclair furtif de frayeur dans les yeux, elle s'était offerte en s'oubliant, comme si son plaisir à elle ne revêtait aucune importance. Conrad ressentait le besoin de bouger son bras engourdi, mais craignait de la réveiller. Il observa son corps dénudé, les draps entortillés autour des jambes, ses épaules un peu maigres, les mèches raides qui lui chatouillaient la peau, une veine bleu saillante à la base de son cou. Dahlia poussa un soupir, ses lèvres remuèrent.

Il l'embrassa sur le front et respira son odeur cuivrée. La main de la jeune fille lui effleura le torse, elle caressa sa joue, son nez et ses sourcils à la manière d'une aveugle identifiant un visage familier. Elle esquissa un sourire, puis ouvrit les yeux.

– T'as passé une bonne nuit ? demanda Conrad.

– La plus belle de ma vie.

Bien qu'il trouvât la confession naïve, il y décela une totale sincérité. Entourant son bras autour du ventre de Conrad, Dahlia colla l'oreille contre son cœur.

– Il bat fort, murmura-t-elle au bout d'un moment.

– C'est parce je suis bien, plaisanta-t-il.

Pour toute réponse, elle l'embrassa et roula sur le dos.

Les secondes s'écoulèrent, de plus en plus denses. Et Conrad osa enfin se lancer :

– Je peux te poser une question ?

Elle soupira.

– Tu veux savoir qui est mon père ? C'est ça ?

Il s'éclaircit la gorge.

– J'aimerais comprendre…

– Mon père s'appelle Miguel Nuria, c'est lui que tu cherchais quand tu es venu au *Gimnasio*… Mais je suis étrangère à ton agression, c'est Yasnel, le copain de Namibia, ma partenaire d'entraînement. Il t'a suivi avec deux de ses amis pour te voler. Lorsque Namibia m'a prévenue, nous sommes allées te secourir. Il faut que tu me croies…

– Je te crois. J'ai une autre question, pourquoi vis-tu seule avec Armando ?

– Lorsque ma mère est morte, tout le monde a prétendu qu'elle s'était noyée. Mais moi, je suis certaine qu'elle a choisi de mettre fin à ses jours.

Conrad reçut la confidence comme une gifle.

– Et ton père ? demanda-t-il.

La voix de Dahlia devint dure.

– Il est parti. Personne n'est au courant dans le village.

Conrad caressa les cheveux de la jeune fille.

– Pour quelle raison vous a-t-il laissés ?

– C'est le pire démon de la terre. Des policiers sont venus ici, ils le recherchaient. Il a perdu son ancien travail pour des histoires de corruption, mais là, ça devait être encore plus grave. Et toi, comment se fait-il que tu demandais après lui ? Tu l'as déjà rencontré ?

– Jamais. Il m'a été recommandé par Lazario, c'est tout. Je soupçonne maintenant que la corruption dont tu parles les impliquait tous les deux… J'envisage même très sérieusement que mon père était impliqué aussi. Ça expliquerait beaucoup de leurs mensonges.

– J'espère que les autorités vont le trouver et l'enfermer.

– Dans le cas contraire, tu penses qu'il pourrait revenir ?

Dahlia réfléchit. Depuis l'arrivée de Conrad, elle s'inquiétait encore plus de cette éventualité. Mais elle craignait surtout de lui avouer une vérité sur elle qui déclencherait sa fuite. Elle songea qu'un jour, il rejoindrait forcément les siens, refermant ce qui n'aurait été qu'une parenthèse de sa vie, alors que pour elle, ce départ serait le prélude à une forme d'enlisement.

– J'ignore où il est, lâcha-t-elle enfin. Mais s'il revient, je le tue.

Conrad sentit une brisure dans la voix de la jeune fille. Comme il aurait soulevé un oreiller de plumes, il la fit rouler sur lui. Les pupilles brillantes, elle se força à sourire. Conrad fouilla ce regard dur et triste. Pourquoi haïssait-elle son père à ce point ? Il refusa d'envisager qu'il ait abusé d'elle, l'embrassa en glissant ses doigts le long de sa colonne vertébrale. Il saisit son bassin pour la pénétrer. Elle l'accueillit en poussant un soupir lascif. Elle se mit en appui sur les bras, accéléra le mouvement de ses reins, se rendant maîtresse de leur rythme, le ventre collé à lui, jusqu'à sentir les spasmes de Conrad.

L'explosion de ce sexe au fond d'elle la fit jouir pour la première fois, elle lâcha des cris étouffés, referma ses doigts sur ceux de Conrad. Puis ses traits se détendirent.

Elle songea à ce qu'elle venait de déclarer : *S'il revient, je le tue*. Des mots lancés comme un saut dans le vide qui tournèrent dans sa tête et prirent d'autres sens : *Si tu t'en vas, je te tue ; si tu t'en vas, je me tue… Si tu t'en vas, je laisserai Miguel me tuer !*

Tout ça parut soudain semblable, ça signifiait que la disparition de Conrad la propulserait, comme sa mère en son temps, au bord d'un abîme de tristesse. Au point d'aspirer au néant.

30

Paris – 12 décembre – 20 h 15.

Avant que Manu ne parvienne à débloquer la porte, Peter la rejoignit, plaqua une main sur sa bouche et lui glissa à l'oreille :

– Sale flic, on t'avait dit de nous lâcher.

Manu sentit sa supériorité physique et décida de ne rien tenter.

– Viens par-là, ordonna Peter, on va discuter tous les deux.

Elle se laissa entraîner vers un accès aux caves. Il colla son dos à la porte, fouilla sa poche et en sortit un trousseau. Il entreprit d'introduire sa clé dans la serrure, elle lui échappa des mains.

– Si tu bouges, menaça-t-il, je t'étrangle…

Il commença à s'accroupir. Manu lui envoya son coude dans l'estomac. Il étouffa un cri. Elle se dégagea, commença à courir, il l'agrippa par l'épaule, la fit pivoter et, avant qu'elle ne se mette à hurler, lui frappa la trachée-artère du tranchant de la main.

En la voyant s'écrouler, il lâcha un sourire amusé.

– J'enseigne ça à mes élèves.

Il se pencha, lui attrapa les cheveux et bascula sa tête en arrière.

– J'aurais pu te tuer, si j'avais voulu. La prochaine fois, je n'hésiterai pas.

La brûlure à la gorge empêcha Manu de répondre. Elle jeta un œil vers l'entrée de l'immeuble, il fallait que quelqu'un fasse irruption dans le hall. C'était son unique chance. Mais Peter récupéra son sac, ouvrit la porte et entraîna Manu dans un escalier sombre.

– Merde, s'énerva-t-il, l'ampoule est encore grillée. Tant pis, avance !

Il la poussa dans le dos pour qu'elle descende plus vite jusqu'en bas des marches, sous la voûte de pierres. Ils débouchèrent sur un couloir en terre, une odeur d'humidité pénétra les narines de Manu.

– C'est au fond, assena Peter.

Elle progressa les bras tendus. Au fur et à mesure, ses yeux s'habituèrent à la pénombre. Ils atteignirent une porte en planches. Peter l'ouvrit et la poussa violemment. Elle sentit ses genoux s'érafler sur les arêtes tranchantes des graviers, se retourna et recula sur les fesses jusqu'à un mur.

Peter déclencha une minuterie, verrouilla la serrure de la cave, puis balança son sac.

– Ici, on est à l'abri des gêneurs. Héloïse a eu raison de me mettre en garde contre toi.

Il consulta sa montre, fouilla rapidement Manu, récupéra son téléphone portable et observa l'écran qui n'affichait aucun réseau. Il éteignit l'appareil, puis réfléchit un moment.

– J'ai besoin de ça, dit-il en lui retirant le haut de son tailleur.

Après lui avoir ôté ses escarpins, il prit le temps de lui ligoter les chevilles avec les manches de la veste, hasardant un coup d'œil sur son entrecuisse, avant qu'elle serre les genoux, puis il sortit de son sac une ceinture souple de musado.

– Bouge pas, dit-il.

Il lui ficela les poignets dans le dos. Une fois les nœuds ajustés, il se redressa.

– Très bien, on est tranquille maintenant.

Manu l'avait laissé agir. Son regard balaya la cave : un tonneau sur lequel reposaient des verres sales, des rangées de bouteilles sur des étagères métalliques, quelques cartons débordant de livres, une pelle à charbon… Rien qui puisse lui être d'un grand secours.

Peter se pencha sur elle et palpa la marque sur son cou.

– Tu peux parler ?

La gorge en feu, elle avala sa salive.

– Ça va mieux, articula-t-elle avec difficulté.

À cet instant, la lumière s'éteignit.

– Merde ! lâcha Peter.

À la lueur de son portable, il bloqua le bouton poussoir de la minuterie, puis se retourna vers Manu.

– Qu'est-ce que tu foutais devant chez nous ?

Elle réfléchit une seconde.

– Tu ferais bien de me relâcher, la police va bientôt débarquer, t'es en train d'aggraver ton cas.

– Je ne te crois pas. T'es venue ici de toi-même pour fourrer ton museau partout comme une petite fouine.

Manu réfuta, sûre d'elle :

– Tu te trompes, nous rassemblons des preuves. Je continue à croire que tu n'as pas commis ces meurtres. À mon avis, les décisions viennent de très haut. Peut-être Héloïse t'a-t-elle poussé à intervenir pour mettre la main sur les fonds de Croire, elle seule possède les appuis nécessaires. C'est la thèse que je défends… Mais au bureau, ils ont encore des doutes. Ton unique chance de t'en tirer, c'est de me libérer et de tout me raconter. Je te l'ai dit, nous trouverons un accord, tous les deux.

Il la regarda comme un ravissant objet et fit craquer les jointures de ses phalanges.

– T'es qu'une idiote. Tu ignores à qui tu as affaire. Tes rêves de justice vont se briser contre l'implacable réalité ! Si tu t'approches de cet argent, les rouages de la machine te broient… La seule raison pour laquelle Marthe a pu jouir de ces fonds sans être inquiétée durant des années, c'est qu'elle était issue de leur monde. Elle a aussi eu la sagesse de ne jamais se mêler de financement politique. Et puis, c'était pour une bonne cause. Mais elle n'aurait pas dû jouer la maligne lorsque je suis venu la voir…

Derrière son apparente maîtrise de soi, il semblait avide de se vanter de son histoire, et Manu décida d'amadouer sa méfiance.

– Toi et moi, nous avons un point commun, nous n'appartenons pas à la classe dominante… Ce que nous avons, nous l'avons gagné par nous-mêmes. Nous ne pouvons rien attendre de ces gens-là, ils nous tolèrent mais méprisent nos origines. Marthe me le faisait souvent sentir… Que t'a-t-elle dit ce jour-là ?

Peter serra la mâchoire, Manu crut qu'il n'allait pas répondre. À sa surprise, il reprit :

– Grâce à la cellule de régularisation fiscale, on pouvait faire réapparaître les quarante millions de dollars au grand jour. J'ai été envoyé pour expliquer ça à Marthe. Je me serais chargé de l'opération qui serait devenue de l'ordre du domaine de la vie privée, protégée par la confidentialité une fois le fisc remboursé. Dans l'affaire, tout le monde aurait touché sa part… Seulement voilà, Marthe a prétendu que son mari avait payé assez cher pour sauver la tête des instigateurs de ce détournement de fonds publics. Elle voulait conserver la totalité de l'argent pour son ONG. Bien sûr, je l'ai avertie des risques judiciaires qu'elle prenait en refusant une offre généreuse. Elle n'a rien voulu entendre…

– Y a-t-il une raison pour qu'elle se soit autant emportée contre toi ? Je l'avais rarement vue aussi furax.

Il émit un rire qui ressemblait à un spasme.

– Sérieusement, t'es quand même une sacrée futée… Avec une jolie frimousse… Pour tout dire, j'ai pris la liberté de lui demander un petit bonus. Cette garce se faisait labourer la chatte dans toutes les boîtes échangistes de Paris. Pourquoi pas moi ? Elle a prétendu qu'elle ne ferait jamais ça avec le copain de sa fille. Cette vieille peau m'a snobé comme un minable !

– Alors tu l'as tuée… Parce qu'elle t'a repoussé.

– Elle m'a dit qu'elle préférerait s'accoupler avec un chien plutôt qu'avec une pourriture dans mon genre… Mais je n'ai pas décidé sa mort, j'ai obéi. Même si je dois avouer que ça m'a procuré du plaisir… J'étais collé contre elle quand elle a gigoté avant de partir. Sa peau, son corps, les battements de son cœur, elle irradiait de terreur. Au dernier instant, elle vibrait d'adrénaline pure. Jamais je n'oublierai ça.

Son regard était celui d'un dément.

– Et moi ? demanda doucement Manu pour le calmer. Que penses-tu faire de moi ?

Il sourit.

– Tu ne vas peut-être pas me croire, je trouve que ce serait un sacré gâchis de… Enfin, tu me comprends. Mais même si je le voulais, je ne pourrais rien pour toi. Ton sort ne dépend pas de ma décision… Bon, je dois passer un coup de téléphone, je vais te laisser un moment. Il va falloir que tu sois sage jusqu'à ce que je revienne.

– T'as tort de prendre mon offre à la légère, tenta-t-elle. Tu seras le seul à payer. Lorsqu'ils auront besoin d'un lampiste, ne crois pas qu'Héloïse écopera… Elle est de leur caste. Pas toi ! Je suis d'ailleurs persuadée qu'elle m'a mise sur ta piste délibérément.

– Sale menteuse, siffla-t-il en lui balançant un coup de pied.

– Si tu me tues, tu ne sauras jamais la vérité sur Héloïse.

– De quelle vérité parles-tu ? Je sais tout ce que j'ai besoin de savoir. Je vois que tu n'as rien pigé, tu n'es peut-être pas si maligne que ça, en fin de compte.

Il vérifia ses liens aux poignets et aux pieds, qui lui parurent assez serrés, puis colla son visage au sien :

– Si tu hurles, je reviens te faire taire. C'est compris ?

Manu lui parla doucement.

– Écoute, tu devrais me faire confiance. On pourrait former une équipe. J'aime les hommes forts. Je sais être très douce… Détache-moi, je te montrerai…

Elle n'eut pas le temps d'achever sa phrase qu'une claque la frappa à la tempe. Peter l'attrapa par le chemisier et tira vers lui si fort qu'il déchira le tissu.

– Tu me prends pour un con ! Encore un mot et ce sera le dernier.

Manu baissa la tête. Peter la détailla avec convoitise, il replaça sa bretelle de soutien-gorge, caressant au passage la naissance de son sein. Elle eut envie de vomir.

Il se dirigea vers la porte, hésita un instant, brandit son index et lui parla comme s'il sermonnait une enfant.

– Je te laisse la lumière. N'en profite pas pour faire des bêtises.

31

Aux environs de La Havane.

Miguel marchait vers Guanabo, les semelles engluées de boue. La densité de la nuit l'empêchait de voir à plus de cinq mètres. Ça faisait plusieurs heures qu'il était parti de La Havane, et il aurait été incapable de dire combien de kilomètres il lui restait à parcourir.

Il colla ses lèvres au goulot d'une bouteille de Havana et avala de longues gorgées. Soudain, ses yeux s'illuminèrent, il rit tout seul, percevant dans son crâne l'écho des cris que pousseraient Dahlia et son amant lorsqu'il les assassinerait. Les images sanguinaires ravivèrent sa force. S'imaginant en pleine brousse, il dégagea la route à coups de machette à la manière d'un détraqué s'enfonçant dans la jungle de sa folie. Le souffle court, il s'arrêta au bout de quelques mètres et téta son rhum comme un nourrisson le sein de sa mère, puis jeta la bouteille vide.

Il n'avait rien avalé depuis la veille. Il fouilla ses poches, se martela la tempe avec le poing en se maudissant de ne pas être repassé à son campement récupérer de la nourriture. Il jura, une bave blanchâtre apparut à la commissure de ses lèvres. La colère réveilla les plaies suppurantes sur ses joues. Ni désinfectées ni soignées, les morsures du rat distillaient leur poison, augmentant sa fièvre de façon alarmante. Jusque-là anesthésiées par l'alcool, les douleurs devinrent insupportables. Attirés par l'odeur de putréfaction, les moustiques assaillaient le fou furieux, qui essayait de les chasser par des moulinets aussi dérisoires qu'inutiles. N'en pouvant plus, il lâcha sa machette, saisit son visage à deux mains, planta ses ongles dans les lésions pour les arracher. La souffrance envahit toutes les fibres de sa chair. Il tomba à genoux, se cambra et hurla sa rancœur à la voie lactée.

Il pointa sa lame vers le ciel et implora l'aide des démons. Un halo de lumière projeta son ombre démesurée sur la route. Il entendit un bruit de moteur, sentit son sang fouetter les rouages de son cerveau. En un éclair de lucidité, il tenta de mettre de l'ordre dans ses idées. L'arrivée d'une voiture lui parut une faveur satanique, il décida d'arrêter le véhicule. Il allait obliger le conducteur à le conduire jusque chez lui.

S'il refusait, il le tuerait.

Déployant sa carcasse, il quitta le bas-côté, se campa au milieu de la route. Les paupières mi-closes face aux phares, il agita les bras. Et ouvrit la bouche pour crier.

32

Paris – 12 décembre – 20h30.

Peter se posta sur le trottoir, en face de l'immeuble. Il releva la tête, la lumière filtrait des fenêtres de l'appartement d'Héloïse. Il composa un numéro.

– J'espère que t'as une bonne raison de m'appeler sur cette ligne et à cette heure-là ? rugit une voix d'homme.

– Plutôt. La flic est venue chez nous. Elle m'a fait du rentre-dedans. Elle en sait trop, j'ai dû prendre l'initiative de la calmer…

– C'est si grave que ça ?

– Elle était à deux doigts de me séduire…

– Où est-elle ?

– À l'abri.

L'homme toussa à plusieurs reprises.

– C'est ennuyeux… Surtout maintenant qu'on est si près du but. Tant pis, fais ce que tu veux avec elle. Dès que tu auras fini, il te faudra une douche à l'ammoniaque, je ne voudrais pas qu'elle te refile une saloperie contagieuse.

– Je ne suis pas certain de comprendre, que veux-tu que je fasse ?

– Tu m'as très bien compris, au contraire. Si cette fille tient absolument à passer du bon temps avec toi, qu'est-ce qu'on peut y faire ? Il faut lui donner satisfaction. Tu es un grand garçon. Simplement, sois prudent. Ensuite, continue à veiller sur notre protégée. Tu sais qu'elle a une valeur inestimable pour ton avenir…

– Parfait, je souscris. Je vais l'appeler pour la prévenir de mon retard.

– Dis-lui que son frère a été retrouvé à Cuba. Qu'elle ne s'inquiète pas, on s'en charge… Ou plutôt non, ne lui raconte rien, on lui fera la surprise lorsqu'il nous aura redonné les clés de la maison… Après tout, c'est elle qui les récupérera, le temps nécessaire, quand cette histoire sera terminée.

L'homme ajouta qu'il se faisait tard, qu'il n'y avait plus un instant à perdre, puis souhaita bonne nuit à son correspondant et raccrocha. Peter sentit une salive acide envahir sa bouche. Les battements de son cœur s'accéléraient, comme à chaque fois qu'il se préparait à commettre un meurtre. Il resta debout à savourer la montée d'adrénaline, puis il sélectionna le numéro d'Héloïse sur son portable.

– Peter ! s'exclama la jeune femme, où étais-tu ! Je viens de te laisser trois messages.

– Je suis désolé. J'ai fait un passage de grade à la fin du cours, ça a duré plus longtemps que prévu. Les promus veulent m'offrir un verre, je ne serai pas là avant une heure au moins.

– Tu aurais pu me prévenir… Surtout ce soir.

– Excuse-moi. Je sais que la mort de ton beau-père t'a affectée, malgré tout.

– Hum… Bien sûr. On ne peut jamais se réjouir d'un suicide.

L'empathie d'Héloïse sonnait faux. Peter s'en rendit compte, il devait dissiper le doute insufflé par Manu.

– T'as autre chose à me dire ? demanda-t-il.

– Oui, s'empressa-t-elle de répondre. Richard m'a téléphoné, il a passé un savon au patron de cette abrutie d'inspectrice. Lorsqu'il se met en rogne, mieux vaut ne pas se trouver dans sa ligne de mire. Du coup, l'autre l'a rappelée pour lui confirmer qu'elle était virée…

Peter ressentit un mélange de soulagement et de dépit. Puisque Manu ne représentait plus de véritable danger, il s'en voulut de l'avoir agressée. Il réfléchit très vite, puis sourit en s'avouant qu'il l'aurait fait quand même, par précaution autant que par envie.

– Peter ? s'inquiéta Héloïse, t'es toujours là ?

– Je t'écoute, mon amour. C'est une très bonne nouvelle.

– Oui, j'ai l'impression de me réveiller d'un cauchemar. Maman est vengée et plus personne ne pourra m'atteindre. Je vais enfin vivre en paix.

Une nouvelle fois, Peter éprouva un sentiment mitigé. Entendre ces paroles dans la bouche de sa compagne lui plaisait, mais il aurait voulu qu'elle l'englobe dans son bonheur.

– Je suis heureux pour toi.

– T'es mignon. Et tu ne connais pas la meilleure ?

– Non.

– Richard m'a fait une révélation… que j'ai promis de garder secrète.

– Ah ?

– Tu me jures de ne le répéter à personne ?

– Bien sûr. Tu sais que tu peux avoir confiance en moi.

Héloïse hésita un instant puis se lança sur le ton de la confidence.

– Cette fille, cette Manuela Kurskova… Eh bien, c'est une ancienne prostituée ! Elle travaillait dans l'ONG de maman… Tu te rends compte ! Quand on pense qu'elle a osé me menacer !

Peter s'en amusa.

– Mais comment a-t-elle pu atterrir à l'OCLCO ?

– En fait, ils s'en servent pour infiltrer des bandes organisées. Sans doute parce qu'elle ne recule devant rien, si tu vois ce que je veux dire…

– Pas très bien… répondit-il d'un ton faussement naïf.

– M'enfin, t'es bête ! Ça signifie qu'elle a couché avec Joren pour les besoins de l'enquête. C'est dingue, non ?

Il y avait dans sa voix une vibration d'excitation. Une nuance que Peter perçut, et cette tension malsaine le réjouit.

Il imagina Manu, ligotée dans la cave.

– Effectivement… répondit-il d'une façon évasive.

– Tu m'énerves ! s'agaça Héloïse. On croirait que tu te fous de ce que je te raconte.

– Pas du tout, seulement mes élèves s'impatientent. Il faut que je te laisse, on en rediscute tout à l'heure.

– C'est ça, abrégea-t-elle. Ne traîne pas trop quand même. De toute façon, je ne t'attendrai pas pour me coucher.

Peter eut un étourdissement, comme une étrange sensation d'euphorie. Des années plus tôt, lorsqu'il avait imaginé le bizutage contre Héloïse avec des copains de fac, il était en service commandé. Tout avait été prévu pour lui permettre de s'introduire auprès de Marthe Jarousseau par le biais de sa fille. Au début, il avait cru qu'il pourrait réellement s'attacher à Héloïse, allant jusqu'à espérer qu'ils formeraient un couple normal. Mais un soir, il avait découvert un mail qu'Héloïse avait adressé à son député, sans ambiguïté sur leur relation. Alors, lorsqu'après le refus de Marthe, il avait reçu l'ordre de l'assassiner, il avait ourdi sa revanche contre cette famille qui l'avait toujours méprisé. La pire humiliation avait été son dernier cadeau d'anniversaire : un flacon de Fahrenheit de Dior.

– Il est temps que vous arrêtiez de porter ces parfums de supermarché pour couvrir vos odeurs de transpiration, lui avait lancé Marthe, déclenchant l'hilarité de sa fille.

Le sentiment exact qu'il avait ressenti au moment du meurtre était une colère métamorphosée en jubilation. Il espérait aussi reprendre l'ascendant sur une Héloïse fascinée par sa mère. Malheureusement, le meurtre l'avait enfermée dans la haine de son beau-père, elle était devenue irascible, insensible à leur relation, obnubilée par la vengeance.

Sur instructions, Peter avait remonté la trace des paiements offshore de Joren en faveur de Laurène Serviez dans le dossier cubain.

Puis il s'était débrouillé pour la rencontrer, la suite devait être un jeu d'enfant : elle devait faire pression sur Joren pour qu'il récupère les codes du compte Croire auprès de son fils, sinon les éléments à charge sur elle dans le dossier cubain seraient rendus publics. Contre toute attente, Laurène n'avait pas cédé au chantage. Peter l'avait froidement assassinée.

Excité par ses souvenirs, il rentra dans l'immeuble. La loge du concierge était éclairée, il se dirigea discrètement vers la porte qui menait aux caves. Il s'engagea dans l'escalier, réfléchissant aux événements des dernières semaines. Lorsque

Conrad avait ressurgi avec le chèque de Joren, Peter avait décidé de son propre chef qu'il devait disparaître. D'une part, il le haïssait comme il détestait les personnes susceptibles de s'interposer entre lui et Héloïse, mais il gardait surtout en mémoire ce moment, le soir du meurtre de Marthe, où il avait aperçu l'adolescent, torse nu. Bien sûr, il était somnambule et ne l'avait pas identifié, mais Peter refusait de vivre avec cette menace sur la tête. Il avait donc payé le patron du bar pour exécuter ce potentiel témoin. Mais ça avait déraillé, Conrad avait disparu à Cuba. Il haussa les épaules, après tout, l'adolescent serait bientôt neutralisé, on le forcerait à révéler ce qu'il savait et on le tuerait, enfin.

Il ne lui restait plus qu'à étrangler Manu, puis à l'enterrer dans la cave. Tout semblait tourner à son avantage. Pourtant, en son for intérieur, il ressentait une énorme amertume. Il avait commis ces meurtres afin qu'Héloïse retombe sous sa coupe, qu'elle redevienne la maîtresse qu'elle avait été lors de leur rencontre, et pourquoi pas, qu'elle accepte de l'épouser. Or il venait de comprendre qu'elle ne l'aimerait jamais assez. C'est d'un mari tel que ce député qu'elle rêvait, un homme à la hauteur de son père, pas un fonctionnaire de second rang. Cette certitude déclencha une pulsion de violence contre sa compagne qui lui fit à nouveau songer à Manu, ligotée et certainement tétanisée de peur. Bien sûr, il tuerait cette pute, mais avant, il lui infligerait les sévices sexuels qu'il imaginait faire subir à Héloïse.

Il atteignit la dernière marche. L'expression du visage fermé, il essuya ses mains contre son survêtement, bifurqua pour emprunter le couloir, impatient de passer à l'acte au point qu'il en avait presque physiquement mal.

33

Banlieue de La Havane.

Emilio avait rarement été aussi heureux. Après la disparition soudaine de Miguel Nuria du complexe hôtelier, il avait repris le trafic de bière à son compte. Il avait très vite réalisé que son associé l'arnaquait. Une fois déduites les bouteilles pour payer l'emprunt de la camionnette à son beau-frère et le carburant de contrebande, la revente du stock lui rapportait trois fois ce que lui laissait Miguel.

Seulement Emilio devait assurer le convoyage lui-même, et ce trajet aller-retour jusqu'à La Havane, il l'avait en horreur. Non qu'il répugnât à conduire, pas plus qu'il ne craignît d'être arrêté. Ça lui était déjà arrivé, et il lui avait suffi de quelques pesos pour soudoyer les policiers, qui l'avaient même escorté chez son revendeur. Toutes ces tracasseries, Emilio les anticipait désormais sans s'affoler. Lui qui avait passé son existence à se lamenter parce qu'on abusait de sa gentillesse se débrouillait très bien sans personne. Et, au-delà du gain, cette constatation le remplissait de fierté.

Cette nuit-là, pourtant, sur la route de Guanabo, il sentit son angoisse poindre à nouveau comme une crise impossible à contenir. Une angoisse d'autant moins gérable qu'elle datait de l'enfance, inoculée par une mère adepte de santeria et de la morale sous-jacente d'une religiosité quasi-animiste qui prétend que tout méfait engendre un ajustement nécessaire de la nature.

Il passa une vitesse, cette sourde idée en tête. Une caisse vide glissa sur le plancher et cogna contre la tôle ondulée de la porte arrière. Les mains campées sur le volant, il serra les dents, son regard se fixa vers l'horizon. Il se mit à réciter des prières à Ochún, la déesse mulâtresse, sainte patronne de Cuba, afin de conjurer le mauvais sort. Malgré lui, il ressentait une culpabilité à usurper la collectivité, et la chance qui l'avait accompagné ces derniers temps ne faisait qu'accentuer le pressentiment qu'un malheur s'apprêtait à lui fondre dessus.

Comme pour conforter cette paranoïa, une silhouette apparut tout à coup dans la lueur des phares.

Surgi de nulle part, évanescent, les bras démesurés, ce qu'il prit pour un revenant vêtu de loques prétendait arrêter le camion en se tenant debout au milieu de la chaussée.

Emilio sentit une décharge lui remonter le long de la colonne vertébrale. Les traits hideux d'un spectre se découpèrent dans la lumière des phares. Saisi d'horreur, il hésita un dixième de seconde puis appuya sur l'accélérateur. Le véhicule prit de la vitesse. La collision contre le pare-chocs plia le corps de Miguel Nuria. Sa tête explosa sur le capot comme une vulgaire noix de coco, le sang gicla sur le pare-brise.

À ce moment seulement, Emilio comprit que ce qu'il venait de heurter était constitué de chair et d'os. Il n'en poursuivit pas moins sa route tandis que le corps finissait sa trajectoire dans le fossé, envahi par une végétation luxuriante.

Le chauffeur appuya sur la commande du lave-glace afin de dégager les souillures grasses qui gênaient sa visibilité. Le buste penché sur le volant, il se rassura : il ne pouvait s'agir d'un être humain, il avait à l'évidence percuté un animal.

Les dégâts matériels devaient être mineurs, son beau-frère allait l'engueuler, mais il le dédommagerait.

Rasséréné par cette pensée, Emilio caressa la madone jaune d'or accrochée au rétroviseur et la remercia de son intervention. Après ça, il jeta un œil à sa montre puis sourit. Dans un quart heure, il arriverait à Guanabo. Tout heureux, il embraya, se mordilla l'ongle du pouce, songeant déjà à ce qu'il ferait de son argent, incapable d'imaginer une seconde qu'il venait d'écraser son ex-acolyte.

34

Paris – 12 décembre – 20 h 35.

Lorsque Peter l'avait laissée, le bruit de clé dans la serrure avait fait à Manu l'effet d'un électrochoc, elle avait basculé dans une autre réalité, des souvenirs insupportables s'étaient mis à danser devant ses yeux, comme si on l'avait renvoyée dans la chambre où elle avait été violée. Pendant plusieurs minutes, elle demeura hagarde, présageant l'arrivée de monstres qui allaient jouir de son corps sans qu'elle puisse s'y opposer.

Une larme coula sur sa joue, elle renifla en songeant à ce que Marthe lui avait déclaré le jour où elle avait décidé de l'aider à sortir de la prostitution : *Tu es une battante, c'est ce qui m'a séduite en toi. Malgré ce que tu as vécu, tu n'as jamais capitulé…*

La scène tourna dans son cerveau, elle aspira une bouffée d'air humide. *T'as eu tort de me laisser seule*, s'adressa-t-elle à ce Peter Horak, *tu as commis la pire erreur de ta vie !*

Elle serra les dents, déterminée à s'en sortir : Pour Marthe, pour toutes les filles du monde forcées à se prostituer, pour réaliser le projet qu'elle avait en tête !

Et puis, elle voulait vivre, tout bonnement, vivre aussi intensément que possible, chaque instant qui lui serait accordé. Prise d'une énergie combative, elle tortilla les jambes pour défaire le nœud sur ses mollets. N'y réussissant pas, elle se jeta sur le ventre et se contorsionna pour ramper. Les cailloux lui éraflèrent le visage, elle sentait les coupures sur ses pommettes et ses genoux, mais progressa jusqu'aux casiers métalliques. Au prix d'un effort surhumain, elle se releva, saisit le goulot d'une bouteille dans une de ses mains entravées.

Lorsqu'elle fracassa le verre, des éclats s'enfoncèrent dans ses doigts, elle retint un cri de douleur. Du sang gicla dans son dos. Elle se laissa glisser au sol où elle récupéra un morceau coupant. Fibre après fibre, elle trancha la ceinture. Il lui fallut de longues minutes pour y parvenir. Bizarrement, ce n'est qu'à cet instant qu'elle se remit à avoir peur : *Si Peter débarque, je suis foutue*, se dit-elle, se cassant un ongle sur le nœud autour de ses chevilles. Elle sauta sur ses pieds, courut jusqu'à la porte, introduisit ses mains dans l'interstice au niveau de la serrure et tenta en vain de l'arracher. Ses yeux se posèrent sur la pelle à charbon. Son bourreau pouvait surgir à n'importe quel moment. Un pied calé sur le chambranle de la porte, elle utilisa le manche comme levier, banda ses muscles et tira de toutes ses forces. La serrure céda, Manu bascula en arrière, son crâne heurta le tonneau.

Insensible à la douleur, elle se redressa, son cœur battait à tout rompre, elle tendit l'oreille en reprenant son souffle. Un instant, elle songea à éteindre la lumière, mais Peter s'en apercevrait. Elle se résolut à refermer derrière elle, patienta le temps de se réhabituer à l'obscurité. La pelle serrée dans ses mains poisseuses de sang, elle avança pieds nus sur la terre humide. À chaque pas, ses chances de survie augmentaient. Elle allait s'en sortir, quelques mètres encore et elle n'aurait plus qu'à remonter dans le hall de l'immeuble.

Alors qu'elle parvenait aux bas des marches, elle entendit le grincement de la serrure en haut de l'escalier. Son corps se figea. Elle colla le manche de la pelle contre son flanc, la partie coupante à hauteur d'épaule. Elle se concentra sur le bruit.

Quelqu'un descendait. Peter !

Sans lui laisser le temps de réagir, elle frappa du tranchant de la pelle et l'atteignit au milieu du visage, déchirant son nez. Il poussa un cri rauque. Manu se servit de la pelle comme d'une massue. Le jeune homme releva le bras pour parer le second coup. Trop tard, le plat de la pelle lui fracassa le front, le sang gicla comme un geyser.

Peter s'écrasa sur le sol et fut secoué de soubresauts, avant de s'immobiliser. Éperdue de peur et de rage, Manu frappa une nouvelle fois puis une autre, et encore une autre… Elle ne pouvait plus arrêter, c'était comme si elle se nettoyait d'une blessure incrustée dans sa chair, comme si elle détruisait les monstres qui avaient abusé d'elle. Elle s'acharna sur le cadavre, hurlant de toutes les fibres de son corps. Enfin, hors d'haleine et épuisée, elle s'écroula en pleurs devant la dépouille de Peter, une masse de sang et d'os, sous un survêtement déchiqueté.

* * *

21 h 30.

Adossée à un mur de pierre, les bras autour des genoux recroquevillés contre son buste, Manu demeurait prostrée près du cadavre. Une comptine ukrainienne tournait dans sa tête, accompagnée de souvenirs d'enfance qui, comme des flashs, apparaissaient devant ses yeux pour s'évanouir aussitôt.

De sa loge, le vieux gardien avait entendu des cris provenant du sous-sol et s'était résolu à aller voir. Muni d'une torche, il descendit prudemment les marches, pivota à droite et heurta un obstacle. Il abaissa le faisceau.

– Oh, mon Dieu ! s'écria-t-il devant le spectacle du corps en bouillie.

Il se signa à plusieurs reprises, puis se pinça le nez pour lutter contre l'odeur de chair mélangée à l'air humide. Il perçut le bruit d'un souffle et orienta la lampe dans sa direction. Le rayon se figea sur Manu, son visage parsemé de mèches de cheveux collées par du sang.

Presque certain de ne pas connaître cette femme, il s'approcha en tremblant.

– Madame ? Vous allez bien, Madame ?

Elle resta silencieuse. Le concierge s'accroupit, retourna son poignet qu'il palpa jusqu'à sentir le rythme du pouls.

– Que s'est-il passé ?

Elle tourna son regard vers lui, parfaitement étrangère au monde. Puis ses pupilles se réglèrent sur le visage de l'homme tandis que sa voix parut revenir d'outre-tombe.

– 06 05… Téléphonez au commandant Meyer. Dites-lui que Manu a besoin d'aide.

Le concierge lui demanda de répéter le numéro, puis il se redressa et grimpa les marches en le récitant.

Il réapparut cinq minutes plus tard, muni d'un plaid de laine qu'il déplia sur les épaules de Manu. Elle le remercia d'un léger signe de tête.

– J'ai réussi à joindre votre collègue, dit-il d'une voix rassurante, il arrive. Appuyez-vous sur moi, nous allons remonter.

J'ai une trousse d'urgence là-haut, je vais vous prodiguer les premiers soins.

Lorsque Christian entra dans la loge, Manu était allongée sous une couverture, sur un canapé, la nuque calée contre un coussin, le regard fixé au plafond. Sans attendre les explications du concierge, Christian se précipita vers elle.

– Ça va, tu tiens le coup ?

– Je me sens faible, articula-t-elle d'une voix presque sans timbre, j'ai perdu pas mal de sang.

– L'ambulance sera là d'un moment à l'autre.

Manu esquissa un vague sourire.

– Christian ? murmura-t-elle au prix d'un visible effort.

Il s'agenouilla à côté d'elle et se pencha tout près.

– Dis-moi ce que je peux faire…

Manu aspira une bouffée d'air. Sa respiration sifflait dans sa poitrine et paraissait nécessiter une lutte considérable. Elle releva les yeux et les fixa sur ceux de Christian.

– Il n'était pas seul, on doit retrouver Conrad avant eux…

Il tendit la main pour recoiffer sa chevelure.

– Ne t'inquiète pas. T'as été formidable, comme toujours, une vraie battante. Repose-toi… Ne parle à personne. Laisse-moi faire, je me charge de tout.

Elle lui adressa un sourire, des larmes lui montèrent aux yeux mais s'arrêtèrent au bord de ses paupières. Elle ébaucha un mouvement pour attraper la main qui lui caressait la joue. Son bras retomba sur la couverture, elle tenta de se redresser.

– Christian, commença-t-elle, je veux savoir… Christian…

Puis tout devint noir, et elle s'évanouit.

* * *

23 heures.

En chemise de nuit devant la télévision, Héloïse enrageait au point d'avoir renoncé à dormir. La joie des derniers rebondissements dans sa vie n'avait été que de courte durée, elle ressassait ses griefs contre Peter. Voilà plus de deux heures qu'il avait téléphoné, s'il croyait qu'elle accepterait ce manque de respect, il se fourrait le doigt dans l'œil !

Ça n'allait pas se passer comme ça !

Elle éteignit l'écran d'un geste vif.

Une sirène retentit dans le lointain. Elle y prêta peu d'attention, se rendit aux toilettes et ressortit le visage rafraîchi. Des lueurs rouges et bleues avaient envahi la rue. Elle rejoignit la fenêtre, écarta le voilage. Une ambulance, les pompiers, deux voitures de police : *Je ferais peut-être mieux d'aller voir,* se dit-elle.

Elle s'apprêtait à enfiler son imperméable lorsque la sonnette carillonna. À travers le judas, elle aperçut un séduisant quadragénaire. Elle ouvrit à l'inconnu.

– Oui ?

L'homme exhiba sa carte.

– Mademoiselle Jarousseau ?

– C'est moi.

– Commandant Meyer. Pourriez-vous vous changer et me suivre, je souhaiterais m'entretenir avec vous dans mes bureaux.

En entendant le nom, Héloïse marqua un mouvement de recul.

– Heu, oui, mais que se passe-t-il ? Rien de grave au moins ?

– S'il vous plaît, Mademoiselle, veuillez vous habiller rapidement.

Héloïse soutint le regard du policier, avant de baisser les yeux.

– Très bien. Mais je trouve votre visite inopportune. Nous sommes au milieu de la nuit, je suis seule, nous pourrions parfaitement discuter ici. Je n'ai rien à cacher.

Elle fit demi-tour et longea le couloir. Meyer lui emboîta le pas. Dans le salon, elle ouvrit le tiroir d'une commode, sortit un paquet de cigarettes et en alluma une. Elle plissa le nez en recrachant la fumée sur le côté des lèvres.

– Dites-moi de quelle manière je pourrais vous être utile…

Le commandant la dévisagea, fronça les sourcils, s'approcha, saisit la cigarette de sa bouche et l'écrasa dans le premier cendrier qu'il repéra.

– Écoutez, s'agaça-t-il, je serais ennuyé de devoir vous menotter. Alors pour la dernière fois, changez-vous et suivez-moi gentiment.

Cette fois, les joues de la jeune femme s'empourprèrent de colère.

– Je ne comprends rien à votre histoire. Mon compagnon devrait rentrer d'un instant à l'autre, laissez-moi au moins lui écrire un mot.

Le flic se racla la gorge, fit craquer ses cervicales et prit un air désolé.

– Honnêtement, je ne crois pas que ça sera nécessaire.

La malchance voulut qu'Héloïse traversât le hall de l'immeuble au moment où les ambulanciers emportaient les restes de Peter sur une civière. Elle l'identifia à son survêtement et se mit à crier et à gesticuler au point que Meyer fut contraint de lui verrouiller les bras, puis de lui passer les menottes. Lorsqu'ils débouchèrent dans la rue, la fraîcheur ambiante sembla la calmer, son regard balaya les quelques curieux maintenus à distance par un long bandeau de rubalise, avant de se poser sur une femme inconsciente sur une civière, le visage recouvert d'un masque à oxygène, que des ambulanciers s'apprêtaient à embarquer dans leur véhicule.

Dans la lumière des gyrophares, Héloïse détailla la blessée avant de reconnaître Manu. La jeune femme devint hystérique et tenta de se précipiter vers la gisante.

– Elle a assassiné Peter ! Arrêtez-la, c'est une meurtrière !

Christian la poussa sans ménagement vers sa voiture. Il la plaqua contre la portière, lui saisit le menton et planta le regard dans le sien.

– Ouvrez bien vos oreilles. Vous êtes à deux doigts de vous retrouver inculpée pour complicité d'homicides. Seul le témoignage de cette femme pourra éventuellement vous disculper. Alors je vous conseille de vous calmer.

Héloïse n'entendait rien. Elle se laissa tomber et se roula au sol en hurlant. Christian fit signe à un infirmier. Assistés d'un auxiliaire de police, ils parvinrent à immobiliser l'hystérique et à lui administrer un sédatif.

Tandis qu'on la transportait vers l'ambulance, elle murmurait :

– Cauchemar… Reviens, Papa… Papa, aide-moi… Papa.

* * *

14 décembre – Hôpital Georges-Pompidou.

Héloïse ouvrit les yeux, nauséeuse et désorientée. L'odeur de désinfectant l'incommodait. La bouche sèche, elle se demanda depuis combien de temps elle était allongée dans cette chambre. Elle tenta de bouger et réalisa avec effroi que des sangles enserraient ses bras, son torse et ses jambes.

Une poussée de colère acheva de la sortir du sommeil. Elle vrilla son poignet droit pour le dégager, mais ne parvint qu'à assouplir la tension des scratches. Après plusieurs minutes de contorsion, elle réussit à extraire sa main. Aussitôt, elle libéra le harnais bouclé sur son thorax, bascula sur le côté, retira le lien de son autre poignet puis ceux de ses chevilles. La tête prise dans un étau, elle tenta de se lever. Sans force dans les jambes en raison des sédatifs, elle perdit l'équilibre et retomba sur le matelas.

Elle fixa le plafond. Les images du corps ensanglanté de Peter tournaient dans sa tête, l'ébauche d'un scénario sur la duperie dont elle avait été victime se dessinait dans son cerveau. Une trahison qui signifiait que Peter s'était joué de sentiments qu'elle n'avait jamais vraiment ressentis. Elle avait pensé mener le jeu alors qu'elle était la proie d'ignobles judas qui la manipulaient pour récupérer l'argent de son père, injustement laissé à Joren par Marthe. Sa haine pour ce mort se réveilla, elle le détestait au-delà de l'enfer où il brûlait sans aucun doute, pour l'éternité. Elle s'accrocha au barreau métallique et se redressa. Vacillante, elle parvint à faire quelques pas jusqu'à la fenêtre. Comment avait-elle pu être aussi crédule ? Lorsque l'histoire s'ébruiterait, elle deviendrait la risée de l'Assemblée.

Oserait-elle croiser le regard de son député ? Pour éviter que le scandale ne l'atteigne, n'allait-il pas mettre fin à toute relation avec elle ? Bien sûr, il s'empresserait de la remplacer par une autre. Au bureau comme à l'hôtel. Il n'aurait aucun scrupule à couper un lien compromettant pour sa carrière, elle le savait depuis toujours.

Avec l'impression de s'enfoncer dans un tunnel d'humiliation sans échappatoire, Héloïse observait le parterre de fleurs éclairé par les fenêtres du rez-de-chaussée.

Et les journalistes, songea-t-elle, *ils vont fondre sur moi comme des rapaces, avides d'un nouveau scandale. Ils se sont repus des accusations calomnieuses contre mon père et s'en donneront à cœur joie pour finir de démolir le nom des Jarousseau.*

Héloïse posa sa joue brûlante contre la paroi de verre. Elle avait chaud et ouvrit la fenêtre sans autre intention que de respirer de l'air frais. Elle chercha une manière de se sortir de cette situation. La main invisible de l'impuissance lui serra la gorge. Son regard se porta de nouveau sur les fleurs. *Des pâquerettes, un lit de pâquerettes d'hiver*, commenta-t-elle, en larmes.

Un moyen de leur fausser compagnie à tous germa dans son esprit, comme la seule façon de s'extraire de leurs griffes. Une vengeance imparable ! Elle se pencha et bascula dans le vide, sans un cri.

* * *

15 décembre – Hôpital Georges-Pompidou.

Un journal sous le bras, Christian arrivait au chevet de Manu. Adossée à un oreiller, blouse bleu clair de rigueur, elle finissait son repas. Son visage portait des marques d'éraflures, on lui avait posé une attelle à la main afin de maintenir les doigts dont les tendons avaient été sectionnés. Handicapée par cette blessure, c'était presque incroyable qu'elle ait réussi à brandir une pelle. Ils n'avaient encore échangé qu'un bonjour lorsqu'une jeune infirmière apparut sans frapper, poussa son chariot et débarrassa le plateau de Manu.

– Vous avez bien mangé, la félicita-t-elle, c'est bon signe. Souhaitez-vous un café ?

– Non merci, répondit Manu. T'en veux un ?

– J'en ai déjà bu plusieurs, déclina-t-il.

La soignante quitta la pièce.

– Tu tiens le coup ?

– Je n'ai jamais autant roupillé. Un vrai loir.

Il lui tendit *Le Parisien*. Le suicide d'Héloïse occupait toute la une.

– Elle s'est défenestrée dans cet hôpital ! Comment a-t-elle pu réussir ?

– J'avais donné des instructions pour qu'elle soit surveillée en permanence, mais les médecins n'ont admis notre collègue en uniforme que devant sa porte. Pire encore, ils ont trouvé le moyen de la laisser seule dans une chambre sans grille aux fenêtres. Ces idiots pensaient que les sédatifs et les Velcro de contention seraient suffisants pour la protéger d'elle-même. Inutile de te dire qu'ils s'en mordent les doigts...

– Je n'aurais jamais imaginé qu'elle en arriverait là, reconnut Manu.

Elle entreprit la lecture de l'article dans lequel le journaliste parlait de la mort de Peter Horak, puis de l'arrestation d'un commissaire de la Criminelle, inculpé d'association de malfaiteurs dans une série de meurtres, dont celui de Marthe Jarousseau. L'article revenait ensuite sur la carrière de son politicien de mari, rappelant le soupçon de corruption sur des ventes d'armes. Manu tourna la page, le regard plus rapide que le doigt, elle parcourut le reste, puis replia le journal.

– Comment diable as-tu fait pour démasquer Patrick Riglet si vite ?

– Sur mes instructions, Denis l'avait mis sur écoute. Peter lui a téléphoné après t'avoir séquestrée. Denis n'a pas réagi sur le coup, car ce qu'ils se sont dit était assez opaque, mais ensuite, c'est devenu limpide. On a chopé Riglet chez lui à six heures hier matin. Il m'a très vite balancé Adjari. L'interrogatoire a duré toute la journée et une partie de la nuit, je viens de le déférer.

– Comment ces deux pourris ont-ils fait connaissance ?

– Riglet et Adjari se sont rencontrés pendant des campagnes électorales d'Édouard Jarousseau. Je pense qu'ils ont trempé dans les détournements de fonds, l'un comme juriste et l'autre comme porteur de valises. Ces enfoirés connaissaient parfaitement l'existence des fonds secrets détenus par Croire, ils étaient à deux doigts de tout récupérer. Si Riglet m'avait remplacé, ils seraient devenus intouchables. Le nouveau directeur de l'OCLCO, un financier maîtrisant les filières de blanchiment d'argent, et Peter Horak, un inspecteur de la cellule de régularisation des comptes cachés à l'étranger, personne n'aurait été en mesure de les arrêter !

Christian se tut. Ils observèrent la photo en noir et blanc d'Héloïse adolescente, illustrant l'article.

– Elle ressemble tant à Marthe, dit Manu, les mêmes traits, la même ligne de sourcils.

– Oui, mais quelque chose clochait chez elle.

Elle approuva d'un signe de tête.

– Le journaliste présume qu'Héloïse était complice... Il me semble plutôt que Peter Horak avait été délégué pour la maintenir sous contrôle ?

– Je suis aussi de cet avis, confirma Christian. Riglet prétend que le principal instigateur est Maître Adjari. Je pense au contraire qu'ils ont tout planifié ensemble depuis des années. Le père de Peter Horak purge une peine de quinze ans pour le braquage d'une banque pendant lequel un vigile a été tué. C'est Riglet qui était chargé de l'affaire. Durant l'enquête, il a dû remarquer que Peter avait falsifié certains documents pour obtenir la citoyenneté française. De meilleures conditions d'incarcération et une remise de peine pour son père lui ayant été promises, Peter n'a pas dû être difficile à convaincre. Et, cerise sur le gâteau, ils lui ont trouvé une bonne place à Bercy et lui ont donné les moyens de séduire une fille fortunée.

– Mais pourquoi tous ces meurtres ?

– Au début, il ne devait s'agir que d'approcher Marthe pour l'amener à lâcher les quarante millions. Après son refus de coopérer, ils ont dû décider de la supprimer, en confiant la besogne à Peter et en faisant porter le chapeau à Joren. On connaît la suite…

– Et Héloïse ?

– Héloïse… Comment savoir ? Riglet reste muet comme une carpe sur le sujet et Adjari s'est fait la malle avec un passeport panaméen. Avec les appuis dont il dispose en Amérique latine, on aura beaucoup de mal à mettre la main sur lui. Je crains qu'Héloïse ne soit partie avec son secret. À moins que Peter ne t'ait fait des révélations précises dans ce sens.

Manu fouilla sa mémoire.

– Pas vraiment, c'est juste une sensation…

Christian soupira.

– Je suis désolé, j'ai manqué de cran, j'aurais dû envoyer le patron au diable. Je savais que tu n'en resterais pas là. Pas toi… T'es trop têtue… Je t'avais mise sous protection mais tu as encore trouvé le moyen de le semer.

Manu songea à l'homme du métro.

– Allez, sourit-elle, arrête ce mea-culpa. J'ai pris la décision de me foutre dans la gueule du loup toute seule. Et puis, je suppose que t'avais tes raisons…

Christian se tenait raide dans son costume à la coupe impeccable. Manu le trouvait élégant. Ses tempes grisonnaient, ça lui allait bien. Elle tourna le regard vers la fenêtre, le vent agitait les branches d'un arbre, le temps virait à la pluie.

– Je serais morte sans toi… dit-elle.

– Comment ça ? s'étonna-t-il.

Elle croisa les bras sur sa poitrine.

– Lorsque je me suis retrouvée ligotée dans la cave, j'ai failli lâcher. Puis j'ai pensé à Marthe. Je voulais m'en sortir pour sauver Conrad. Puis une autre motivation m'est venue : au moment où tu m'as demandé de renoncer à l'enquête, je sais que tu m'as caché un truc. Et je me suis promis de t'interroger là-dessus...

Christian bascula d'un pied sur l'autre, gêné. Puis il révéla la liaison qu'il avait eue avec Marthe, insistant sur le fait qu'il s'agissait d'une simple aventure. À peine eut-il terminé son récit que Manu explosa de rire.

– Et alors, où était le problème ?

– Le problème, c'est que je n'aurais jamais dû m'occuper de cette affaire... Non seulement c'est une faute professionnelle, mais d'une certaine manière, ça me mettait sur la liste des suspects. Il est probable qu'il y aura une enquête parlementaire afin d'identifier les dysfonctionnements de l'État. Ils chercheront des têtes à refiler à l'opinion publique. Riglet et Adjari ne suffiront probablement pas. Ils chargeront l'OCLCO, il y aura des sanctions retentissantes, nos braves députés pondront une loi d'indépendance des pouvoirs, de décentralisation... Ou même de moralisation de l'État...

– Et ça modifiera quoi ?

– Rien. Sans doute rien. On est en train d'ouvrir une enquête sur des soupçons de pots-de-vin autour d'une commande de sous-marins par le Brésil, il y en a pour plusieurs milliards... Si tu veux mon sentiment, tant qu'on ne pourra endiguer la rapacité des puissants, aucune loi ne pourra rien contre la corruption.

Derrière ce mouvement d'humeur, Manu perçut son embarras.

– Je ne comprends pas, tu as bouclé l'enquête, de quoi as-tu peur ?

– Écoute, dit-il, une horde de journalistes fait le pied de grue en bas. Je crois que l'avenir de l'OCLCO dépendra en partie de ce que tu leur raconteras… Avant que tu prennes ta décision, j'aimerais qu'on discute de ta carrière dans la Grande Maison.

– T'oublies un détail, je te rappelle que j'ai démissionné…

Il feignit l'incompréhension :

– Quelle démission ? J'aurais été le premier au courant, je suis encore ton chef, non ?

Manu s'esclaffa :

– Parlons-en, de la hiérarchie policière ! Il a dû tomber des nues, le boss.

– Il était surtout paniqué. Il a d'abord tenté de te charger parce que t'avais rien à faire dans l'immeuble d'Héloïse. Ensuite, devant l'accumulation de preuves, il est devenu doux comme un agneau, il s'en est remis à moi pour arranger la sauce avec toi.

– J'espère que tu t'en es donné à cœur joie.

– J'ai préféré négocier…

Elle se redressa dans le lit.

– Négocier ?

– Oui. J'ai pris certaines libertés en ton nom. Il est très vite convenu qu'il était mieux que tout le monde pense que tu agissais sous mes ordres. J'ai donc déchiré ta lettre de démission.

– Qu'est-ce qui te dit que je suis d'accord ?

Christian sourit, puis fit un signe des mains, paumes ouvertes vers le bas.

– Ne t'emballe pas, laisse-moi finir. Tu choisiras ensuite ce que tu souhaites faire.

– Très bien. Alors vas-y, accouche !

– Dans ce dossier, nous avons failli conclure à tort à la culpabilité de Joren Aelters. Sous l'influence d'un député, le patron nous a forcés à clore l'enquête. Plus grave, il t'a poussée à la démission. Si ça s'ébruite, ils sauteront tous les deux… Je lui ai donc demandé de te nommer capitaine, tu n'auras plus à infiltrer de réseaux. Une telle promotion pour une personne avec aussi peu d'expérience que toi est rarissime. Mon bureau déborde de requêtes d'affectations émises par des types après dix ans de services irréprochables.

– Tu veux dire que c'est un miracle, compte tenu de mes antécédents… Mais là n'est pas la question. Et le Grand Manitou, qu'est-ce qu'il y gagne en plus de sauver sa tête ?

– Je suppose qu'il tiendra le député concerné. Un député, ça peut toujours servir.

– T'es certain qu'ils n'avaient aucune responsabilité dans la mort de Marthe.

– Non, je n'en suis pas sûr. Mais Riglet ne parlera pas. Ça ne lui rapporterait rien. Au contraire, il se priverait de ses seuls soutiens potentiels, même discrets… On ne peut rien faire de plus, Manu, il faut l'accepter.

Elle haussa légèrement le ton.

– Et toi ! Qu'as tu obtenu ?

– Tu ne m'en voudras pas, j'en ai profité pour annuler ma mutation. Tu resteras sous mes ordres. Ça te pose un problème ?

Elle esquissa une moue mi-moqueuse, mi-dégoûtée.

Christian poursuivit :

– J'ai utilisé notre avantage pour le bien de tous. En l'occurrence, il sait que je suis le meilleur qu'il ait jamais eu à ce poste. Et moi, je sais que j'ai besoin de toi.

Elle scruta le visage de Christian, sans répondre.

– À quoi penses-tu ? demanda-t-il après quelques secondes.

– À Conrad… Il est le dernier survivant de cette famille, et l'on n'est même pas sûr qu'il le sache.

Christian sortit un papier de sa veste, et le déplia, gêné.

– J'ai reçu un câble d'Interpol, Conrad a été retrouvé, il se planque à Cuba.

Manu n'en revenait pas.

– Il a été arrêté ?

– Pas pour l'instant, la police locale le recherche.

– Tu crois qu'il aura de gros ennuis s'ils l'attrapent ?

– Je ne pense pas. Ils le colleront dans un avion pour nous l'expédier… mais il y a un problème. Je crains qu'Adjari ait envoyé un professionnel colombien là-bas… Riglet m'a refilé son nom et même le numéro du vol, on a tenté de le faire intercepter à son arrivée, mais on a prévenu les autorités cubaines trop tard.

Elle planta ses yeux embués de colère dans ceux de Christian.

– Tu veux dire qu'un tueur se balade à Cuba, en ce moment, à la recherche de Conrad ?

– Je le crains… Et on n'a aucun moyen d'intervenir sur place.

35

Cuba – Guanabo – 16 décembre – 16 h 30.

Le soleil dispersait ses dernières lueurs, rougissant le ciel d'un voile nuageux sanguin. Conrad observait les vagues qui s'échouaient sur le rivage. La tête sur son épaule, Dahlia le sentait soucieux.

– Tu t'ennuies de ton pays ? Je le comprendrais, tu sais…

Il se tourna vers elle. Vêtue d'un tee-shirt échancré et d'un jean moulant, elle révélait ses formes de femme sans plus aucune honte et il la trouvait plus désirable de jour en jour.

– Non, répondit-il, je réfléchis, c'est tout.

Elle arqua les sourcils.

– À quoi ?

Il hésita un bref instant.

– C'est dur pour moi de dépendre de toi… Je voudrais pouvoir participer plus.

– On s'en fout ! On se débrouille bien. Et tu es guéri maintenant.

Il songea qu'il avait surmonté les crises liées au manque de drogue.

– Je vais mieux, c'est vrai.

– Au fait, dit-elle, un autre voisin est venu pour que t'ailles jeter un œil au moteur de sa bagnole. Depuis que t'as arrangé la Plymouth de Pedro, il te fait de la propagande.

– Sa fameuse surprise ! J'en ai bavé des heures.

– Oui, mais Pedro nous emmène désormais gratos à La Havane. En plus, les dons en échange de tes réparations nous aident vachement, t'as vu ce jean comme il est génial. T'es devenu un bienfaiteur, dans ton genre ! On risque moins d'être dénoncés.

– Justement, peut-être que je devrais retourner en France pour affronter la justice ? Je t'ai parlé de cette policière qui m'a laissé partir. Si ça se trouve, elle a réussi à m'innocenter.

Dahlia détourna les yeux, attrapa un galet rond qu'elle fit rouler dans sa paume.

– C'est sûr, ce serait mieux si tu ne vivais plus avec ça sur les épaules. Faut quand même que tu saches que pour moi, ça n'a aucune importance.

Conrad exprima une idée qui lui trottait dans la tête depuis plusieurs jours.

– Si je pouvais rentrer, tu viendrais avec moi ?

La jeune fille sourit.

– On ne sort pas de Cuba comme on veut… En plus, on a des amis au club de boxe, ça ne serait pas bien de les laisser tomber. Héctor et Namibia t'ont adopté, et même Yasnel t'apprécie beaucoup.

– Quand je pense qu'il a failli me tuer.

– Il ne te connaissait pas. Il le regrette, tu sais. Aujourd'hui, il se battrait pour toi. Et puis, il y a Armando.

– Il nous accompagnerait.

Elle accueillit cette fois la proposition en silence, elle essaya d'imaginer son existence en France. Très vite, elle secoua la tête, jeta le galet et agrippa le bras de Conrad.

– Je ne pourrais pas m'adapter à ton pays, dit-elle. Je ne parle même pas la langue et il suffit de regarder les touristes pour imaginer comment vous vivez. Ils possèdent tout mais rien ne les satisfait.

– Ce n'est pas si simple, chez nous aussi les conditions de vie se dégradent.

– Raison de plus, qu'irais-je faire là-bas ? Ici, je suis chez moi. On en bave, mais c'est mon pays !

Conrad admirait la lucidité de Dahlia. Il l'enlaça et déposa un baiser sur son front. En retour, elle lui enfonça son coude dans les côtes.

– Tu peux toujours m'amadouer, en attendant, on devrait se dépêcher. On n'y verra bientôt plus rien, dans une minute, les *jejenes* vont sortir.

Elle se leva, tira sur son tee-shirt pour couvrir son nombril et commença à s'éloigner. Au bout de quelques pas, elle se retourna, revint vers Conrad et lui pinça le bras.

– C'est toi qui devrais te méfier, à cause de ta peau de gringalet blanc.

Aussitôt, elle s'élança en criant :

– Le dernier arrivé se tapera la vaisselle pendant que l'autre boira un rhum.

Il éclata de rire, se leva d'un bond et se lança à ses trousses.

– Tu me connais mal, je suis un champion…

Il la rejoignit en quelques enjambées, lui laissa une longueur d'avance et la dépassa sur le fil en arrivant à la maison.

– Et hop ! voilà comment on gagne le droit de se faire servir.

– Non, non, enragea Dahlia, t'as triché ! T'as vu tes jambes. Si c'est ça, pas de câlin ce soir !

– Alors je préfère me coltiner la vaisselle, mais c'est du chantage !

– C'est bon, je ferai la vaisselle. Parce que je t'interdis de ne pas me faire l'amour, sinon… sinon…

– Ça y est, ça recommence, la coupa Conrad, encore du chantage !

Ils pénétrèrent dans la maison en riant.

Un homme se tenait accroupi devant Armando.

En les entendant, il déplia un physique maigrelet d'adolescent attardé. De forme oblongue, son visage était couvert d'un duvet épars, il avait des yeux rapprochés, sans vie, et une bouche fanée qu'il ouvrit à peine pour parler :

– *Holà, Senior Conrad*, je suis heureux de te voir. Tu m'as donné du fil à retordre.

* * *

Il dégaina un revolver semi-automatique de son dos et le pointa vers Conrad.

– Je comprends que tu sois surpris. Pour être honnête, ça n'a pas été une partie de plaisir de te retrouver. Je suis arrivé à La Havane avec seulement une photo de toi. Pendant cinq jours, j'ai arpenté les bars et les hôtels, j'interrogeais même les promeneurs sur le Malecón… Je commençais à penser que tu n'existais pas. Et puis, en fin d'après-midi, j'ai hélé un taxi pour regagner mon hôtel. Par chance, je suis tombé sur ton ami, Pedro. Même s'il a prétendu le contraire, j'ai compris qu'il te connaissait. Je lui ai raconté que je voulais t'aider. La promesse d'un large pourboire l'a convaincu de me conduire ici. Pour son malheur, il a réalisé sa terrible erreur en arrivant. Je l'ai lu dans son regard et j'ai été contraint de le neutraliser. Pedro dormira pour toujours dans son taxi. Paix à son âme…

Il se signa avant de poursuivre :

– Tu n'imagines pas à quel point je suis heureux de te rencontrer…

Il avança jusqu'à Dahlia, lui adressa un clin d'œil et effleura sa joue du canon de son arme en parlant à Conrad.

– … qui plus est, en si bonne compagnie… Tu es quelqu'un de rare. Et ce qui est rare est précieux. Alors je t'explique, je travaille pour des gens qui veulent que tu leur fournisses un code. Le programme est donc très simple, tu me donnes ce code sans faire d'histoires, ou je tue les innocents que voilà. Ce n'est pas plus compliqué que ça.

Conrad essaya de réfléchir très vite à la façon dont il allait réagir. Il jeta un œil vers Dahlia, qui l'observait bouche bée.

– J'ignore de quoi vous parlez, dit-il. Vos employeurs se sont trompés. Je crains que vous n'ayez fait le voyage pour rien.

L'homme émit un claquement sec de la langue contre son palet.

– Mauvaise réponse. Tu as tort. Tu m'as l'air d'être heureux ici, à ce que je peux en juger. Tu veux vraiment perdre tout ça en t'entêtant…

Conrad secoua la tête.

– Je ne connais pas ce code. Je vous le donnerais, autrement.

L'homme se frotta la nuque, jeta un regard derrière lui sur Armando, puis à travers la fenêtre.

– C'est une nuit paisible, dit-il, une nuit comme je les aime, quel dommage de la troubler… Telle n'était pas mon intention, mais si tu ne me dis pas ce que je veux savoir, l'enfer se déchaînera sur cette maison. Je badigeonnerai ces murs du sang de ces enfants…

Conrad imagina un spectacle d'horreur.

– Ne faites pas ça ! Ils n'ont rien à voir là-dedans. Tuez-moi, si vous voulez, mais laissez-les partir.

– Je te rassure, ton tour viendra si tu t'obstines. Mais seulement à la fin de la fête… Selon toi, ça fait quoi de mourir, je me suis souvent posé la question en envoyant des gens dans l'autre monde. Il paraît qu'on voit sa vie se dérouler à grande vitesse. Pour ces gamins, ça risque d'être court, ils ont à peine eu le temps de goûter aux joies de l'existence.

– Si tu leur fais quoi que ce soit, je ne te dirai jamais rien.

– Ah… On vient d'accomplir un progrès décisif, tu reconnais que tu as quelque chose dans la tête qui m'intéresse. Mais tu te trompes, tu parleras… Je te ferai mal, tu n'as pas idée de ce que je suis capable d'infliger comme traitement à ceux qui me résistent. Je possède une imagination sans borne… Dans mon genre, je suis un artiste. Tu me supplieras de te laisser t'épancher sur mon épaule.

– Jamais.

– Tu veux parier ? Tu veux vraiment tenter ta chance ?

Dans le dos de l'homme, Armando approchait, pas à pas. L'homme ferma les yeux, comme s'il puisait en lui-même ce qu'il allait dire, puis les rouvrit.

– Je suis un professionnel, les gens pour qui je travaille aussi. Je crois que je tiens cette vocation de mon père. C'était un pasteur évangéliste qui défendait les droits des indigènes colombiens. Un saint homme, dans son genre. Il a fait onze marmots à ma mère, mais elle a eu la malencontreuse idée de mourir. On va dire que ça a eu le don d'ébranler la croyance puérile de mon paternel. Il est devenu alcoolique, ça lui a peu à peu bousillé le cerveau. Il s'était donné un nom, *Padre de amor*. Le dimanche, après son prêche, notre *Padre de amor* rentrait à la maison et nous alignait en rang, ses onze enfants, à genoux devant lui. Il en choisissait un qu'il emmenait dans sa chambre. Et là, il nous fouettait avec une tige de bois souple jusqu'au sang. Le plus drôle, c'est que notre père prétendait faire notre éducation : il nous enseignait la dure loi du Seigneur ! Lorsque je torture des enfants, il y a une corde du souvenir de *Padre de amor* qui vibre en moi. Je ne ressens aucune culpabilité, j'applique la loi du Seigneur… Et si je ne le faisais pas, il trouverait quelqu'un d'autre pour ses sales besognes. De toute façon, la culpabilité est un luxe qu'on ne peut pas se permettre dans mon métier.

– Tu iras en enfer ! hurla Dahlia. Dieu te châtiera pour tes actes.

– Tu te trompes, si nos chemins se croisent, c'est qu'il l'a voulu. Vous mourrez… D'autres enfants naîtront… C'est ainsi que ça fonctionne. Ce n'est pas moi qui ai créé le monde de cette façon, c'est ton Dieu ! Je ne fais qu'appliquer sa loi. Je tue des gens pour que d'autres prennent leur place. Je suis comme la peste, le choléra… Un mal nécessaire.

Il émit un gloussement de gorge sarcastique, puis posa un regard froid sur Conrad.

– Assez bavardé, il faut que tu te décides. Parce que les festivités vont commencer.

À cet instant, Armando se jeta sur son dos en l'enlaçant. Le Colombien se dégagea d'un mouvement brusque, Conrad se rua sur lui mais ne put l'empêcher de faire feu, il sentit la balle lui pénétrer la hanche et exploser un os. Il se courba sur l'homme, bloqua sa main qui tenait l'arme et s'accrocha à ses épaules pour le faire chuter.

Ils roulèrent sur le sol, l'homme se retrouva à califourchon sur Conrad, tentant de fixer son semi-automatique en direction du blessé qui luttait de toutes ses forces pour l'en empêcher. Penché en avant à moins de vingt centimètres du visage de Conrad, l'homme cligna des paupières, ses pupilles brillèrent d'une lueur moqueuse.

– J'ai l'impression que tu avais raison, dit-il. Tu vas mourir plus tôt que prévu…

Il parvint à placer le canon de l'arme au niveau du front de Conrad.

Son doigt allait actionner la détente lorsqu'il sentit un mouvement à côté de lui. Il tourna la tête à l'instant où Dahlia lui balançait une droite à la tempe, qui l'expédia sur le côté. Le revolver lui échappa. Aussitôt, elle le frappa d'une série de doublés droite gauche, visant cette fois l'arcade et le nez. Il se mit en position de protection, bras autour de la tête, front contre le sol, pour atténuer l'impact des coups qui pleuvaient sur lui.

Dahlia continua à le frapper avec le pied, même après qu'il se fut affaissé sur le flanc.

La poitrine palpitante, elle s'arrêta et se tourna vers Conrad. Immobilisé au sol, la main sur sa plaie, il cria :

– Attention !

L'homme se remettait à quatre pattes, crachant une dent et du sang. La bouche ouverte de douleur, il aspira une bouffée d'air. Il retira un couteau de chasse d'un étui fixé dans sa botte, se leva et éructa :

– À mon tour ! Je vais te peler la peau comme un *lulo* mûr…

Dahlia lui fit face en garde de boxeuse. Le tueur faisait passer son couteau d'une main à l'autre, avançant inexorablement.

Armando ramassa le semi-automatique et le brandit des deux mains. Il ajusta son tir, la balle toucha l'homme au plexus, qui parut exploser sous l'impact.

Le tueur écarquilla les yeux. Ses lèvres se figèrent. Il déglutit et s'écroula sur le dos.

Le gamin lâcha l'arme, sans quitter le mort du regard. Dahlia se précipita vers Conrad. Une tache rouge maculait son short, du sang avait coulé le long de sa cuisse.

– Tu l'as sacrément rossé, je suis fier de toi, gémit-il, grimaçant de douleur. Merde, je crois que je vais m'évanouir…

Elle lui passa le bras autour de l'épaule, les larmes aux yeux.

– Tu ne vas pas m'abandonner, tu ne me laisseras pas maintenant…

Conrad réussit à sourire.

– T'inquiète pas, il faut juste que je dorme. Je me sens épuisé, je ne me suis jamais senti aussi fatigué. Je vais dormir un peu…

* * *

Aéroport José-Martí – 24 décembre – 10 h 30.

À travers les baies vitrées, on voyait les rafales de vent balayer les palmiers jouxtant le tarmac. Accompagné de Dahlia et d'Armando, encadrés de deux policiers, Conrad s'avança vers Manu en traînant la jambe.

– Bonjour, tu as fait un bon voyage ? dit-il en la serrant dans ses bras.

– J'ai réussi à dormir dans l'avion. Ça secouait sec avant l'arrivée, on dirait qu'il va y avoir un orage.

– Tu es venue seule ?

– Oui.

– En mission officielle ?

– En quelque sorte, oui…

Il se contenta de cette réponse laconique et lui présenta Dahlia et Armando. Manu montra son passeport et son accréditation à un des policiers, échangea quelques mots en anglais avec lui, puis elle s'installa à l'écart avec Conrad.

– C'est bizarre, dit-il, je parlais de toi avec Dahlia avant l'arrivée du tueur… Les militaires t'ont certainement mise au courant de ce qui s'est passé. Je suis soulagé que ce soit toi qui aies été envoyée.

– Lorsque les autorités cubaines ont contacté les services d'extradition, l'info est remontée à l'OCLCO. J'ai joué des coudes pour être désignée. Pour ne rien te cacher, on ne me refuse rien, en ce moment.

Elle sourit, puis devint sérieuse et résuma la situation à Conrad. Il encaissa l'annonce du décès de son père et du suicide d'Héloïse par de légers hochements de tête, accompagnés d'un plissement des lèvres. Son visage dévoilait sa peine, mais il parvint à contenir son émotion, jusqu'à ce que Manu lui annonce la culpabilité de Peter.

– C'était lui, l'homme cagoulé, murmura-t-il.

De loin, Dahlia le guettait, anxieuse. En voyant les premières larmes rouler sur ses joues, elle fronça les sourcils. Manu lui adressa un signe rassurant.

– Et le jeune que j'ai tué ? demanda Conrad.

– On a rassemblé assez d'éléments pour plaider la légitime défense. Tu devrais t'en sortir avec un sursis…

Il essuya ses larmes d'un revers de manche.

– C'est une bonne nouvelle, mais je ne suis pas certain de vouloir rentrer.

– Il le faut, sinon les juges se montreront plus sévères. Et puis, les militaires cubains ont décidé de t'expulser.

– Mais je n'ai rien fait ! Armando a été disculpé, ce Colombien nous aurait tués.

– Ils le savent, mais il y a eu le meurtre d'un Français par le père de cette jeune fille. Ajouté à l'assassinat du chauffeur de taxi, ça fait trop de morts… Pour eux, c'est un complot international. Je crois surtout qu'ils te considèrent comme nuisible à leur image. Le prétexte, c'est que tu as dépassé ton autorisation de séjour. Alors ils te virent et ils t'interdisent de territoire. Tu n'as pas le choix. De toute façon, tu dois rentrer, tu as beaucoup de choses à régler à Paris…

– Dahlia et Armando, ils les laissent partir avec moi ?

Manu s'étonna de cette question.

– Je ne crois pas. Ils ne t'ont rien dit, à ce sujet ?

– Après l'opération, je suis resté enfermé à l'hôpital militaire. Personne ne m'a interrogé. Je n'ai pas vu l'ombre d'un policier jusqu'à ce matin, où les deux flics qui nous accompagnent sont venus me chercher. Dahlia et Armando m'attendaient dans la voiture, c'est eux qui m'ont prévenu qu'Armando ne serait pas inquiété. On ne pouvait pas parler librement… J'ai juste réussi à savoir qu'on allait te récupérer au vol de dix heures.

– Je suppose qu'ils devaient se dire que moins tu en saurais mieux ce serait.

– Je refuse de quitter Cuba sans Dahlia et Armando.

– Il le faudra. J'ai des billets sur le prochain vol pour nous deux. C'était une de leurs conditions pour te laisser tranquille. Tu vas revoir la tour Eiffel, sinon, les apparatchiks d'ici t'inculperont… Propagande capitaliste, trouble à l'ordre moral, peu importe, ils te jetteront dans un trou dont tu ne seras pas près de sortir. Le gouvernement français n'interviendra pas, c'est le message que je suis chargée de t'adresser. Un bon nombre de gens serait ravi de voir disparaître la bombe médiatique que tu représentes dans des oubliettes cubaines…

– Je suis coincé. C'est la carotte des juges français ou le bâton des geôles cubaines.

– À ce stade, oui. Mais ça ne signifie pas que tu sois obligé de dire amen à tout…

– Que veux-tu dire ?

Manu lui parla du complot d'Adjari et de Riglet pour récupérer les fonds qui avaient alimenté l'ONG de sa mère. Lorsqu'elle évoqua les quarante millions de dollars sur un compte à Singapour qu'il était le seul à pouvoir réactiver, il s'indigna :

– Tous ces meurtres pour quelques millions ! Je me fous de ce pognon couvert de sang ! Qu'il reste moisir où il est ! Mieux encore, je le laisse aux requins. Ce ne sont que de sales escrocs, qu'ils s'entre-tuent jusqu'au dernier, c'est tout ce que je leur souhaite…

– Ta mère devait penser comme toi à la mort d'Édouard. Elle a ensuite trouvé la plus belle façon d'utiliser cet argent. Tu as une chance unique de sortir cette ONG du sommeil dans lequel elle végète… Marthe n'était pas parfaite, mais grâce à elle, des centaines d'enfants ont pu être sauvés de la misère. Ne penses-tu pas que ce serait la solution à privilégier, plutôt que de laisser des salauds en disposer ?

Conrad ferma les yeux pour se plonger dans ses pensées. Puis il fixa Manu :

– Tu as raison, admit-il, mais je n'ai aucune notion pour gérer ce type d'organisme… Il faut quelqu'un qui soit familier des rouages de la finance internationale. Et aussi qui parvienne à museler les forces qui pourraient être tentées de vouloir récupérer l'argent pour leur propre compte. Tu veux vraiment que je te dise, tu es la seule que je connaisse qui en sois capable. Et tu es la seule en qui j'ai confiance. Mais si je te charge de ce fardeau, tu seras en danger de mort comme je l'ai été toutes ces années. Tu es forte, Manu, mais tu te vois vivre avec un garde du corps en permanence ?

– Je ne crois pas, non. Mais ce ne sera pas forcément nécessaire. L'un des comploteurs est mort, l'autre est en prison, et le troisième en fuite. Plus personne n'osera s'attaquer à moi… D'autant que nous pourrions œuvrer ensemble, nous nous porterions mutuellement garants de notre sécurité. Je ferais savoir partout que s'il arrivait quoi que ce soit à l'un de nous, l'autre dévoilerait l'histoire à la presse. « Ils », quels qu'ils soient, seront contraints de plier. Perdus pour perdus, ils accepteront que ces millions servent une noble cause.

Conrad réfléchit quelques secondes, puis hocha la tête.

– On va devoir embaucher un expert du secteur bancaire international… Il nous faudra aussi un avocat. Tout ça risque de durer des mois…

Il jeta un œil vers Dahlia. Raide comme une sculpture, les bras le long du corps, elle le guettait, le visage assombri, comme une fleur sur le point de faner.

– Dès que nous pourrons, assura Manu, nous ferons en sorte que les autorités cubaines lèvent leur sanction contre toi. Je pense pouvoir trouver de quoi les convaincre dans les dossiers saisis chez ton père. Je te le promets, tu repasseras cette frontière dans l'autre sens avant un an.

– Un an, ce sera long… dit Conrad, pensant aux quelques semaines de bonheur qu'il venait de passer.

Il traversa la salle pour retrouver la jeune fille, sous les regards des policiers. Elle se blottit contre lui, la joue sur son torse. Il glissa une main sur sa nuque, embrassa le haut de sa tête et posa la sienne dessus.

Manu rejoignit Armando, qui arqua des sourcils interrogateurs. Elle lui répondit d'un sourire un peu triste. Il ne dit rien et passa un bras autour de sa taille.

Ils regardèrent le couple enlacé. On aurait dit qu'une chape de plomb s'était abattue dans le hall. Ou que le temps s'était arrêté. Le crépitement des premières gouttes de pluie se fit entendre contre la façade vitrée. Puis une violente bourrasque siffla contre les bardeaux métalliques. Un éclair diffusa une vive lumière, suivi par un grondement de tonnerre, et la pluie redoubla.

Conrad ouvrit la bouche pour expliquer la situation, Dahlia lui posa le doigt sur les lèvres.

– Chut, sourit-elle, surtout ne promets rien. Je serai à la maison à t'attendre.

REMERCIEMENTS

L'écriture de ce roman a débuté en 2012, au retour d'un périple à Cuba durant lequel j'avais pu une nouvelle fois observer la formidable énergie des hommes et des femmes qui luttent chaque jour contre la pénurie, à deux pas des espaces d'opulence réservés aux touristes ou aux apparatchiks militaires. Il m'est venu l'idée de construire une histoire mettant en lumière le contraste entre le monde occidental et cubain, mais aussi la similarité des élites dirigeantes qui vivent dans des tours d'ivoire, loin du peuple qu'elles prétendent servir. À travers le destin de Conrad et Dahlia, c'est l'espoir d'un avenir apaisé, hors de la course à la possession, que je voulais proposer. Car ne nous trompons pas, grâce à sa force à surmonter l'innommable, à sa générosité et à sa sagesse, Dahlia est la principale héroïne de ce roman, elle emprunte une voie équilibrée dans le chaos que les générations précédentes laissent derrière elles.

Commencé en création littéraire à l'université de Québec, le manuscrit que j'avais appelé *Malecón*, du nom du remblai de La Havane, m'a accompagné durant les années de rédaction du *Sicilien* et du *Nantais*. Véritable apprentissage d'écriture, je l'ai fait relire, amender et je l'ai retravaillé. En 2016, je l'ai entièrement réécrit en le contextualisant avec le scandale politico-financier des Panama Papers. Entre-temps, notre famille avait migré en Thaïlande, et lors d'un voyage à Singapour, j'avais eu la surprise de découvrir les noms des plus grandes banques occidentales sur d'immenses immeubles, illustrant l'hypocrisie de la prétendue lutte contre les paradis fiscaux.

Mes premiers remerciements iront aux Cubains rencontrés pendant mes séjours depuis la fin des années 90 et qui m'ont accueilli chez eux, malgré l'interdiction, dans des villes où pas une *cása particular* n'existe. Merci pour leur joie de vivre et leur fierté d'être Cubains. *Soy Cubano !* Ce cri du cœur, entendu tant de fois après quelques rhums, résonne en moi au moment où j'écris ces lignes.

Ma gratitude va également aux chroniqueurs, journalistes et libraires pour leur soutien à la trilogie des *Nuits nantaises*.

Merci aussi aux lecteurs qui viennent me rencontrer pendant les dédicaces. Après des mois d'écriture en solitaire, ces échanges sont de formidables bouffées d'oxygène.

Il m'est impossible de me souvenir de tous ceux qui ont enrichi ce roman de leurs remarques, d'une anecdote ou d'un encouragement. Je voudrais pourtant adresser un merci spécial à Alain Beaulieu, qui fut le premier à découvrir ce texte.

Merci à Christophe pour ses commentaires éclairés, à Pascal pour ses observations judicieuses. Un clin d'œil à Catherine pour sa lecture du manuscrit en devenir.

Merci à Jean-Charles Lajouanie pour sa confiance renouvelée et à Caroline Lainé pour cette superbe couverture.

Merci à Guy, décédé en 2020, pour sa fidélité depuis notre rencontre dans l'univers de la nuit durant les 80's. Je pense à toi, mon ami.

Enfin, merci à ma femme et à mes garçons, votre amour éclaire chacune de mes journées.

À vous lecteurs, merci de m'avoir suivi dans cette nouvelle aventure littéraire.

Carl

NUITS NANTAISES

La trilogie des *Nuits nantaises* est constituée d'intrigues policières autonomes se déroulant à Nantes dans les années 80, les années 90 puis dans les années 2000. Carl Pineau réveille avec brio l'esprit et l'ambiance de ces trois curieuses décennies. La nostalgie est toujours ce qu'elle était, et tant mieux !

1989. Le cadavre de Luc Kazian, dit l'Arménien, est retrouvé à demi-calciné. Qui a commis cet assassinat ? Et qui était vraiment l'Arménien ? Un trafiquant de cocaïne, comme le pense l'inspecteur Brandt ? Un pote parfait pour écumer les bars et draguer les filles, comme le voit Bertrand son premier et peut-être unique ami ? Ou bien encore un orphelin perturbé, comme le décrit la psychiatre qui le suivait depuis 20 ans ?

1995. Une jeune Albanaise est assassinée. Dario, gérant de discothèque d'origine sicilienne, fait figure de principal suspect : on a retrouvé le cadavre dans le coffre de sa voiture ! Greg Brandt, policier madré, est chargé de l'enquête et dresse une liste bien plus étoffée de coupables potentiels, au premier rang de laquelle on trouve quelques mafieux fraîchement débarqués d'Europe de l'Est, des notables aux curieuses fréquentations, des truands locaux et quelques hommes de main russes…

À l'aube des années 2000. Greg Brandt, désormais à la retraite, s'occupe de sortir des drogués de l'enfer… Sa mission dérange les dealers, le milieu nantais et certains cadres de la Crim'… Les proches de l'ancien flic sont attaqués, une jeune policière est assassinée, soixante-dix kilos d'héroïne sont volés au 36, quai des Orfèvres…

AUX ÉDITIONS LAJOUANIE

ROMAN POLICIER MAIS PAS QUE…

Du passé faisons table rase, de Malik Agagna
Les oubliés, de Malik Agagna
Crystal Meth, de Malik Agagna
7 milliards de jurés ? de Frédéric Bertin-Denis
Matador, de Frédéric Bertin-Denis
À mort le chat ! de Jérémy Bouquin
Sois belle et t'es toi ! de Jérémy Bouquin
Chasseurs d'esprit, de Isabelle Bourdial
Coups de Folie, de Dominique Bourgeon
Lettres mortes, Cécile Calland
Ouvre les yeux ! de Éric Chavet
La Sirène du jardin Massey, de Jean-Luc Cochet
Replay, de Jean-Luc Cochet
Je serai le dernier homme… de David Coulon
La Rascasse avant la bouillabaisse, de Gilles Del Pappas
Poubelle's Girls, de Jeanne Desaubry
On n'enterre jamais le passé, de Nicolas Duplessier
Comme des mouches, de Frédéric Ernotte & Pierre Gaulon
Rafale, de Marc Falvo
Banlieue Est, de Jean-Baptiste Ferrero
Le Pacte, de Didier Fohr
Un temps de chien ! de Pascal Jahouel
Sous-pression, de Pascal Jahouel
Punk Friction, de Jess Kaan
En Chasse ! de Jess Kaan
Un charmant petit village, de Jean-Michel Lecocq
La caresse des orties, de Jean-Michel Lecocq
Disparitions, de Jean-Michel Lecocq
Les deux pieds dedans, de François Legay
C'est moi qu'il veut ! de Daniel Martinange
Dernière escale, de Sandra Martineau
Au-dessus des horizons verticaux, de Olivier Maurel
Fallait pas… de Olivier Maurel
Trouble, de Stéphanie de Mecquenem
Radiations, de Paul Merault *(Lauréat du Prix du Quai des Orfèvres 2019)*
Cavale hongroise, de Waldeck Moreau
Une clinique si accueillante, de Waldeck Moreau
Le rouge n'est pas qu'une couleur, de Chris Nerwiss
Lacrima Corsica, de Stéphane Oks
Mortelle canicule, de Jean-François Pasques
Le seul témoin, de Jean-François Pasques
Je m'appelle Requiem et je t'… de Stanislas Petrosky
Dieu pardonne, lui pas ! de Stanislas Petrosky
Le Diable s'habille en licorne, de Stanislas Petrosky
Plusdeprobleme.com, de Fabrice Pichon

Retours amers, de Fabrice Pichon
Protocoles Fatals, de Fabrice Pichon
L'Arménien, *Nuits nantaises 80's,* de Carl Pineau
(Prix du Cercle anonyme de la littérature, 2017)
Le Sicilien, *Nuits nantaises 90's,* de Carl Pineau
(Prix du polar découverte, Les petits mots des libraires, 2020)
Le Nantais, *Nuits nantaises 2000,* de Carl Pineau
Pour quelques millions ! de Carl Pineau
Les 9 jours du cafard, de Jean-François Pré *(Prix du polar normand, 2020)*
Épisto, de Jean-François Pré
Tu joues, tu meurs ! de Yannick Provost
Lynwood Miller, de Sandrine Roy
Lynwood Miller II, *Pas de printemps pour Éli,* de Sandrine Roy
Lynwood Miller III, *Rivalités,* de Sandrine Roy
Lynwood Miller IV, *Le mur d'Hadrien,* de Sandrine Roy
Mitragyna, de Alain Siméon & Sandrine Zorn
La Fresque, de Alain Siméon & Sandrine Zorn
La Poule borgne, de Claude Soloy
20 manières de se débarrasser des limaces, de Jan Thirion
No problemo, de Emmanuel Varle
En main propre ! de Jérôme Zolma

ROMAN PAS POLICIER MAIS PRESQUE...

Mare nostrum, de Olivier Arnaud
Une nuit sans fin, de Éric Chavet
Ne sautez pas ! de Frédéric Ernotte
L'injustice des hommes, de André Fortin
Le squelette de Rimbaud, de Jean-Michel Lecocq
Le don d'Hélène, de Gérard Pussey
La drolatique histoire de Gilbert Petit-Rivaud, de Frédéric Révérend
Travailler tue ! de Yvan Robin
L'appétit de la destruction, de Yvan Robin
Jackpot ! de Stéphane Boudy

ROMAN JUDICIAIRE MAIS PAS QUE...

72 Heures, de Philippe Bilger

ROMAN EUPHORISANT MAIS PAS QUE...

Les passagers perdus, de Stéphane Bellat
Dehors la vieille ! de Géraldine Dubois

ROMAN QUI FAIT FRÉMIR MAIS PAS SEULEMENT

Les Lucioles, de Jan Thirion (junior, de 10 à 110 ans)

À PARAÎTRE

ROMAN POLICIER MAIS PAS QUE...

Wahala, de Thierry Bonneau, *août 2021*

Lajouanie
EDITIONS

Retrouvez-nous sur Facebook : Éditions Lajouanie
www.facebook.com/editionslajouanie
et sur www.editionslajouanie.com

La Clairière des LIVRES

Pour chaque titre d'un livre imprimé, un arbre est planté dans une forêt de 7 hectares en Centre Bretagne.
« Contribuons activement à l'avenir de notre planète, regardons pousser les livres de demain ».

Achevé d'imprimer en juin 2021

www.editionslajouanie.com